HEYNE <

Das Buch

»Die meisten Frauen gingen ja nach einer Trennung zum Friseur und ließen sich eine flotte Kurzhaarfrisur schneiden. Das bereuten sie in den meisten Fällen noch Wochen später. Aber es gab die anderen Frauen, und es gab mich. Ich hatte bereits eine flotte Kurzhaarfrisur und außerdem nicht viel übrig für Klischees. Ich war Individualistin. Und hatte außerdem, wie gesagt, Pech mit Männern. Der Verschleiß war hoch, die Fluktuation beängstigend. Wäre ich jedes Mal, wenn sich wieder einer von ihnen aus dem Staub gemacht hatte, zum Friseur gerannt, hätte ich jetzt keine Haare mehr auf dem Kopf.«

Nie war Liebeskummer so unterhaltsam. Katarina Fischer schreibt nicht nur romantisch, berührend und humorvoll, sondern absolut ehrlich und ironisch. Wer Kerstin Gier und Anne Hertz liest, wird Katarina Fischer lieben.

Die Autorin

Katarina Fischer wurde 1982 in Hamburg geboren. Nach zwei lehrreichen Jahren in London lebt sie seit 2006 wieder in der Hansestadt, arbeitet als Fotoredakteurin, Gelegenheits-DJ und schreibt. Inzwischen hat sie einen guten Draht zu dem Mann der im Baumarkt die Farben mischt. Sie mag lange Haare.

Katarina Fischer

Liebe geht anders

Roman

WILHELM HEYNE VERLAG
MÜNCHEN

FSC
Mix
Produktgruppe aus vorbildlich
bewirtschafteten Wäldern und
anderen kontrollierten Herkünften

Zert.-Nr. SGS-COC-001940
www.fsc.org
© 1996 Forest Stewardship Council

Verlagsgruppe Random House FSC-DEU-0100
Das für dieses Buch verwendete FSC-zertifizierte Papier
Holmen Book Cream
liefert Holmen Paper, Hallstavik, Schweden.

Originalausgabe 11/2010

Redaktion: Eva Philippon

Printed in Germany 2010
Umschlaggestaltung: Eisele Grafik-Design, München
Satz: Buch-Werkstatt GmbH, Bad Aibling
Druck und Bindung: GGP Media GmbH, Pößneck
ISBN: 978-3-453-40787-9

www.heyne.de

Für meinen Vater

Liebe ist nicht so wie bei den anderen.
Liebe ist nicht so wie wir sie planen.
Liebe ist immer so wie wir sie finden.
Wie wir sie finden und verlieren.

– Tilman Rossmy, 1996 –

PROLOG – DER HÖFLICHE TÜRKE

In meiner Straße gibt es einen türkischen Gemüseladen, dessen Besitzer ich immer den höflichen Türken nenne. Der Grund dafür ist, dass er, sobald ich sein Geschäft betreten habe, hinter seinem Tresen hervorkommt, sich eines der Plastikkörbchen von dem Stapel neben der Tür greift und fragt: »Was wünschen Sie?« Zur Unterstreichung seiner Höflichkeit lächelt er, anscheinend ehrlich erfreut. Ich sage ihm, was ich brauche, und er wählt alles höchstpersönlich aus und legt es in meinen Korb, den er für mich trägt. Das ist sehr höflich von ihm.

Trotzdem wäre es mir eigentlich lieber, wenn er mich selbst meine Karotten, Kartoffeln und Tomaten aussuchen ließe. Um ganz ehrlich zu sein, hätte ich eine Wahl, ich würde keinen Korb für meinen Einkauf benutzen. Das ist nämlich in etwa so, als würde man mit dem Auto in den Keller fahren. Umständlich und unnötig. Weil ich lächerlich wenig einkaufe. Ein Bund Radieschen und eine Birne zum Beispiel, oder eine Zehe Knoblauch und eine Aubergine. Ich kaufe nicht etwa so wenig cin, weil ich kein Gemüse mag. Ich brauche nur einfach nicht so viel davon. Ich koche schließlich für mich allein. Ich bin Single.

Das geht vielen Menschen so. Manchmal habe ich das Gefühl, es gibt mehr von unserer Sorte als von den anderen. Den Beziehungsleuten. Die bedauern uns und wir beneiden sie, so geht das Spiel. Es ist allgemein bekannt und akzeptiert, wer besser dran ist. Die anderen nämlich. Beziehung – gut, Single sein – schlecht. Ich glaub inzwischen schon selbst daran.

Ich hätte gern einen Mann. Aber ich finde keinen. Ich glaube, es gibt zwei mögliche Gründe dafür, dass eine Frau Single ist.

Grund eins: Sie hat Pech mit sich selbst. Sie ist hässlich wie die Nacht, langweilig wie das Sommerloch, hat keinen Sinn für Humor oder Charme oder die Fähigkeit geradeaus zu denken, ist ein Mauerblümchen, eine graue Maus … Okay, nicht jede von uns kann Audrey Hepburn sein, aber meistens ist das Problem doch ein anderes. Grund zwei, warum eine Frau Single ist: Sie hat Pech mit Männern.

Ich habe Pech mit Männern.

Der höfliche Türke kannte mich schon eine Weile, als er sich eines Tages räusperte und mich so ansah, als hätte er etwas Wichtiges mit mir zu besprechen. Ich war gerade dabei, eine Gurke und zwei Mandarinen zu bezahlen. Abwartend sah ich ihn an. Es schien ihn etwas Überwindung zu kosten, zu sagen, was er zu sagen hatte. Er war schließlich ausgesprochen höflich. Doch dann traute er sich:

»Warum du kaufen immer nur so wenig?«

»Wie?«

»Du immer kaufen nur wenig, andere kaufen mehr. Du kaufen woanders? Billiger?«

»Nein, nein, ganz sicher nicht.« Und weil er mir offensichtlich nicht glaubte, fügte ich noch hinzu: »Versprochen.«

»Dann warum du nur kaufen so wenig?«

»Das liegt daran, dass …« Ich zögerte. Es erschien mir bizarr, meine Lebenssituation vor diesem Mann auszubreiten. Dass ich jeden Abend für mich allein am Herd stand und genau eine Portion zubereitete. Dass ich mich dann auf mein Sofa setzte und allein aß, als Gesellschaft nur den Fernseher, meinen einzigen Freund. Dass ich alle traurigen Klischees einer alleinstehenden jungen Frau erfüllte. Abgesehen davon, dass ich keine Katze besaß. Meine war vor vier Jahren gestorben.

Der Gemüsehändler verzog keine Miene. Er wartete. Was sollte ich tun? Weglaufen? Das erschien mir dann doch zu albern.

»Das liegt daran … ich bin, tja, also … Single.«

Das Wort kam aus meinem Mund wie der Name einer peinlichen Krankheit. Und das völlig unbeabsichtigt.

»Single?« Er hatte keine Ahnung, was ich meinte.

»Ich habe keinen Freund.«

»Du nicht haben Freunde?«

»Nein, ich meine, ich habe keinen Mann.«

»Oh!« Der höfliche Türke machte einen kleinen Schritt zurück und produzierte missbilligende schnalzende Laute mit seinem Mund. Offensichtlich war er der Meinung, dass ich log. »Das ich nicht glauben. Du sicher haben Mann. Und jetzt du kaufen diese Kilo Rosenkohl hier.«

Diese Reaktion kannte ich schon. Diese Reaktion hätte ich sammeln und für zwei Euro das Stück verkaufen können, dann wäre ich jetzt Millionärin. Ich war schließlich eine attraktive achtundzwanzigjährige Frau. Klar hatte ich einen Freund. Klar sprachen mich jeden Abend ein Dutzend Kerle an und mit der Hälfte davon ging ich dann auch einen Kaffee trinken und später ins Bett. Klar! Aber in der Realität kaufte ich abends nach Feierabend zwei Tomaten beim höflichen Türken und sah mir dann irgendeinen Schrott im Fernsehen an. Allein. Weil ich eben Pech mit Männern hatte.

Warum glaubte mir das niemand, wenn es sogar Menschen gab, die sicher waren, dass Elvis noch lebt. War das denn so viel wahrscheinlicher?

»Nein, vielen Dank, ich brauche keinen Rosenkohl. Ich sage die Wahrheit: Ich bin Single.« Fast entschuldigend zuckte ich mit den Schultern.

Der höfliche Türke nickte verständnisvoll und schenkte mir einen Apfel. Das war auch besser so. Ich mag keinen Rosenkohl.

Ein typischer Singleabend ist ziemlich unspektakulär. Ich komme nach Hause, es ist dunkel. Ich mache Licht an, ziehe mir die Schuhe aus und die Jacke. Dann bereite ich das Abendbrot zu. Für mich allein.

Zeitweilig hatte ich mit Tomaten ein Problem, oder vielmehr: mit den Strünken. Das hing natürlich auch mit einem Mann zusammen, mit dem ich Pech gehabt hatte. Dabei ging es mit ihm eine ganze Zeit lang gut. Auch wenn mich seine merkwürdige Vorliebe für Tomatenstrünke irritierte. Ich fand es befremdlich, aber ich gewöhnte mich daran. Kaum hatte ich das getan, ließ er mich sitzen und setzte sich nach Hawaii ab, um dort ein entspanntes Leben am Strand zu führen. Zusammen mit dem dicken Mädchen, mit dem er mich ohnehin schon lange betrogen hatte. Ich blieb zurück mit nichts als einem gebrochenem Herzen und der Frage, was er an mir gefunden hatte, wenn er offensichtlich so etwas wie sie wollte: meinen Anti-Zwilling!

Da war ich, meine dunkelbraunen Haare zu einem kinnlangen Bob geschnitten (Modellschnitt beim Frisör. Wer kein Geld hat, muss mutig sein.), die Haut blass, die Lippen rot wie Schneewittchen, die Beine dünn wie Streichhölzer, keine Kurven am Körper, aber immer ein schönes Kleid. Auf der anderen Seite war sie: einen Kopf kleiner als ich, blond, ein braungebranntes Gesicht, das man vergaß, sobald man es sah, überall rund, Arsch, Brüste, Oberschenkel, in Flip-Flops und khakibraunen Shorts. Und auch, wenn das vermutlich das passende Outfit für eine Insel wie Hawaii ist – was hatte er sich nur dabei gedacht?

Ich heule heute nicht mehr beim Anblick eines Tomatenstrunks. Aber es hat lange gedauert, dahin zu kommen. Männer hinterlassen eben ihre Spuren. Und bei dem sicheren Pech, das ich mit ihnen habe, sollte ich es wohl besser nicht darauf ankommen lassen, andere Lebensmittel wegen emotionaler Unverträglichkeit von meiner Nahrungsliste streichen zu müssen. Ich tu es aber trotzdem.

Warum?

Es ist allgemein bekannt und akzeptiert, dass es ein schönes Gefühl ist, nicht allein durchs Leben zu gehen. Ich finde, das hört sich einleuchtend an. Und erstrebenswert.

Als ich ein paar Tage nach unserem Gespräch wieder beim höflichen Türken vorbeischaute, um eine Zucchini und zwei Zwiebeln zu kaufen, war er nicht allein im Laden. Neben ihm stand ein Mann, der ohne weiteres sein Zwillingsbruder hätte sein können: dieselbe untersetzte Figur, derselbe angegraute Haarkranz, dieselbe knubbelige Nase. Ich schloss die Tür hinter mir, nickte den beiden Männern hinter dem Tresen zu und beeilte mich, zu den Einkaufskörben zu kommen. Entgegen jeder Gewohnheit machte der Gemüsehändler aber keine Anstalten, das Gleiche zu tun. Er und sein Zwilling blieben an ihrem Platz hinter dem Tresen stehen und grinsten mich breit an, wie zwei Staubsaugervertreter mit Fladenbrotheiligenscheinen. Irritiert suchte ich mir Zwiebeln und eine Zucchini aus und legte meinen Einkauf auf den Verkaufstresen. Doch der höfliche Türke ignorierte das. Statt die Ware abzuwiegen und Zahlen in seine Registrierkasse zu tippen, machte er eine ausladende Handbewegung in die Richtung seines Zwillings.

»Darf ich vorstellen: Das Herr Yaral!«

Herr Yaral nickte kurz und strahlte mich dann weiter an, als hätte ihm eine grausame Person das Grinsen mit Uhu ins Gesicht geklebt.

Ich versuchte ein Lächeln, was mir in dieser Situation schwerfiel, denn da war etwas im Busch, und ich gehöre nicht zu den Menschen, die sehr gut die Ruhe bewahren können, wenn sie zwar wissen, dass da etwas im Busch ist, aber nicht genau, worum es sich bei dieser Sache im Busch handelt. Wobei das ja meist der Fall ist, solange sich die Sache noch im Busch befindet.

»Guten Abend, Herr Yaral.«

Wieder ein Nicken, und ich hätte schwören können, dass Herr Yarals Grinsen dabei noch um einige Zentimeter gewachsen war – auch wenn das rein anatomisch absolut unmöglich war.

»Herr Yaral ist Geschäftsmann, wie ich. Er besitzen Geschäft an der Ecke, sehr gute Geschäft. Sehr erfolgreich. Er verkaufen viele Dinge.«

»Nur 99 Cent!«, warf Herr Yaral ein.

Beide sahen mich erwartungsfroh an. Ich wusste nicht, was ich sagen sollte. Also sagte ich: »Wie nett!«

»Herr Yaral fahren VW.«

»Passat!«

»Gut für Wasserkisten«, steuerte ich bei. Das hatte ich zumindest mal irgendwo gehört.

»Er haben zwei Töchter und eine Sohn, aber keine Frau, Frau leider tot.« Der höfliche Türke und Herr Yaral ließen beide wie auf ein Zeichen die Mundwinkel hängen. Ich machte mit, aus Anstand.

»Das tut mir wirklich leid, Herr Yaral. Mein Beileid.« Ich schob die Zwiebel und die Zucchini ein bisschen weiter über den Tresen, damit der Gemüsehändler endlich abwog, abrechnete, abkassierte und ich nach Hause gehen konnte. Aber statt dieser Geste auch nur das kleinste Bisschen Beachtung zu schenken, machte er mit der Hand eine wegwerfende Bewegung.

»Nicht sein nötig. Sein schon lange her.«

Auch Herr Yaral zuckte gleichgültig mit den Schultern. Tot war tot.

Niemand sagte etwas. Wie ein Gummiball in einer sehr, sehr kleinen Kiste sprang mein Blick zwischen den Zwiebeln und den beiden türkischen Männern hin und her. Erst sah ich hierhin, dann dorthin und dann wieder zurück. Doch ich konnte gucken, so viel ich wollte, ich wurde einfach nicht schlau aus der Situation. Das sollte sich aber schlagartig ändern.

»Vielleicht du wollen gehen Essen mit Herr Yaral?«

Vielleicht wollte ich was? Ich öffnete meinen Mund, um etwas zu sagen. Und ließ ihn offen stehen, denn mir fiel einfach nichts Gutes ein. Mein erster Impuls war, schlicht und einfach Nein zu sagen. Aber das wäre dem höflichen Türken gegenüber unhöflich gewesen. Ich sah Herrn Yaral an, dessen Dauergrinsen ihn mittlerweile etwas ins Schwitzen zu bringen schien.

»Warum? Ich meine, warum denken Sie, dass ich das wollen würde?«

»Du nicht haben Mann, Herr Yaral nicht haben Frau.« Der höfliche Türke sagte das, als hätte er gerade festgestellt: Wenn das sein Norden, dort müssen sein Süden. Ich war perplex. »Vielleicht du und Herr Yaral euch gut verstehen, dann ihr können sein zusammen.«

Ich konnte ein nervöses Lachen nicht unterdrücken. »Vielen Dank, wirklich, auch an Sie, Herr Yaral …« Herr Yaral nickte begeistert. »Sie scheinen wirklich sehr nett zu sein …«

»Und er sein erfolgreiche Geschäftsmann!«

»Nur 99 Cent!«

»Ja, und das ist toll, wirklich. Aber ich … entschuldigen Sie, aber ich denke, Sie sind etwas zu alt für mich.« Und zu klein. Und zu glatzköpfig. Und haben ein zu aufdringliches Grinsen. Und drei Kinder! Und arbeiten in einem 99-Cent-Laden. Schlimmer, Sie sind der Besitzer eines 99-Cent-Ladens.

Herr Yaral und der höfliche Türke sahen sehr betrübt aus.

»Aber ich dachte du suchen Mann?«

»Das habe ich doch gar nicht gesagt.«

»Ich gesehen in dein Gesicht.«

»So ein Quatsch!«

Mit Nachdruck schob ich die Zwiebeln neben die Kasse und legte die Zucchini wieder zurück. In diesem Moment phallisches Gemüse zu kaufen, schien mir eine schlechte Idee zu sein. Das hätte den höflichen Türken bestimmt nur in seiner Annahme bestärkt.

Etwa jeden zweiten Abend ruft meine Mutter an, meistens um zu fragen, warum ich mich am vorherigen Abend nicht bei ihr gemeldet habe. Wenn nicht gerade etwas Gutes im Fernsehen läuft, gehe ich ran. Meine Mutter ist auch Single, als Gesprächspartner also durchaus qualifiziert, redet allerdings manchmal erschreckend viel und betont etwas zu oft, wie gern sie Enkelkinder hätte. Ich frage sie dann, ob ihr nicht klar wäre, dass es dazu mehr bedarf als etwas gutem Willen und einer hochmotivierten Großmutter in spe. Als Antwort bekomme ich oft nur ein »Och, Daphne!« zu hören. Was auch immer das heißen mag, das »Och!«. Was Daphne bedeutet, weiß ich. Das ist der Name, den sie mir nach meiner Geburt verpasst hat. Sie findet ihn nach wie vor reizend. Ich habe mich in den 28 Jahren meines Lebens zumindest an ihn gewöhnt.

Nach dem Vorfall mit Herrn Yaral traute ich mich zunächst nicht mehr in den Laden des höflichen Türken. Nach einer Woche wässriger Tomaten aus dem Supermarkt blieb mir dann aber doch nichts anderes übrig.

An einem Samstag – da war der Laden erfahrungsgemäß sehr voll und man konnte davon ausgehen, dass der höfliche Türke zu beschäftigt sein würde für irgendwelche Gespräche über seinen identischen Freund – huschte ich so unauffällig wie möglich in den Laden und suchte ein paar schöne dunkelrote Tomaten aus, griff mir noch eine Knolle Knoblauch und eine Birne und holte noch einmal tief Luft, bevor ich ihm gegenübertrat. Er stand hinter dem Tresen, verpackte lächelnd den Wochenendeinkauf einer ziemlich großen, ziemlich breiten türkischen Frau mit Kopftuch, zählte Geld in die Kasse, und dann sah er mich. Ich zog unwillkürlich den Kopf ein. Und er? Drehte sich hektisch zu dem Durchgang in seinem Rücken um, hinter dem die Lagerräume lagen und rief: »Ahmat!«

Ahmat? War das Türkisch für Alarm?

Sämtliche Kundinnen (Warum kauften hier eigentlich keine Männer ein?) drehten sich neugierig zu uns um, Auberginen und Süßkartoffeln in den Händen, mit den hungrigen Blicken der Frauen, in deren Leben nie etwas passierte. Dann bewegte sich etwas in der Dunkelheit des Lagers und eine Gestalt erschien im Durchgang.

»Das sein Ahmat. Mein Neffe.« Der höfliche Türke machte eine Handbewegung wie eine Quizshow-Assistentin, die die Preise vorstellt. Ahmat war nicht hässlich, aber ein Hauptgewinn war er auch nicht. Eher eine Küchenmaschine als eine Woche Karibik all inclusive. Er hob verwirrt und eingeschüchtert die Hand. Ich winkte resigniert zurück.

»Hallo Ahmat«, sagte die Frau mit dem Kopftuch neben mir, und Ahmat nickt auch ihr zu.

Der höfliche Türke legte seinem Neffen eine stolze Onkelhand auf die Schulter.

»Ahmat sein Student, er macht Wirtschaft an Universität. Er bald fertig.«

Ein »Ahhh!« aus mehreren Mündern füllte den kleinen Laden. Hinten bei den Salaten fingen zwei Frauen an zu tuscheln.

»An Wochenende Ahmat manchmal mir helfen in Laden und auch in Ferien. Er sein guter Junge. Ganze Familie sein sehr stolz.«

Die Frau mit dem Kopftuch machte ein anerkennendes schnalzendes Geräusch. Aus der Salatecke kam die Frage: »Welches Auto fährt er?«

Der höfliche Türke hob den Kopf, um zu sehen, wer da gerufen hatte, lächelte dann wieder und antwortete: »Ich sehr froh, dass Sie stellen Frage, Frau Matuschek. Ahmat fahren Opel.«

»Corsa«, fügte Ahmat hinzu.

»Welche Farbe?«, fragte ich. Es kam wie ein Schluckauf, ich konnte nichts dafür.

Der Gemüsehändler und sein Neffe antworteten gleichzeitig: »Dunkelblau.«

»Ahhh!«, machte der Laden.

Auf dem Gesicht des höflichen Türken machte sich ein zufriedenes, siegessicheres Lächeln breit, während Ahmat verängstigt, wie ein gefangenes Tier, von einer Person im Laden zur andern schaute und ganz offensichtlich so wenig auf diese Vorstellung vorbereitet gewesen war wie ich – mit dem Unterschied, dass ich mir sehr wohl denken konnte, was als Nächstes kommen würde.

Der höfliche Türke sah mich mit seinem strahlendsten Verkäuferlächeln an.

»Ich mir überlegt, vielleicht du wollen kennenlernen Ahmat ein bisschen besser.«

Ich konnte Ahmat sein Entsetzen ansehen. Sein Mund öffnete

sich und blieb geöffnet, ohne dass ein Wort ihn verließ. Ich schüttelte genervt den Kopf.

»Tut mir leid, aber das will ich nicht.« Offenbar musste ich diese Wahrheit deutlich aussprechen. Wer konnte wissen, wen mir mein Gemüsehändler sonst das nächste Mal versuchen würde anzudrehen.

Eine Woge bedauernder Laute prasselte auf mich ein. Die Frau mit dem Kopftuch griff nach meiner Hand und drückte sie fest, während sie auf mich einredete, es mir anders zu überlegen. Ich löste meine Hand irritiert aus der Umklammerung und drehte mich der Kundschaft zu, die inzwischen zum Publikum geworden war.

»Was geht Sie das eigentlich an? Hm? Ich kenne diesen Mann gar nicht. Ich weiß die Bemühungen von …« Wie hieß der höfliche Türke eigentlich? In Ermangelung näherer Informationen zu diesem Thema machte ich eine Handbewegung in seine Richtung und fuhr fort: »… dem Gemüsehändler sehr zu schätzen, aber ich will nicht mit seinem Neffen ausgehen. Und auch nicht mit Herrn Yaral.«

»Wer ist Herr Yaral?«, fragte Frau Matuschek.

Der höfliche Türke war froh zu antworten: »Herr Yaral sein sehr erfolgreicher Geschäftsmann. Er fahren VW Passat und besitzen Laden an der Ecke, sehr gute Laden!«

»Alles nur 99 Cent!«, warf die Frau mit dem Kopftuch ein, und der höfliche Türke nickte anerkennend.

»Ich habe vorgestellt Herr Yaral junger Frau, damit sie gehen aus zusammen, aber sie nicht wollen, sie sagen er zu alt.« An einigen Stellen im Laden wurden Stimmen der Empörung laut. Ich verdrehte die Augen. »Also ich ihr vorstellen Ahmat, er sein jung.«

Ahmat sah sehr unglücklich aus, während sein Onkel ihn weiter fest an der Schulter hielt. Die Frau mit dem Kopftuch schnappte sich wieder meine Hand und, während ich versuchte sie abzuschütteln, sah sie mich fast flehend an: »Warum willst du nicht mit dem guten Jungen ausgehen?«

»Weil das so nicht funktioniert, okay?«, fauchte ich sie an und entriss ihr meine Hand zum zweiten Mal. Die anderen Frauen machten einen vorsichtigen Schritt zurück und sahen mich erschrocken an. »So lernt man nicht den Mann seines Lebens kennen. Ich weiß ja gar nichts über ihn. Und er weiß nichts über mich. Er ist nur der Neffe des Mannes, bei dem ich Tomaten kaufe. Es sind gute Tomaten, okay …«

»Das stimmt!«, rief Frau Matuschek. Der höfliche Türke nickte dankbar.

»… aber darum geht es nicht. So was funktioniert vielleicht im Film, aber wir sind hier doch nicht in Hollywood. Verdammt nochmal, das ist das echte Leben!«

»Aber er ist doch ein guter Junge!«, versuchte es die Frau mit dem Kopftuch noch einmal.

»Ach ja? Ich sag Ihnen mal was.« Ich merkte, dass ich inzwischen fast schrie, aber das war mir egal. Mit Nachdruck, jede Silbe betonend, pöbelte ich ihr ins Gesicht: »Ich verliebe mich nicht in gute Jungs!«

Ich ging dann einfach nach Hause. Ohne Tomaten, Knoblauch und Birne.

Mein Bett ist der Dreh- und Angelpunkt meines Singledaseins, weil es mich immer daran erinnert, wie nett es wäre, nicht alleine schlafen zu müssen. Jeder Mensch, der zu lange allein lebt, entwickelt irgendwann einen Spleen. Ich habe mir eine spezielle Routine angewöhnt, mit der ich morgens mein Bett mache; das ist meiner. Pärchen sind manchmal zu beschäftigt miteinander, um überhaupt ihr Bett zu machen, aber ich habe viel Zeit für so etwas.

Ich breite erst die Bettdecke flach auf dem Laken aus, darüber kommt die Tagesdecke. Jede Falte streiche ich aus und die Seiten stopfe ich in die Lücke zwischen Rahmen und Matratze, damit die Decke stramm sitzt. Dann arrangiere ich die Kissen in einer bestimmten Reihenfolge. Ich habe genau vier Kissen in meinem Bett, besitze aber nur eine richtige Bettdecke, die zu klein ist für zwei. Ich habe noch eine Gästedecke, aber die ist ziemlich dünn. Männer frieren meist in meinem Bett. Aber da ich ja dazu neige, Pech mit Männern zu haben, musste noch keiner von ihnen deswegen allzu lange leiden.

Zwei Wochen, nachdem der höfliche Türke versucht hatte, mich mit seinem Neffen zu verkuppeln, ging ich wieder bei ihm einkaufen. Ich brauchte eine Handvoll Brechbohnen und zwei Karotten. Der Gemüsehändler hatte über die Sache mit Herrn Yaral und Ahmat bei meinen letzten Besuchen kein Wort verloren und war wieder dazu übergegangen, mir Kilosäcke Spinat oder Blumenkohlköpfe so groß wie Fußbälle verkaufen zu wollen. Es war also alles beim Alten.

Ich stand vor der Kiste mit den Bohnen und suchte mir sorgfältig die schönsten aus, als ein Mann in den Laden kam. Das allein war schon eine kleine Sensation. Er griff sich eine Zitrone und einen sehr, sehr kleinen Bund Rucola und legte beides vor den höflichen Türken. Der sah sich konsterniert den Einkauf an: »Du haben etwas vergessen?«

Der Mann bezog die Frage zuerst gar nicht auf sich und guckte sich verwirrt im Laden um, bis ihm klar wurde, dass er gemeint war. Seine Antwort kam vorsichtig, argwöhnisch:

»Nein?«

»Dann warum du kaufen so wenig?«

»Wie bitte?«

»Du sein Single, ja? Du leben allein?« Der höfliche Türke zwinkerte mir über die Schulter des verunsicherten Mannes hinweg zu. Mir schwante Böses.

Der Mann zögerte einen Moment, bevor er antwortete: »Ja, bin ich.«

Der höfliche Türke grinste über das ganze Gesicht: »Dann ich sollte dir vorstellen Stammkundin von mir!«

In dem Moment ließ ich die Ladentür hinter mir zufallen.

SAMSTAG / SONNTAG – DIE WAHRHEITEN

»Farbe?«

Der Mitarbeiter des Baumarktes hatte offenbar eine tiefsitzende Abneigung gegen ganze Sätze. Er trug ein rotes Baumarktshirt mit dem Logo des Baumarktes am Körper und ein bisschen Spucke im Mundwinkel, die er auch im folgenden Gespräch nicht wegleckte oder einsog oder wegwischte. Ich versuchte, nicht die ganze Zeit hinzugucken.

»Ja, ich wollte eigentlich Grau. Aber jetzt kann ich mich nicht entscheiden.«

»Wofür?«

»Zum Streichen?«

Ich sah ihm an, dass er die Augen verdrehen wollte. Und es kostete ihn sichtlich Mühe, es nicht zu tun. Wahrscheinlich hatte es eine Mitarbeiterschulung zu dem Thema gegeben: Frauen, die unerschlossene Kundengruppe im Baumarkt. Lektion eins: Widerstehen Sie dem Drang, mit den Augen zu rollen.

»Ja, und? Raum?«

Ach so. »Mein Badezimmer.«

Der Mann mit dem Speichel schaute mich an, als wäre ich verrückt: »Grau? Im Bad?«

»Warum denn nicht?«

»Wie groß … also … kann man sich da auch noch umdrehen oder was?«

»Es ist verhältnismäßig groß.« Für ein Badezimmer im Altbau.

»Quadratmeter?«

»Auch.«

»Wie viel?«

Solche Fragen konnten auch nur Männer stellen. Das war so eine Frage, die in etwa vergleichbar war mit der, welches Auto dieser oder jener fahren würde. Ein schwarzes. Das war zumindest alles, was mich interessierte.

»Das weiß ich nicht genau. Aber es ist eine Badewanne drin. Und dann ist hier noch etwa so viel Platz …« Ich machte einen Schritt nach vorn und winkelte meine Arme etwas an, um ihm die Platzsituation zu verdeutlichen.

»Fenster?«

»Ja!« Darauf war ich sehr stolz.

»Ich sag mal, helles Grau macht den Raum nicht so klein.«

»Aber da sind ja weiße Fliesen an der Wand, bis hier …« Ich hielt meine Hand etwa zwanzig Zentimeter über meinen Kopf.

»Trotzdem.«

»Aber wenn das Grau zu hell ist, sieht es neben den weißen Fliesen doch einfach nur so matschig aus …«

Er zog die Augenbrauen hoch. Ich glaube, dass die Männer im Baumarkt nicht besonders oft Gelegenheit dazu hatten, mit Frauen zu diskutieren. Da brachte auch die jährliche Mitarbeiterschulung nichts.

»Matschig?«

»Ja, und das soll sich ja abheben, verstehen Sie? Ich will doch, dass das ein Statement ist. Da. An der Wand.«

»Statement …«

»Nicht so unentschlossen, wenn, dann richtig.«

»Ich hol mal den Farbfächer.« Er holte, wie angekündigt, den Farbfächer. Auf diesem gab es noch viel mehr Grautöne als auf der Kundenfarbtabelle an der Wand, was mir die Entscheidung nicht leichter machte. Ich sah mir jede Farbe genau an und verglich alle untereinander, während der Baumarktmann an sich still neben mir stand, dabei aber extrem laut durch die Nase atmete.

»Sagen Sie, ich hab da mal eine Frage.« Ich sah ihn nicht an, aber ich spürte, dass er sich jetzt gerade wünschte, in einer Abteilung zu stehen, in der nie Frauen vorbeikamen. Beim Holzzuschnitt zum Beispiel. Oder bei den Dübeln. »Bei mir zu Hause stapeln sich die Farbeimer. Und ich kann die ja nicht einfach in den Müll werfen, oder? Wie werde ich die denn los?«

»Ist die Farbe noch gut?«

»Weiß ich nicht.« Ich runzelte die Stirn. »Wie finde ich das heraus?«

»Deckel aufmachen. Wenn's nach verfaulten Eiern stinkt, ist sie schlecht.«

»Igitt.«

»Wenn nicht, Schleife um den Eimer und an Weihnachten an Freunde verschenken.«

Ich suchte in seinem Gesicht nach einem Anzeichen dafür, dass das ein Witz gewesen war, aber er schien es leider hundertprozentig ernst zu meinen. Ich tippte auf das dritte Grau von unten auf dem vierten Fächer.

»Das da.«

»Ziemlich dunkel.«

»Aber der Name gefällt mir.« Surreal Blue.

»Okay …«

Während die Farbmischmaschine im Hintergrund das Gebinde anrührte, sah mich der Mann im roten Shirt nachdenklich an. »Bei Ihnen stapeln sich die Farbeimer?«

»Ja, leider.«

»Warum?«

»Ich streiche ziemlich oft.«

»Ist das ein Hobby oder so was?«

Ich warf ihm einen langen, ernsten Blick zu. Ein Hobby. So hatte ich das noch nie gesehen.

»So etwas Ähnliches.«

Genau zwei Monate, drei Wochen und einen Tag vor diesem Gespräch am Farbmischer hatte ich Felix kennengelernt. Da hatte der April gerade begonnen. Der Abend, an dem ich ihn zum ersten Mal sah, war einer dieser typischen Hamburger Frühlingsabende, zu warm mit Jacke, zu kalt ohne Jacke, keine Chance, die Bekleidungsfrage zufriedenstellend zu klären. Es war Freitag, und ich hatte einen DJ-Job in einer Bar etwas abseits des Kiez: weit genug weg von den betrunkenen Touristen auf der Reeperbahn, nah genug dran am rotlichtbeschienenen Herzen St. Paulis, um sich ein bisschen verwegen zu fühlen. Das »3 Freunde« war eine Cocktailbar. Hier tanzte nie jemand. Die wenigsten Gäste nahmen die Musik überhaupt wahr. Aber die Drinks waren den kleinen Hieb aufs DJ-Ego wert.

An jenem Freitagabend war meine Laune aus zwei Gründen im Keller. Erstens hatte ich mich zu Hause dazu entschlossen, eine Strumpfhose anzuziehen, und bereute meine Entscheidung jetzt, weil es heiß und voll war in der Bar und der Nylonstoff mir in den Kniekehlen festklebte. Zweitens fand neben dem regulären Barbetrieb eine private Geburtstagsfeier statt, mit übertrieben lauten, viel zu betrunkenen Gästen. Es war, als hätte die Weltvereinigung der Idioten ihr jährliches Treffen just auf diesen Abend und an diesen Ort gelegt. Der Geräuschpegel war so hoch, dass ich meine eigene Musik nicht hören konnte. Das fand ich scheiße. Ich schmollte, behielt die Kopfhörer auf und rauchte Kette. Irgendwann merkte ich, dass jemand neben dem Pult stand und mit mir redete. Das hatte mir gerade noch gefehlt: so ein besoffener Kerl, der mir irgendeinen Unsinn ins Ohr lallte und dann aus Versehen sein Bier über dem Mischpult auskippte. Ich warf ihm einen Blick zu, so unausstehlich, dass er sich eigentlich hätte umdrehen und sofort gehen müssen. Tat er aber nicht. Also nahm ich die Kopfhörer ab: »Was?«

»Gute Musik.«

Ich verzog spöttisch den Mund: »Ach ja? Interessant. Ich hör davon nämlich nichts.«

»An der Bar ist der Sound ein bisschen besser.«

Ich zuckte mit den Schultern. Er deutete mit dem Finger auf die herunter zählende Zeitanzeige des linken CD-Decks.

»Love Action.«

»Wie bitte?« Für wen hielt der sich?

»Das Lied, das gerade läuft. Human League, oder?«

Ach so.

»Das kennst du?«

Er nickte.

Ich musterte ihn skeptisch. Kein Mann mochte 80er-Jahre-Synthie-Pop. Kein heterosexueller Mann. Vielleicht war er schwul? Obwohl er gar nicht so aussah. Eher wie ein durchschnittlicher Endzwanziger, der mit seinen ebenfalls durchschnittlichen, nichtschwulen Freunden ein Bier trinken ging. Er war blond und sonnengebräunt und etwa so groß wie ich. Seine Kleidung war unauffällig, Jeans, Turnschuhe, grauer Kapuzenpulli. Aber waren das ausreichende Hinweise auf seine sexuelle Orientierung? Mein Schwulenradar war erfahrungsgemäß kümmerlich. Alles, was ich mit Sicherheit sagen konnte, war, dass er ein wirklich bezauberndes Lächeln hatte. Ganz außerordentlich bezaubernd.

Mein Blick blieb einige Sekunden länger an seinem Gesicht hängen, als ich es gewollt hatte. Vermutlich lag es an seinem unbeirrbaren Selbstbewusstsein. Ich hatte einmal gelesen, dass so etwas faszinierend auf andere Menschen wirkt. Doch selbst wenn ich möglicherweise ein kleines bisschen fasziniert von ihm war, wollte ich es mir nicht anmerken lassen. Ich kniff die Augen zusammen.

Er räusperte sich. »Wir müssen dann jetzt leider auch weiter.«

Ich wartete und glotzte, die Kopfhörer in der Hand. Er wartete und glotzte zurück. Ich hob fragend die Augenbrauen. Er kratzte sich am Hinterkopf.

»Ähm, ja … ich wollte fragen, wo du später noch hinwillst.«

»Nach Hause. Ins Bett.«

»Schade. Ich dachte, man würde sich vielleicht noch irgendwo über den Weg laufen.«

Was sich die Leute immer dachten. Ich hatte bald vier Stunden Stimmengewirr auf diffusem Klangteppich hinter mir. Und nicht zu vergessen zwei Pfirsich-Daiquiri, einen Blueberry Cup und eine halbe Bloody Mary intus. Ich lief heute definitiv niemandem mehr irgendwo über den Weg.

»Daraus wird nichts. Ich geh nach Hause.«

Er nickte und lächelte. »Tja, dann viel Spaß noch.«

Ich setzte die Kopfhörer wieder auf und zündete eine weitere Zigarette an. Und das hätte das Ende der Geschichte sein können.

War es aber nicht.

Zwei Wochen später, gleicher Ort, ähnliche Uhrzeit, stand er wieder neben mir. Aber er war nicht allein. Er hatte einen Panda aus Plüsch dabei. Ich sagte »Hallo« und er sagte:

»Ich hab den hier gerade gewonnen. Ich dachte, du möchtest ihn vielleicht haben.« Dabei hielt er mir den flauschigen schwarzweißen Ball mit vier Beinen und einem Paar Knopfaugen hin, der eben noch in irgendeiner Bude auf dem Hamburger Dom herumgesessen hatte.

Die Wege der weiblichen Logik sind unergründlich. Prinzipiell disqualifizieren Kuscheltiere für mich jeden Mann. Sofort. Unwiderruflich. Denn ein Mann, der Kuscheltiere verschenkt, hat auch ein Bügelbild von Mutti auf seinen Boxershorts, verstreut überall in der Wohnung falsche Rosenblätter aus dem Geschenkladen und breitet seine Gefühle bei »Nur die Liebe zählt« vor der gesamtdeutschen Fernsehnation aus. In meinem Leben ist kein Platz für solcherlei als Romantik getarnte Peinlichkeiten. Und weil dem so ist, kann ich mir bis heute nicht erklären, was als Nächstes passierte: Ich griff nach dem Tier, »Weich …«, und wollte es sofort behalten.

»Ich bin zufällig vorbeigekommen, hab dich gesehen und dachte, ich probier's noch mal.«

Der Panda hatte ein rundes Pappetikett am Ohr. Darauf standen eine Nummer und ein paar Buchstaben, die ich erst nicht entziffern konnte. Frank? Stand da Frank? Oder nein …

»Ah … Felix. Und ich soll dich jetzt anrufen?«

»Sagen wir so, wenn du wollen würdest, könntest du jetzt.«

Wieder dieses Grinsen. Er strahlte über sein ganzes Gesicht und ich hatte plötzlich das Gefühl, ihn zu kennen. Und ihn zu mögen. Ich konnte dagegen genauso wenig tun wie gegen die Tatsache, dass sein Grinsen mich ansteckte und ich mitmachte. Aber warum hätte ich auch etwas dagegen tun sollen? Es gefiel mir ja.

»Und wie heißt du?«

»Daphne.«

Wir gaben uns die Hand. Mir wurde warm.

Genau zwei Monate, zwei Wochen und zwei Tage, nachdem ich Felix zum ersten Mal gesehen hatte, umarmten wir uns noch einmal, bevor er ging. Er würde nicht wiederkommen. Das wusste ich, weil er gerade mit mir Schluss gemacht hatte. Mit der Begründung, dass das große Gefühl fehlte. So hatte das vor ihm noch keiner formuliert.

»Daphne, ich merk doch, dass du mich viel mehr liebst als ich dich.«

»Liebst du mich überhaupt?«

»Ich warte die ganze Zeit auf das große Gefühl, aber es kommt einfach nicht, verstehst du? Ich tu dir weh. So macht das alles keinen Sinn.«

Schon klar. Liebe ohne Liebe war keine Liebe. Aber das war mir in dem Moment eigentlich scheißegal. Vergiss die Liebe, dachte ich, Hauptsache Felix! Und wenn ich damit leben konnte, dann hätte er es sich doch auch noch einmal überlegen können. Tat er aber nicht.

Ich sah ihm dabei zu, wie er ein letztes Mal auf dem Boden meines Flurs kniete und sich die Schnürsenkel band, und versuchte, dabei die Fassung zu bewahren. Szenen waren nach nicht einmal drei Monaten nicht angebracht, auch wenn mir eigentlich danach war zu weinen und zu betteln. Ich fragte mich beleidigt, was denn mit diesem Mann bloß nicht stimmte, dass er sich nicht ein bisschen mehr Mühe gab, dieses große Gefühl für mich, das ihm so wichtig war, doch noch zu finden. Unterm Sofa vielleicht, auf dem Dachboden, irgendwo in seinem Herzen.

Und dann diese Umarmung. Die sich so nach »Schade, aber anders geht es nicht« anfühlte, nach »glaub mir, es ist besser so«. Ich blieb zivilisiert und winkte ihm nach. Dann schloss ich die Tür und gab mich meinem Liebeskummer hin.

Sechs Tage später kam ich aus dem Baumarkt nach Hause, in der Hand fünf Liter Farbe der Sorte Surreal Blue in einem ovalen Plastikeimer, dessen dünner Metallgriff mir beim Tragen schmerzhaft in die Haut schnitt. Hobbys gingen anders. Hobbys sollten Spaß machen. Die Renovierung meines Badezimmers hatte nichts mit Spaß zu tun. Oder Notwendigkeit. Das war ein Ablenkungsmanöver, eine Übersprungshandlung. Eine Reaktion darauf, dass Felix mich verlassen hatte wie so manch anderer vor ihm.

Ich war schon immer hochgradig anfällig für Liebeskummer gewesen. Wenn er bei anderen so schnell kam und wieder ging wie ein Schnupfen, nahm er bei mir jedes Mal die Ausmaße einer Grippe an, mit Fieber, Delirium und Notarzt. Darauf war Verlass. Doch es gab Methoden, um dem entgegenzuwirken.

Die meisten Frauen gingen ja nach einer Trennung zum Friseur und ließen sich eine flotte Kurzhaarfrisur schneiden. Das bereuten sie in den meisten Fällen noch Wochen später. Aber es gab die anderen Frauen, und es gab mich. Ich hatte bereits eine flotte Kurzhaarfrisur und außerdem nicht viel übrig für Klischees. Ich war Individualistin. Und hatte außerdem, wie gesagt, Pech mit Männern. Der Verschleiß war hoch, die Fluktuation beängstigend. Wäre ich jedes Mal, wenn sich wieder einer von ihnen aus dem Staub gemacht hatte, zum Friseur gerannt, hätte ich jetzt keine Haare mehr auf dem Kopf.

Das einzige Mittel, das mir in einem akuten Fall von Liebeskummer half, war das Streichen der Wände meiner viel zu kleinen Wohnung. So erklärte sich der Stapel Farbeimer in meiner Abstellkammer. Einer für jeden Mann, der mich in den letzten zwei Jahren hatte sitzen lassen. Der Stapel reichte mir inzwischen bis zum Kinn. Pro Zimmer waren das zwischen zwei oder drei Schichten Farbe.

Dass die Leiter nicht in die Badewanne passte, hätte ich eigentlich noch vom letzten Mal wissen müssen: Andy, ein Monat, drei Wochen, ein Tag, von Hellblau auf Lindgrün umgestrichen vor etwas über einem Jahr. Damals hatte ich auch schon auf dem Badewannenrand balancieren müssen. Ich hätte mir außerdem auch einfach merken können, dass ich mit 2,5 Liter Farbe damals wunderbar ausgekommen war. Der Baumarktmann mit der Spucke im Mundwinkel hatte mir mindestens drei Liter zu viel aufgeschwatzt. Ich ärgerte mich kurz über das Geld, das ich eigentlich nicht besaß und unnötigerweise für Surreal Blue ausgegeben hatte, welches nun in meiner Abstellkammer landen und irgendwann nach faulen Eiern riechen würde. Wenn ich den Rest nicht zu Weihnachten verschenkte.

Das Badezimmer ist sehr verwinkelt, es gibt insgesamt acht Ecken. Das bedeutete eine Menge Arbeit. Genau wie die saubere Abschlusskante dreißig Zentimeter unter der Decke – ohne vorheriges Abkleben, denn das beschissene Kreppband wollte nicht an der Wand halten. Scheiße! Ich fluchte wie eine sechzehnjährige Hauptschülerin, aufs Übelste, aufs Klebeband, auf Felix, auf die Männer, auf mich. Meine Stimme hallte von den gefliesten Wänden. Dazu hörte ich Rage Against The Machine, denn wenn Human League lief, hatte ich neuerdings immer einen Kloß im Hals.

Am nächsten Tag, es war Sonntag, lag ich neben meiner Freundin Betty auf ihrem Balkon. Ab drei Uhr nachmittags hat sie dort Sonne. Bettys Balkon und die dazugehörige Wohnung befinden sich in der Schanze, einem dieser Viertel, das einmal eine Seele hatte. Dann kamen die Yuppies mit ihren teuren Kinderwagen und ihrem unstillbaren Bedürfnis nach Latte macchiato. Und am Wochenende bevölkerten plötzlich die Pinneberger Partytouristen die Bars und machten die Straßen unpassierbar. Die Häuser wurden saniert, die Mieten erhöht und die Seele ging flöten. Betty war weder ein Yuppie noch kam sie aus Pinneberg. Sie wohnte schon lange hier und hatte die ganze traurige Veränderung ihres Stadtteils miterlebt. Jetzt ging sie nur noch selten vor die Tür, ohne zu fluchen.

Wir hatten uns bis auf die Unterwäsche ausgezogen, denn es war heiß, einer dieser späten Junitage, die einen hoffen lassen, dass es dieses Jahr klappen wird mit dem Sommer. In Hamburg wurde man diesbezüglich leider regelmäßig enttäuscht, doch noch war alles möglich. Durch die geöffnete Balkontür klang die Stimme von Bob Marley. Betty baute einen Joint und zündete ihn an. Ich legte meine Hand an die Stirn wie ein kleines Vordach, damit ich die Augen nicht so zusammenkneifen musste.

»Das große Gefühl fehlt. Lass dir das mal auf der Zunge zergehen. Ganz langsam: Das. Große. Gefühl. Fehlt.«

Ich war frisch getrennt und noch lange nicht über den Berg. Für den Moment gab es kein anderes Gesprächsthema, seit ziemlich genau sieben Tagen schon. Das waren 168 Stunden. Und falls ich es mal vergaß, hatte ich überall am Körper surreal-blue-farbene Farbspritzer, die mich daran erinnerten. Betty zog am Joint und reichte ihn mir.

»Ich weiß gar nicht, worüber du dich so aufregst.«

Sie wusste es schon. Sie wollte mich nur aus der Reserve locken.

»Weil es lächerlich ist. Man muss doch nicht gleich panisch davonlaufen, nur weil sich nach zwei Monaten das große Gefühl noch nicht eingestellt hat.«

»Wahrscheinlich war er sich sicher, dass es nicht mehr kommen wird.«

Ich nahm einen Zug und ärgerte mich. Betty war knallhart mit der Wahrheit. Besonders dann, wenn sie für andere unangenehm war. Sie war keine Sadistin. Sie wollte nur, dass ihre Freunde sich nicht länger als nötig mit Dingen aufhielten, die sich nicht ändern ließen. Doch auch wenn sie mich damit schon oft so wütend gemacht hatte, dass ich ihr am liebsten alle ihre Dreads einzeln vom Kopf gerupft hätte, hatten wir uns noch nie gestritten. Betty stritt sich nicht. Dazu war sie generell zu entspannt. Sie trank lieber einen Schnaps.

»Aber es klingt so blöd: ›Das große Gefühl‹.«

»Was soll er denn sonst sagen?«

»Liebe?«

»Warum sollte er denn ausgerechnet jetzt, wo er mit dir Schluss macht, anfangen, von Liebe zu reden?« Betty war die Windmühle, ich war Don Quichotte. »So ein Quatsch.«

Sie streckte ihre Gliedmaßen mit einem genüsslichen Seufzen von sich. Von oben musste sie aussehen wie ein Seestern. Sie war schlank, aber muskulös. Das kam von der Bararbeit: Bierkisten schleppen, Gläser abräumen, Betrunkene vor die Tür setzen.

»Daphne, versprich mir eins: Versink jetzt nicht wieder in einer monatelangen Depression, weil der Typ dich verlassen hat. Kein Rumgeheule dieses Mal, okay? Der war eh nix für dich. Der war irgendwie … geistig klobig.«

»Geistig klobig?« Ich versuchte, mich nicht persönlich beleidigt zu fühlen. Klappte nicht so gut.

»Du suchst dir immer so Typen aus. Im Ernst, ich bin immer wieder enttäuscht von dir.«

»Enttäuscht?!«

»Ja, enttäuscht. Du könntest so viel Bessere haben. Aber nein! Seit ich dich kenne – seit acht Jahren! – immer diese Idioten.«

Ich rollte mich auf die Seite und stützte mich auf dem Ellenbogen auf: »Das musst du gerade sagen!«

»Keine Ahnung, wovon du redest.« Sie sprach mit mir wie mit einem trotzigen Kind, während sie die Augen geschlossen hielt und ihre Hand in meine Richtung bewegte, damit ich ihr den Joint geben konnte.

»Na, von Mo.«

»Schätzelein, das ist was ganz anderes.«

Das stimmte einerseits. Andererseits wiederum nicht. Seit ich Betty kannte, hatten sie und Mo eine dieser Beziehungen, die sich über Jahre hinzog, ohne dass man hätte sagen können, worum es sich dabei eigentlich handelte. Sicher war, dass Betty Mo vergötterte. Bis zu welchem Grad Mo Betty vergötterte, war schwer zu sagen. Sicher war, dass es ihm schwerfiel, ohne sie zu leben. Allerdings hatte er scheinbar auch kein Interesse daran, so wirklich, richtig, mit ihr zusammen zu sein. Deswegen waren sie es mal und mal nicht. Zurzeit waren sie ein Paar, die Frage war nur: wie lange noch? Dieses Hickhack war schon für mich als Zuschauer zermürbend. Wie musste sich Betty da erst fühlen?

»Inwiefern ist das bitte etwas anderes?«

»Insofern, dass ich die ganze Sache mit Mo vollkommen unter Kontrolle hab. Du hingegen …«

»Ganz ehrlich, Betty, ich glaube, Felix war der Richtige für mich.«

»Ganz ehrlich, Daphne, ich glaube, du bist ein Idiot. Und genau darauf wollte ich hinaus.«

Ich nahm ihr den Joint, der inzwischen ausgegangen war, aus der Hand und zündete ihn wieder an. Das Feuerzeug fauchte wie ein kleiner Drache und der Geruch von Marihuana und Feuerzeuggas gepaart mit der Hitze des Tages sorgten dafür, dass mir ein bisschen schlecht wurde. Ich rollte mich meinem Kreislauf zuliebe wieder auf den Rücken.

»Nein, wirklich. Er war so wunderbar normal …«

»Geistig klobig war er.«

»… so bodenständig. Du kennst doch die Kerle, die ich sonst immer anschleppe.«

»Alle Totalausfälle.«

Ich ignorierte das.

»Der eine reist durch die Weltgeschichte und verlässt mich wegen so einer blonden, hässlichen, fetten Amerikanerin. Der Nächste ist so sehr von sich selbst überzeugt, dass kein Platz mehr für mich bleibt. Dann der Drogendealer, der politische Aktivist, mit dem ich immer diskutieren musste, dieser Schauspieler …«

»Der war doch schwul.«

»Ich versuche noch immer, das zu vergessen, Betty, und du bist mir dabei keine große Hilfe.«

»Aber er war schwul!«

Ich warf ihr einen warnenden Blick zu und drückte den Joint in der Regenrinne aus.

»Aber Felix war anders. Vielleicht nicht so aufregend wie die anderen oder so spannend oder … speziell …«

»… oder bescheuert – nein, warte, er war bescheuert.«

»Aber ich hab mich mit ihm wohlgefühlt. Mit ihm war alles so entspannt. Alles war irgendwie so sonnig. Wirklich, ich meine, ich hab schon nach zwei Wochen gedacht: ›Wow! Den werde ich heiraten und mit ihm aufs Land ziehen und Kinder bekommen.‹ Ich hab bei keinem anderen bisher so gefühlt.«

Betty wandte den Kopf zu mir und sah mich nachdenklich an. »Was willst du denn auf dem Land?«

Ich verpasste ihrem Bein einen Tritt: »Mensch, Betty!«

»Im Ernst, Daphne: Was willst du auf dem Land?«

Ich seufzte. »Hast du dich nie gefragt, warum Supermodels immer so unscheinbare kleine Buchhaltertypen heiraten, oder warum die hässlichsten Frauen manchmal die tollsten Typen abkriegen? Wegen genau diesem Gefühl, das in einem den Wunsch weckt, aufs Land zu ziehen. Es ist mächtig.«

»Tja, DEIN Gefühl vielleicht. Bei ihm war's damit ja nicht ganz so weit her. Also vergiss ihn.«

Das war typisch Betty. Ich presste die Lippen aufeinander. Bob Marley sang »Waiting in Vain«. Wahrscheinlich hatte er mal wieder Recht, der gute alte Bob. Wahrscheinlich wartete ich umsonst. Mein Kopf schwirrte vom Kiffen. Betty zwirbelte konzentriert an den Enden ihrer Dreads, und ich beobachtete sie dabei mit halb zusammengekniffenen Augen. Ein Gedanke schoss mir durch den Kopf.

»Ich hab's!«

»Was nochmal?« Sie ließ gelangweilt den Haarstrang los und streckte sich, als könnte sie so die Trägheit abschütteln. Aufgeregt setzte ich mich aufrecht hin. Auch wenn mir davon schwarz vor Augen wurde, ich fühlte mich erleuchtet. Wahrscheinlich lag es am Gras.

»Folgendes: Es gibt zwei Wahrheiten, was die Liebe betrifft. Manche Menschen behaupten, es gäbe mehr, aber nein, es gibt nur zwei. Zwei, die wichtig sind, von denen sich alle anderen ableiten, das ist so wie mit den Grundfarben, weißt du? Aus Rot, Blau und Gelb kannst du alles andere machen, zugegeben, das sind drei Farben und nicht zwei, aber wir reden ja auch nicht über Farben, sondern eigentlich geht es um …«

»Jetzt rück endlich raus mit deinen Wahrheiten.« Betty griff hinter sich und tastete den Boden nach ihrem Tabakbeutel ab, der Packung mit den langen Blättchen und der kleinen Plastiktüte mit dem grünen Hanfblatt darauf.

»Liebe, eigentlich geht es um Liebe, und mit der verhält es sich so: Wahrheit eins – Du kannst niemanden, der dich nicht liebt, dazu bringen, dich zu lieben.«

»Ja.«

»Genau, Liebe, die ist entweder da oder sie ist es nicht. Und du kannst nichts daran ändern.«

»Okay, und Nummer zwei?«

»Nummer zwei ist schrecklich. Wenn du denkst, Wahrheit Nummer eins sei schon unschön, dann macht dir Wahrheit Nummer zwei dein Leben erst recht zur Hölle.«

Ich machte eine Pause, um die Dramatik zu erhöhen. Die Regeln der Rhetorik verlangten es. Betty hielt einen kleinen Pappfilter in der linken Hand und verteilte mit der rechten Tabak auf dem Zigarettenpapier. Sie sah mich an und hob ungeduldig die Augenbrauen.

»Kommt da noch was?«

»Wahrheit Nummer zwei: Wenn du jemanden liebst, kannst du nichts dagegen tun. Auch wenn er dich nicht liebt, dich nicht mit dem Arsch anguckt und es das Vernünftigste wäre, ihn für immer zu vergessen: Wenn du ihn liebst, bist du verloren.« Ich blinzelte in die Sonne, beglückt von meinem philosophischen Höhenflug. Wie deprimierend die daraus resultierende Erkenntnis war, schien mir in diesem Augenblick völlig irrelevant.

»Das macht Sinn.« Betty leckte die Seite des Blättchens an und baute routiniert den Joint fertig. »Aber warum erzählst du mir das alles?«

»Weil ich meine Einsicht mit dir teilen wollte.«

»Vielen Dank.«

»Und weil damit bewiesen wäre, dass es faktisch für mich unmöglich ist, Felix einfach zu vergessen. Wahrheit Nummer zwei lässt mich nicht.«

»Das ist schlau.« Betty steckte sich den Joint in den Mund, zündete ihn an und inhalierte. Sie entließ langsam eine Rauchwolke über ihre Lippen in den blauen Junihimmel. »Wir werden sehen.«

Irgendwann später, als ich zu Hause vor dem Fernseher saß und das Sonntagabendprogramm an mir vorbeizog, ließ die Euphorie nach. Die Euphorie darüber, dass ich die Liebe durchschaut hatte wie ein Aquarium, und auch die künstliche Euphorie, die ich Bettys zahlreichen Joints zu verdanken hatte – verpufft. Ich schaute auf die Uhr. 174 Stunden nach Felix. Ich hatte ihn nicht angerufen. Und ich hatte nicht vor, es zu tun. Er hatte mich schließlich auch nicht angerufen, und das würde er auch nicht. Außerdem telefonierte ich Männern prinzipiell nicht hinterher. Wenn die schon mein Herz verletzten, musste ich ja nicht freiwillig dasselbe mit meinem Stolz tun. Ich warf trotzdem einen Blick auf das Display meines Handys, um sicherzugehen, dass ich nicht doch einen Anruf von ihm verpasst hatte. Hatte ich nicht.

Er fehlte mir. Hinter meinen Augen baute sich ein heißer Druck auf. Hier kommen die Tränen! Macht Platz für die Tränen!

Ein Schluchzen kroch aus meiner Kehle, das so dramatisch klang, dass es mir selbst peinlich war. Aber es gab keine Zeugen, es gab nur den Fernseher. Das passte, das war trostlos und Grund genug, noch ein bisschen mehr auf die Tränendrüse zu drücken, indem ich mir selbst still im Kopf gemeine Dinge sagte. Wie kleine rechte Haken ins Herz. Dass ich nie jemanden finden würde, der blieb. Dass ich eben einfach nicht normal war und nicht liebenswert und dünne Storchenbeine hatte und keine Titten und überhaupt total verkorkst war nach all den gescheiterten Beziehungen, wenn man sie überhaupt so nennen konnte. Es war schon ein Wunder, wenn es ein Mann hinter mir in der Supermarktschlange länger aushielt als zehn Minuten, bevor er entnervt seinen Einkaufswagen von sich schob und mit den Worten »Ich kann das einfach nicht mehr« das Weite suchte. Und sich zum Beispiel nach Hawaii absetzte.

Ich wischte mit dem Ärmel meiner Strickjacke über mein verschnoddertes Gesicht. Mein Blick fiel auf den Spiegel gegenüber vom Sofa. Ich sah aus wie eine Schildkröte. Ich sah immer aus wie eine Schildkröte, wenn ich heulte, mit dieser geschwollenen Oberlippe. Das sah scheiße aus. Ich sah scheiße aus. Wie jemand, mit dem gerade Schluss gemacht worden war.

Das Alleinsein machte mich kribbelig. Ich wünschte, Betty wäre hier und würde mir sagen, wie blöd ich war. Oder Felix wäre hier und würde vor mir niederknien und sich entschuldigen und sagen, wie blöd ER gewesen war und mich küssen … Ich schlug mir mit der flachen Hand gegen die Stirn in der Hoffnung, dass das gegen meinen Wahnsinn helfen würde. Zumindest bis ich eine adäquate Ablenkung gefunden hatte. Ich schaltete den Fernseher aus und schnäuzte mich in meinen Ärmel, das war jetzt auch schon egal. Und dann wählte ich die Nummer meiner Mutter.

»Ja?«

»Ich bin traurig.«

»Daphne? Noch immer Liebeskummer? Weinst du?«

»Ja!« Die Tränen kamen immer, wenn man von ihnen sprach. Jetzt zum Beispiel.

»Lass das, das macht hässlich.«

Um solche Dinge zu hören, rief man in Notsituationen seine Mutter an.

»Ich kann nicht.« Ich wischte meine Nase am anderen Ärmel ab.

»Ach, sei nicht albern. Mach dir einen Tee.«

»Ich bin zu schwach.«

Ich glaube, meine Mutter hatte Schwierigkeiten, meine Worte genau zu verstehen, die seltsam verzerrt durch mein permanentes Schluchzen aus mir herauskamen. Sie beschloss, dass es wohl die beste Strategie wäre, das Thema zu wechseln.

»Warum hör ich eigentlich erst jetzt von dir, seit Tagen bekomme ich dich nicht ans Telefon.«

»Wir haben vorgestern miteinander gesprochen.«

»Ach ja? Aber dann weißt du noch gar nicht, was sich dieser Klempner geleistet hat, der gestern hier war. Du weißt schon, wegen der Duscharmatur. Die tropft doch. Na, jedenfalls kommt er natürlich zu spät, vierzig Minuten! Und dann besitzt er doch die Frechheit …«

»Ich muss mir schnell die Nase putzen.«

»Ja gut, und mach dir einen Tee.«

Ich machte mir keinen Tee. Ich wischte den tränennassen Telefonhörer am Sofakissen ab und wählte die nächste Nummer. Am Ende des Tutens wartete Hannes.

»Hey!«

Zur Antwort zog ich geräuschvoll die Nase hoch.

»Bist du krank?«

»Nein«, wimmerte ich. »Kannst du trotzdem vorbeikommen?«

»Bin schon unterwegs«, sagte er. Der Gute.

SONNTAG / MONTAG – ES KOMMT NOCH SCHLIMMER

»Ich hab so viel Liebe zu geben. Und keiner will sie. So ist es doch, Hannes! Das ist nicht fair, oder? Hannes? Ist das etwa fair?«

Ich lag halb auf meinem Küchentisch, das Kinn auf meine linke Hand gestützt, in der rechten eine Zigarette, der dazugehörige Arm klebte an einem Gemisch aus Limettensaft und Cola auf der Tischplatte fest. Als ich ihn anhob, um an der Zigarette zu ziehen, riss es mir ein paar Härchen aus.

Hannes nickte verständnisvoll und streckte seine langen Beine etwas weiter von sich. Ich konnte nicht genau erkennen, ob und wie er mich dabei ansah. Das Licht der Lampe war zu schwach und ich sah nicht mehr so gut, das war der verdammte Alkohol. Und es lag wohl auch daran, dass ich so viel geheult hatte. Ich hatte inzwischen jegliche Hoffnung, an diesem Abend irgendwann die Ähnlichkeit mit einem kurzsichtigen Reptil abzuschütteln, aufgegeben. Und jegliche Bemühung darum, etwas anderes zu tun als zu jammern. Ich jammerte ohne Luft zu holen, ohne Selbstreflexion, weil das Leben mich hasste und die Liebe nicht wusste, wo ich wohnte, die dumme Nuss.

»Aber ihr wart doch nur ganz kurz zusa…«

»Hannes, darum geht es nicht. Es geht darum, dass niemand jemals nicht abhauen wird, verstehst du?«

»Ich glaube, ja, aber ich weiß nicht, ob das so stimmt, ich meine …«

»Doch! Und dabei habe ich gerade erst eine Halbjahrespackung gekauft.«

»Eine Halbjahrespackung wovon?«

»Von der Pille, Mann! Alles umsonst. Scheiß Ironie.«

Er schluckte verlegen. Ich zog an meiner Zigarette, während mein Körper erneut geschüttelt wurde von einer Reihe Schluchzer. Ich griff nach der Rolle Klopapier, die ich zum Wegwischen etwaiger Körperflüssigkeiten neben mir auf dem Tisch platziert hatte. Meine Strickjacke hatte ich ausziehen müssen, weil ich sie schon hatte auswringen können.

»Ich bin mir ganz sicher, dass du bald jemanden triffst, der nicht abhaut.«

»Das wird nie passieren!« Ich klang hysterisch. Gut. Ich war nicht mit diesen lahmen Floskeln zu beruhigen. Das hier war ernst. Eine Krise. Ich stand am Abgrund, unter mir ein tiefes, bodenloses Loch. Nein, besser, ich stand am Anfang einer endlosen Einöde, einem grenzenlosen Areal mit nichts, gar nichts darin. Es hörte nie auf, egal in welche Richtung ich ging, und jede Oase entpuppte sich als Fata Morgana.

Hannes sah sich betroffen in der Küche um und suchte offenbar nach den passenden Worten.

»Tja … na ja, also sicher ist ja wohl, dass er nicht der Richtige war, sonst wäre er ja wohl nicht, ähm … abgehauen. Weil du ja schließlich … also, guck dich an, eine Frau wie dich, da müsste man ja ein absoluter Vollidiot sein, oder?«

Noch mehr Floskeln. Ich warf Hannes einen genervten Blick zu. Er trank sein Glas in einem Zug aus. Ich griff nach meinem eigenen und stand von meinem Stuhl auf, leicht wankend.

»Noch einen?«

Er reichte mir sein Glas.

Cuba Libre konnte ich auch in einem hochgradig betrunkenen Zustand noch zusammenmischen. Ich hatte an diesem Abend schon sieben von der Sorte gemacht, drei für Hannes, drei für mich und einer war mir in der letzten Runde umgekippt und hatte sich über den Tisch und den Fußboden ergossen. Das war nicht passiert, weil ich besoffen war. Ich war lediglich tränenblind gewesen.

»Ich kann das gar nicht mit ansehen.«

»Denkst du, mir macht das Spaß? Ich bin dieses Leiden so leid, Hannes.« Ich ließ theatralisch die Schultern sinken.

»Nein, du und die Limetten und das Messer, das sieht nicht sicher aus.«

»Geht schon.«

Aus dem Augenwinkel konnte ich sehen, dass Hannes von seinem Platz aufgestanden war.

»Lass mich mal.«

»Aber du weißt doch gar nicht, wie man das macht!«

»Ich schau dir jetzt seit zwei Stunden dabei zu, setz dich da hin.«

»Du hast genauso viel getrunken wie ich«, protestierte ich kraftlos.

Hannes ignorierte das. Er nahm mir das Messer aus der Hand und schob mich auf den Küchenstuhl.

»Stimmt. Aber ich steh trotzdem nicht so neben mir wie du.«

Ich schob schmollend die Unterlippe vor, zog sie aber schnell wieder zurück, weil ich wusste, dass das unter normalen Umständen schon blöd aussah – in Kombination mit meiner schildkrötigen Oberlippe entstellte es mein Gesicht sicherlich vollends. Ich legte den Kopf in den Nacken und seufzte laut.

»Hannes? Warum?« Ich hörte, wie ein Messer beiseitegelegt und eine Flasche aufgeschraubt wurde. »Hannes! Sag was!« Der Rum gluckerte, als er aus der Flasche in das Glas gegossen wurde.

»Okay, ich sag dir was: Er sagt, er liebt dich nicht. Das ist anständig von ihm, immerhin verarscht er dich nicht.«

»Ich hasse das, wenn diese Mistkerle dann auch noch einen Orden verliehen bekommen, weil sie sich angeblich anständig verhalten, und dabei machen sie sich nur aus dem Staub, weil sie bekommen haben, was sie wollten.«

»Ja, vielleicht hatte er nach zwei Monaten schon alles von dir bekommen, was er wollte, so ist das dann eben. Aber dann solltest du die Sache vergessen, weil … na, wenn jemand nach so kurzer Zeit schon genug von dir hat, dann hat das doch alles eh keinen Zweck. Oder?«

»Ich hasse dich.«

Hannes drückte mir meinen Drink in die Hand und trank seinen eigenen, während er neben mir stehen blieb und mir seltsamerweise den Kopf tätschelte. Das kam so überraschend, dass meine Kopfhaut anfing zu kribbeln.

»Weil ich die Wahrheit sage?«

»Ts… und übrigens waren es zwei Monate, zwei Wochen und zwei Tage genau.« Ich trank einen Schluck und starrte die Heizung an. Da musste ich auch dringend mal die Staubkruste entfernen, das war ja abstoßend. Etwas anderes konnte ich nicht denken. Weil mein Kopf kribbelte.

»Ich sag dir noch was: Du sitzt hier und heulst, aber eigentlich hast du keinen Grund dazu, oder? Du kannst mir nicht erzählen, dass du den Typen geliebt hast.«

»Doch, irgendwie … oder nein, vielleicht auch nicht. Ich weiß nicht, ich meine, wenn ich ihn nicht geliebt habe, warum habe ich dann Liebeskummer?«

»Ist das Liebeskummer?«

Hannes hörte auf, meinen Kopf zu kraulen, und setzte sich wieder mir gegenüber.

»Was ist es denn sonst?«

»Trotz? Enttäuschung? Verlustangst?«

»Wann genau hast du Psychologie studiert?«

»Im Ernst, ich glaube, du bist nur beleidigt, weil er sich nicht in dich verliebt hat …«

»Das versteh ich wirklich nicht, das hätte er doch einfach mal machen können«, warf ich empört ein.

»… und jetzt schiebst du Panik, weil mal wieder eine deiner Beziehungen kaputtgegangen ist.« Er unterstrich die Absurdität des Wortes ›Beziehungen‹ indem er diese imaginären Gänsefüßchen in der Luft machte. Das wirkte so abschätzig, ich hätte ihm am liebsten seine Gänsefüßchenfinger abgebissen. »Und jetzt hast du Angst, für immer allein zu bleiben, so wie du die meiste Zeit Angst hast, allein zu sein, und das merkt man, glaub mir.«

»Nur zu. Streu noch ein bisschen Salz in die Wunde.«

Hannes beugte sich zu mir vor, wahrscheinlich, um seinen Worten mehr Gewicht zu geben. Sein Atem roch nach Cuba Libre. Seine Augen schwammen und suchten einen Fixpunkt in meinem Gesicht, und das zeigte mir, dass er genauso betrunken war wie ich und all diese Überlegenheit nur gespielt war. Warum konnten Männer das so viel besser als Frauen?

»Ich will dir einfach nur helfen. Damit du klar siehst. Damit du aufhörst, aus den falschen Gründen traurig zu sein. Dir geht es doch gar nicht um diesen … wie hieß der?«

»Felix«, flüsterte ich.

»Vergiss den Namen. Er ist nicht wichtig.«

»Aber ich vermisse ihn.«

Ich flüsterte noch immer, völlig grundlos. Hannes guckte mich so seltsam an. Ich fragte mich, wieso. Es kribbelte plötzlich überall.

»Du vermisst nicht ihn. Du vermisst das.«

Und dann küsste Hannes mich. Einfach so. In meiner Küche. Auf meinen Schildkrötenschnabel. Ich war baff. Aber ich küsste zurück.

Hannes und ich kannten uns, weil wir beide Betty kannten. Ich saß eines Abends in Bettys Bar am Tresen, als sich dieser sehr große, sehr dünne Typ auf den Hocker neben mir fallen ließ, in einem verwaschenen T-Shirt, zu weiten Hosen, mit beginnenden Geheimratsecken, obwohl ich ihn auf nicht einmal dreißig schätzte. Betty kannte seinen Namen und gab ihm sofort einen Schnaps aus. Also wusste ich, dass er okay war und Hannes hieß. Lange trafen wir uns immer nur zufällig an der Bar, aber irgendwann merkten wir, dass wir uns sehr gut unterhalten konnten und besuchten uns gegenseitig zu Hause.

Er lebte in einer WG in Barmbek. Sein Zimmer war gepflastert mit Fantasy-Filmplakaten und in den Regalen standen kleine Monsterfiguren, die er selbst bemalt hatte. Orks hießen die. Hannes war ein Freak. Und in zwei Dingen unschlagbar: der Zubereitung von Bratkartoffeln mit Speck und als Zuhörer. Irgendwann war klar, dass wir Freunde waren.

Ich hatte Hannes schon vor diesem Abend geküsst. Wenn ich ihn traf, begrüßte ich ihn mit einem Kuss auf die Wange und manchmal auch auf den Mund. Dasselbe tat ich schließlich mit Betty, und dies waren emanzipierte Zeiten, richtig? Aber dieser Kuss war anders, so wie er nicht zwischen zwei Menschen passieren sollte, die nur Freunde sind. Das war falsch und kompliziert. Nichts, wofür ich gern die Verantwortung übernehmen wollte. Und was die Katastrophe perfekt machte: Es blieb nicht bei diesem Kuss.

Am nächsten Morgen schlich Hannes sich aus meinem Bett und aus der Wohnung, ohne noch ein Wort zu sagen. Ich war froh darüber. Zum einen, weil ich einen Kater hatte, der nicht von dieser Welt war. Aber leider vor allem, weil ich mich schämte. Ich hatte Sex mit einem meiner engsten Freunde gehabt. Ich war dabei betrunken gewesen. Noch schlimmer: Ich hatte ausgesehen wie eine Schildkröte. Wenn er ab jetzt an mich dachte, würde er mich vor sich sehen, mit dem Gesicht einer Schildkröte, die gerade einen Orgasmus hat. Das war der einzig positive Aspekt an der ganzen Sache (soweit ich mich erinnerte): der Orgasmus. Leider jedoch mit der falschen Person, und das relativierte dann auch schon wieder alles.

Ich rollte mich aus dem Bett, sobald ich die Haustür ins Schloss fallen hörte. Die Kissen rochen nach Hannes und mir, ich fand das unerträglich. Ich begann, das Bettzeug abzuziehen und öffnete das Schlafzimmerfenster. Auf der Fensterbank saß der Plüschpanda, den Felix mir geschenkt hatte. Bei seinem Anblick fing ich fast wieder an zu heulen. Ich entfernte die klebrigen Reste des Vorabends von Küchentisch und Boden, ging duschen und fühlte mich bei all dem, als würde ich Spuren an einem Tatort verwischen. Was ja leider bekanntermaßen die Tat nicht ungeschehen macht.

Ein Blick in den Spiegel sagte mir, dass mein Gesicht so aufgedunsen aussah wie nach einem allergischen Schock. Schock war in diesem Zusammenhang das richtige Wort. Mit dem Gesicht konnte ich kleine Kinder erschrecken. Aber es nütze nichts, ich musste zur Arbeit. Und so setzte ich mir um halb zehn Uhr morgens meine Sonnenbrille auf und verließ das Haus.

Wenn man mich nach meinem Beruf fragt, sage ich »Werbung« und gehe nicht weiter ins Detail. Die Leute reagieren immer begeistert und denken, ich würde meine Arbeitszeit koksend in einem ganz in Weiß gehaltenen Loft-Büro verbringen und überdurchschnittlich gut dafür bezahlt werden, an genialen Ideen für den nächsten iPod-Spot zu feilen. Das mit dem Koks findet nicht jeder gut, aber Loft-Büros schon, und iPods sind definitiv *everybody's darlings*.

Mich hatte noch niemand in dem hässlichen Großraumbüro von Markwardt & Söhne in der Innenstadt besucht und den dunklen Teppichboden gesehen, die beigen Wänden und die klobigen einheitlichen Möbel aus dem Bürobedarfskatalog von 1978. Deswegen konnte es auch keiner besser wissen. Die Agentur war spezialisiert auf kleine bis mittelständische Unternehmen, die es lieber konservativ als kreativ mochten. Wir waren verantwortlich für Slogans wie: »Spedition Petersen – wir bringen's hin«. Ich nahm mich diesbezüglich gern aus der Verantwortung, denn offiziell war ich nicht kreativ, auch nicht auf konservative Weise. Ich arbeitete dem Kreativteam nur zu, erledigte Papierkram, stellte Telefonverbindungen her und sorgte für Koffeinnachschub – in Form von Kaffee, nicht Kokain.

Mit Anfang zwanzig war es mein Traum gewesen, in einer Werbeagentur zu arbeiten. So hatte ich mir das damals allerdings nicht vorgestellt. Ich fand meinen Job weder besonders spannend noch besonders sinnvoll, aber ich hatte beschlossen, ihn zu behalten, bis mir eine Idee kam, was ich stattdessen machen könnte. Diese Strategie verfolgte ich seit einigen Jahren. In der Zwischenzeit kam ich fast täglich zu spät, so wie heute, und war oft verkatert, so wie heute. Aber ich wurde nicht gefeuert. Wahrscheinlich, weil ich die Einzige in dem Laden war, die wusste, was ein iPod ist.

Ich war kaum im Büro angekommen, da klingelte mein Handy. Ich trug noch immer die Sonnenbrille und hatte auch nicht vor, sie abzunehmen. Jedenfalls nicht, bis mich jemand darauf ansprach. Durch die dunklen Gläser konnte ich auf dem Display Hannes' Namen sehen. Ich nahm nicht ab. Ich wartete darauf, dass es aufhören würde zu klingeln. Aber Hannes war hartnäckig. Und ich irgendwann mürbe.

»Hallo.«

»Hey, warum hat das denn so lange gedauert?« Er klang vergnügt. Beschwingt, könnte man fast sagen.

»Handy nicht gefunden.«

»Na ja, ist ja nochmal gutgegangen, oder? Sag mal, ich hab mich gefragt, ob wir heute Abend nicht etwas Schönes zusammen machen wollen?«

»Etwas Schönes?«

»Kino vielleicht.« Ich war nicht scharf darauf, neben Hannes im Dunkeln zu sitzen. »Oder wir könnten etwas essen gehen.«

»Ähm, Hannes, ich weiß noch gar nicht, ob ich kann.«

»Hast du etwas anderes vor?«

»Vielleicht.«

»Melde dich doch einfach, wenn du Bescheid weißt. Ich warte.«

»Okay.«

»Ich freu mich auf dich.«

Panisch klappte ich das Telefon zu.

Lucy war Auszubildende im Chefsekretariat. Wir lernten uns kennen, weil das Schicksal uns zufällig an denselben Arbeitsplatz verschlug. Und das war der einzige Grund. Sie hielt uns für Freundinnen, ich für Kolleginnen.

»Wieso trägst du eine Sonnenbrille?«

Jeden Morgen, auf ihrem Weg zum Kopierraum, kam sie an

meinem Schreibtisch vorbei, um sich zu unterhalten. Und dann noch mehrere weitere Male am Tag. Sie fand immer ein Gesprächsthema. Heute die Sonnenbrille. Ich tat so, als würde ich konzentriert ein Formular lesen, das vor mir auf dem Tisch lag, damit ich sie nicht ansehen musste. Bei dem Formular handelte es sich bei näherem Hinsehen um eine Faxbestätigung. Ich seufzte.

»Warum sollte ich keine Sonnenbrille tragen?«

»Weil man die nur draußen trägt?!« Lucy verstand weder Ironie noch Sarkasmus oder den dringenden Wunsch, in Ruhe gelassen zu werden. Sie drückte sich an der Kante meines Schreibtisches vorbei und baute sich vor mir auf. Die blonden Haare hatte sie zu zwei Zöpfen gebunden, links und rechts von ihrem Mondgesicht. Sie war eine kleine dicke Person. Als sie neben meinem Stuhl angekommen war, befand sich mein Kopf auf der Höhe ihrer enormen Brüste. Ich vermied es, zu genau hinzusehen.

Sie umfasste mein Gesicht mit ihrer rechten Hand, drehte es zu sich nach oben wie eine strenge Mutter, nahm mir die Sonnenbrille ab und ließ sie im nächsten Moment erschrocken auf den Boden fallen. Sie hatte einen Hang zur Dramatik.

»Um Himmels willen!«

»Ich weiß.«

Vor Aufregung über mein entstelltes Gesicht wurde sie mindestens so rot, wie ich es vom Weinen war. Sie wurde bei jeder noch so kleinen Gelegenheit rot. Aus Scham, Wut, Freude und manchmal auch, weil ihr einfach heiß war.

»Was ist das? Hast du etwas Falsches gegessen? Haselnüsse? Hast du eine Nussallergie?«

»Es ist nichts, Lucy, alles okay.« Ich hob ruhig die Sonnenbrille vom Boden auf und platzierte sie wieder auf meiner Nase. »Und jetzt lass mich bitte …«

»Hast du geweint? Willst du darüber reden?«

»Gerade nicht, danke.«

»Später?«

»Vielleicht später, Lucy.«

Mein Handy klingelte. Es war wieder Hannes. Lucy und ich starrten wie gebannt auf das Display. Lucy neugierig, ich eher panisch. Ich wollte nicht mit Hannes ausgehen. Eigentlich wollte ich ihn fürs Erste gar nicht mehr sehen und vergessen, was letzte Nacht passiert war. Aber ich brachte es nicht übers Herz, es ihm zu sagen.

»Willst du nicht rangehen?«

Wir sahen dem Handy dabei zu, wie es sich bei jedem Klingeln vibrierend über die Tischplatte bewegte.

»Lucy, tust du mir einen Gefallen?«

»Was denn?«

»Das ist mein Freund Hannes. Kannst du ihm sagen, ich wäre nicht da?«

»Aber du bist doch … ich meine, ich kann doch nicht einfach …«

»Bitte?«

Lucy warf mir einen unsicheren Blick zu, griff nach dem Telefon und drückte den Annahmeknopf. Ihr Gesicht war hochkonzentriert, zwischen ihren Augenbrauen bildeten sich zwei kleine Falten.

»Hallo? … Nein, die ist … also, die …«

Sie sah mich hilflos an. Ich hatte vergessen, dass Lucy nicht lügen konnte. Aber jetzt war es zu spät.

»… sie kann gerade nicht ans Telefon kommen, weil … es eben nicht geht.«

Sie grinste mich stolz an. Ich hob müde einen Daumen. Was für ein Trauerspiel.

»Ja, ich sag ihr Bescheid wegen der Karten … gar kein Problem, nichts zu danken … ja, das wünsche ich dir auch … Lucy … ja, genau …« Sie kicherte verlegen. »Also dann. Tschü-hüss!« Sie drückte einen Knopf und legte das Handy so vorsichtig zurück auf den Tisch, als wäre es aus Porzellan. »Geschafft!«

»Danke. Ganz toll. Was hat er gesagt?«

»Er meinte, er würde Kinokarten reservieren. Der klang echt nett. Wieso wolltest du nicht mit ihm reden?«

Ich griff nach dem Handy und schaltete es aus.

»Weil ich glaube, dass es für ihn und mich besser wäre, ein bisschen Abstand zu gewinnen.«

Lucy runzelte die Stirn. »Versteh ich nicht.«

Ich verstand auch so einiges nicht. Wieso das alles passiert war, zum Beispiel. Und warum ich zu feige war, Hannes zu sagen, dass es keinen Grund gab, sich auf Kinoabende mit mir zu freuen. Weil es keine geben würde. Aber mir darüber den Kopf zu zerbrechen, wäre zu viel verlangt gewesen. Nicht jetzt. Nicht mit diesem Kater. Das Handy blieb aus.

Für unterschiedliche Probleme gibt es unterschiedliche Menschen, die einem mit Rat und Tat aus der Patsche helfen können. Hannes war in diesem Fall disqualifiziert, aus offensichtlichen Gründen, und auch mit Betty wollte ich über das, was vorgefallen war, nicht reden. Hannes war schließlich auch ihr Freund. Blieb nur noch Maria.

Nach der Arbeit wartete ich an der Mönckebergstraße auf den Bus nach Eimsbüttel. Es war kurz vor Ladenschluss und die letzten Einkäufer kamen mit Tüten aus den Geschäften. Ich lehnte an der Glaswand der Haltestelle und schaltete mein Handy wieder an. Sechs verpasste Anrufe von Hannes. Ich fühlte mich erleichtert, weil ich sechs potenziellen Gesprächen mit ihm aus dem Weg gegangen war. Und schuldig, weil ich ihm nicht abgesagt hatte. Ich schickte ihm unsinnigerweise eine SMS, um das nachzuholen.

Als Nächstes rief ich Maria an und ließ sie wissen, dass ich auf dem Weg zu ihr war. Spontanbesuche waren kein Problem. Sie schrieb zurzeit an ihrer Magisterarbeit. Irgendetwas mit Frauen, Gleichberechtigung und Geschichte, sie hatte es mir mehrmals erklärt, aber sobald sie in ihr fremdwortbeladenes Akademikerdeutsch verfiel, verstand ich nur noch Bahnhof. Studieren passte zu ihr. Sie war schlau und diszipliniert. Deswegen verließ sie ihre

Wohnung seit Wochen nur, um in die Bibliothek zu fahren. Partys waren tabu, Kinoabende waren tabu, selbst ein Abendessen beim Italiener war tabu. Aber ein Besuch auf ein Glas Wein war jederzeit eine willkommene Ablenkung. Vor dem Busfenster zogen elf Stationen und die Dämmerung vorbei, die Uni und zwei Matratzengeschäfte. Die anderen Fahrgäste saßen still auf ihren Plätzen und starrten vor sich hin, als hätte jemand den Pauseknopf gedrückt. Wenn man mit dem Bus fuhr, blieb einem eh nicht viel anderes übrig. Ich genoss die Ruhe, entspannte mich ein bisschen und verpasste fast meine Haltestelle. Aber nur fast. Mir hatten schon oft Leute gesagt, ich könne nicht so richtig loslassen.

Marias marode Haustür antwortete auf mein Klingeln mit einem schnarrenden Summen, und das Treppenhaus begrüßte mich mit dem typischen modrigen Geruch, den Altbauten so an sich haben, die noch nicht zugunsten einer Mieterhöhung saniert worden sind. Um so etwas in einer Stadt wie Hamburg zu finden, brauchte man Glück. Die alten Treppenstufen knarrten und das Geländer wackelte. Im dritten Stock stand die Tür zu Marias Wohnung offen.

»In der Küche!«

Noch während ich mir die Schuhe im Flur auszog, hörte ich das dumpfe Geräusch eines Korkens, der aus einem Flaschenhals gezogen wurde. Aus Platzmangel in ihrem eigenen Zimmer hatte Maria ihren Arbeitsplatz in die Küche verlegt und den kleinen Esstisch beim Fenster mit Büchern, Zetteln, Stiften und Spiralblöcken in Beschlag genommen. Bedenklich nah an der Tischkante stand ihr alter Laptop. Sie füllte zwei Gläser mit Rotwein vom Discounter und reichte mir eines zur Begrüßung. Ich gab ihr einen Kuss auf die Wange.

»Sehr Französisch.«

»Du musst es ja wissen.«

Französisch war ihr Hauptfach.

Maria lehnte sich an die Arbeitsplatte, stellte ihr Glas neben sich ab und zog eine Gauloise aus der Schachtel. »Auch eine?«

Ich nickte dankbar, barg den überquellenden Aschenbecher aus dem Chaos auf dem Tisch und stellte mich neben meine Freundin. Sie hatte ihre roten Locken auf dem Kopf zu einem unordentlichen Knoten gebunden und trug einen alten dunkelgrünen Kapuzenpulli, der ihr zu groß war. Sie war eine passionierte Raucherin und konnte Kringel aus Qualm mit ihrem Mund formen. So wie sie es jetzt gerade tat.

»Kommst du voran?«

»Könnte besser laufen, wenn Arne hier nicht die ganze Zeit rumschleichen würde.«

»Wenigstens schleicht er.«

»Ja, aber das nervt auch.« Sie verdrehte die Augen, um zu zeigen wie sehr. »Von mir aus könnte er für ein paar Wochen einfach verschwinden.«

Das war leichter gesagt als getan. Arne war Marias Mitbewohner. Und seit sieben Jahren außerdem ihr Freund. Wenn jemals zwei Menschen füreinander gemacht waren, dann diese beiden. Selbst wenn sie von Zeit zu Zeit stritten, für mich gab es keinen Zweifel, dass diese Beziehung für immer halten würde. Manchmal war ich neidisch. Aber viel öfter war ich einfach froh darüber. Scheidungskinder wie ich brauchten von Zeit zu Zeit einen Beweis dafür, dass es so etwas gab. Ich legte Maria aufmunternd einen Arm um die Schulter. »Eigentlich bist du ja glücklich, ihn zu haben.«

»Danke, dass du mich daran erinnerst.« Ein Lächeln huschte über ihr Gesicht und sie zog schnell noch einmal an ihrer Zigarette, bevor sie mich in einem fast geschäftlichen Ton fragte: »Und was treibt dich hierher? Ich will dich nicht unter Druck setzen, aber ich hab nicht viel Zeit. Eine Weinglaslänge, maximal.«

»Meins oder deins?« Wir wussten beide, dass ich stundenlang an einem Glas nippen konnte.

»Jetzt erzähl schon.«

Ich fasste in kurzen Worten die Ereignisse der letzten Nacht und des heutigen Tages zusammen. Zwischendurch bat ich Maria um eine weitere Zigarette. Sie hörte zu, nickte hin und wieder, runzelte gegen Ende meiner Geschichte aber nur noch die Stirn und kräuselte schließlich missbilligend den Mund.

»Das ist echt scheiße von dir, Daphne.«

Scheiße? Wo bitte blieb da die Loyalität? Ich öffnete den Mund, wusste aber nicht, was ich sagen sollte.

»Du kannst nicht einfach nicht mit ihm reden. Er ist schließlich nicht irgendwer. Sondern ein Freund.«

»Wer ist nicht irgendwer? Hi Daphne.« Arne kam in die Küche und schlug mir einmal kumpelhaft auf die Schulter, während ich seine Freundin noch immer entgeistert anstarrte. Weil sie ja auch eigentlich meine Freundin war, dachte ich zumindest, und als solche sollte sie mich trösten, nicht maßregeln. Eigentlich. Wie gesagt. Arne öffnete die Kühlschranktür und kramte in den Lebensmitteln herum, auf der Suche nach Etwas.

»Wir reden über Daphnes Freund.«

Ich schlug mir mit der flachen Hand gegen die Stirn. »Kenn ich nicht … Maria, wo ist die Salami?«

»Unten rechts.«

Arne nahm das flache Plastikpäckchen aus dem unteren Fach, schloss die Kühlschranktür und ließ sich auf den Stuhl am Esstisch fallen. Er stopfte sich mehrere Scheiben auf einmal in den Mund und kaute vergnügt.

»Nimm doch Brot dazu«, sagte Maria.

»Bleibst du jetzt da sitzen?«, fragte ich. Ich klang vielleicht etwas zu entsetzt in Anbetracht der Tatsache, dass das hier auch Arnes Küche war. Aber ich wollte meine Probleme mit Hannes ungern in seiner Anwesenheit diskutieren.

Maria holte ein Paket Graubrot aus dem Schrank und legte es Arne vor die Nase auf eines ihrer dicken Geschichtsbücher. »Daphne, es ist klar, dass du dich schämst. Aber mehr als für das, was gestern passiert ist, solltest du dich für dein Verhalten heute schämen.«

»Ich schäme mich einfach universell für alles.«

»Hör auf damit und klär die Geschichte mit ihm.«

Im Hintergrund raschelte Arne mit der Brottüte.

»Geht's um diesen Typ Felix?«

»Ach, genau, was ist eigentlich mit Felix?« Maria war bei dem letzten Drittel ihres Glases angekommen.

»Kein Lebenszeichen seit circa 198 Stunden.«

»Du zählst die Stunden? Hast du sie noch alle?«

»Ich hab doch circa gesagt.«

Maria schüttelte ungläubig den Kopf. »Daphne, du hast viel zu viele Baustellen offen. Der einzige Rat, den ich dir geben kann ist: Räum auf. Bring das mit Hannes in Ordnung. Schließ mit Felix ab …«

Mein Handy vibrierte in meiner Tasche. Ich nahm es heraus und schaute auf den Namen auf dem Display.

»Redet ihr jetzt über diesen Felix oder nicht?«

»Arne, das geht dich alles gar nichts an. Sei nicht so neugierig.«

Das Telefon klingelte in meiner Hand. Ich war unfähig, mich zu bewegen.

»Daphne, du musst das Handy aufklappen, und dann hältst du es an dein Ohr und sagst ›Hallo‹.«

Ich warf Maria einen hilflosen Blick zu: »Es ist Hannes.«

»Dann geh ran!«

Das Handy hörte auf zu klingeln. Ich ließ es wieder in meine Tasche fallen.

»Ich ruf ihn später an.«

»Das wäre definitiv das Richtige, meine Liebe.« Maria trank den restlichen Rotwein in einem Zug aus und sah mich an, als wäre ich ein hoffnungsloser Fall. Vermutlich lag sie damit goldrichtig. »Alles klar, Glas leer, ich muss weitermachen.«

Akademiker. Sie waren knallhart.

DIENSTAG / MITTWOCH – IM NOTFALL: LISTE

Das Gute an dem Wort »später« ist, dass es keinen genauen Zeitpunkt definiert. Für Menschen wie mich, die gern unangenehme Gespräche und Entscheidungen vor sich herschieben, ist es ein wahrer Segen. Ich beschloss, dass »später« nicht »noch heute Abend« bedeuten musste. Oder »morgen Abend«. Da hatte ich nämlich keine Zeit. Da war ich mit Betty zu unserem monatlichen Currywurstessen in der »Kleinen Pause« verabredet. Auch das teilte ich Hannes per SMS mit. Weil ich mich dann ein bisschen weniger schäbig fühlte. Er antwortete sofort und fragte, ob ich den Abend darauf frei wäre. Ich verschob die Antwort auf – richtig, später.

Betty hatte angekündigt, dass es Neuigkeiten gäbe, und das war klasse. Neuigkeiten bedeuteten Ablenkung, und Ablenkung konnte ich gut gebrauchen.

Wir saßen an unserem Lieblingsplatz an dem Fenster, das den Anfang der Otzenstraße überblickte. Irgendein Scherzkeks hatte schon wieder ein »F« vor den Straßennamen gemalt. Jede von uns hatte einen Teller mit in roter Sauce schwimmender Wurst und Pommes mit einem wabbeligen Klecks Mayo darauf vor sich. Die Portionen hatten wie immer eine anständige Größe. Gegen den Durst hatte Betty Capri-Sonne spendiert. Auf dem Bildschirm in der Ecke des Imbisses liefen alte Videoclips aus den Achtzigern und Neunzigern. Gerade sang Meatloaf »I Would Do Anything For Love«, das weckte Erinnerungen. Als das Lied in den Bravo-Charts war, guckte ich jedes Wochenende mit meiner Mutter »Traumhochzeit« mit Linda de Mol und dachte, ich würde eines Tages Bernd Kielmann heiraten, den schlimmsten Chaoten der

Schule. Ich weiß nicht genau, was ich an ihm fand. Von allen Jungs in meiner Klasse war er am gemeinsten zu mir und machte ständig vor allen anderen fiese Witze über meine nicht vorhandenen Brüste. Aber ich stellte mir trotzdem vor, wie wir in der Entscheidungsrunde nebeneinander auf der riesigen Hochzeitstorte stehen und Lindas Statistikfragen zum Thema Heiraten beantworten würden. (»Ick bin Linda de Mol. Wie viele Prozent von die Frauen bekomm an die Tag von de Hochzeit kalte Füße?« – »19?« – »Das ist nichts korrekt.«) Rückblickend kann man es wohl als Hinweis darauf deuten, dass sich meine Vorliebe für Arschlöcher schon weit vor meiner Pubertät ausgeprägt haben musste. Interessant.

Auch interessant: Bettys Neuigkeiten.

»Ich hab mit Mo Schluss gemacht.« Ein großes Stück Currywurst fand seinen Weg in Bettys Mund.

Sie sprach, während sie kaute. »Ich hab über unser Gespräch nachgedacht, zwei Wahrheiten und so. Und demnach wäre ich ja auf immer und ewig dazu verdammt, ihm hinterherzulaufen, nech? Aber nicht mit mir. Ich nehme mein Schicksal selbst in die Hand.«

»Du machst das nur, um zu beweisen, dass ich Unrecht habe?«

»Sagen wir mal so: Ich gehe mit gutem Beispiel voran.«

Betty als gutes Beispiel? Die Welt war verrückt geworden.

Was allerdings nicht zu leugnen war, war die beeindruckend schnelle Umsetzung ihres Plans, meine Wahrheiten zu widerlegen. Am Abend nach unserem Gespräch, als ich mit Hannes Cuba Libre trinkend in der Küche gesessen hatte, bevor wir … um Gottes willen, nicht daran denken. Jedenfalls, an diesem Abend war sie zu Mo gegangen und hatte ihm erklärt, dass sie nicht darauf warten würde, dass er sie endlich wirklich und in echt liebte, und daher entschieden habe, ihn auch nicht mehr zu lieben. Einfach so. Er verstand natürlich nur Bahnhof. Also verpackte Betty den ganzen Vorgang in Worte, die vermutlich (und leider) jeder kennt: »Es ist aus.«

»Und weiter?«

»Na, gestern hab ich mir in der Bar einen reingesoffen und bin auf dem Weg nach Hause bei Mo vorbei …«

Ich warf ihr einen tadelnden Blick zu. Sagen konnte ich nichts. Ich kaute Wurst.

»Seine Wohnung liegt auf meinem Nachhauseweg.«

Das stimmte allerdings.

»Und bei ihm war noch Licht an, also bin ich hoch und er lag schon im Bett und dann hab ich mich dazugelegt.«

»Was?!« Kleine Stückchen Currywurst flogen aus meinem Mund auf den Tisch.

»Schluck du erstmal runter.«

»Aber das kannst du doch nicht machen …«

»Hab ich dann auch gedacht. Deswegen hab ich gewartet, bis er eingeschlafen ist und bin rausgeschlichen und nach Hause gegangen.«

»Hattet ihr Sex?«

»Nein.«

Sie log.

»Betty, das zählt nicht. Das ist nicht Schluss machen. Das beweist gar nichts. Du bist noch immer total besessen von ihm.«

»Wo wir gerade beim Thema sind: Besessenheit. Du. Felix.«

Ein billiger Ablenkungsversuch. Aber er verfehlte seine Wirkung nicht. Sobald ich den Namen hörte, kribbelte es in meiner Nase und ich war bereit dazu, in Tränen auszubrechen. Nicht schon wieder! Mit aller Kraft riss ich mich zusammen und konzentrierte mich darauf, meine Pommes auf dem Teller hin und her zu schieben. Mayo war alle, und trocken mochte ich sie nicht.

»Nichts Neues seit 210 Stunden«, brachte ich schließlich heraus.

»Kein Beinbruch, du weißt ja, wie es ist: Du liebst ihn, er liebt dich nicht, Hölle, Hölle, Hölle – ein Plan muss her, Schätzelein. Ich werde nicht wieder danebenstehen und mit ansehen, wie du wertvolle Lebenszeit damit verschwendest, heulend auf dem Sofa zu sitzen und ABC-Kekse zu essen. Wenn ich die Wahrheiten überwinden kann, kannst du es auch.«

»Du hast sie nicht überwunden, Betty, du tust nur so.«

»Ich hab da einen Vorschlag: Sex! Du musst einfach mit jemand anderem schlafen, um ihn aus deinem System zu bekommen.«

Mir kam sofort die Nacht mit Hannes in den Sinn, zumindest die Teile, die ich mir trotz extremer Trunkenheit hatte merken können. Ich begann zu schwitzen und schüttelte mit Nachdruck den Kopf.

»Nein, das ist keine gute Idee.«

»Was ist an Sex denn bitte keine gute Idee?«

»Glaub mir einfach, aus Erfahrung weiß ich, dass dieser Plan nicht funktionieren wird.«

Betty runzelte die Stirn.

»Ich bohr da jetzt mal nicht nach ...«

»Danke.«

Sie öffnete ganz selbstverständlich den Gürtel ihrer Hose, um in ihrem Bauch mehr Platz für den Verdauungsprozess zu schaffen, und schob den Teller von sich. Auf der jetzt freien Fläche breitete sie ihren Tabak und die Blättchen aus und rollte sich eine Zigarette. Dabei ließ sie ihren Blick durch den Imbiss schweifen, der schließlich an dem Fernseher in der Ecke hängenblieb.

»Guck mal, ›Total Eclipse of the Heart!‹«

Ich guckte hin. Bonnie Tyler und ihre schlimme Dauerwelle liefen durch ein zugiges Schloss. Das Lied erinnerte mich an den Partykeller meines Mitschülers Christopher, damals in der 7a. Seine Mutter war Argentinierin.

Am Tresen stand ein junger Mann, der offenbar etwas bestellen wollte. Er hatte einen Wollpullover mit Rautenmuster an, darunter ein Hemd, und seine Frisur war tadellos. Er sah aus, als hätte er sich verlaufen, und hatte Mühe, die Frau an der Fritteuse auf sich aufmerksam zu machen. Das lag wahrscheinlich daran, dass das Frittierfett so laut war. Oder daran, dass sie kleine Jungs wie ihn an einem ganz normalen Wochentag zum Frühstück aß.

Irgendwann drehte sie sich zu ihm um, und er stützte sich an der Glasvitrine ab, in der der Kartoffelsalat stand, damit er sich weiter über den Tresen beugen konnte und nicht so schreien musste.

»Ey, patsch da nich so rauf, das könn' wir sonst gleich wieder putzen.« Sie stemmte ihre Fäuste in die Seiten. Er sah sie erschrocken an. Seine Stimme zitterte ein bisschen beim Sprechen.

»Einen Big Burger, bitte.«

»Was?!« Die Frittierfrau lehnte ihren Oberkörper bedrohlich nach vorn, legte den Kopf schief und kniff die Augen zusammen, als beobachtete sie gerade ein sehr kleines Insekt. Der junge Mann räusperte sich.

»Einen Big Burger.«

»Und was geht mich das an?«

Nicht die Spur eines Lächelns war auf ihrem Gesicht zu sehen. Er rang nach Worten. Das Fett spritzte. Take That sangen »Pray«. Dann rief sie über ihre Schulter: »Einmal Big Burger!« und eine kleine, durchsichtige Frau mit Brille und einem Pfannenwender schmiss einen gefrorenen Hackfleischfladen auf die Bratstation.

Betty legte die fertige Zigarette vor sich auf den Tisch und begann, eine zweite zu drehen.

»Hm, kein Sex also. – Keine Panik, die erste Idee ist eh nie die beste.«

»Lass es einfach.«

»Auf keinen Fall. Ich hab schon eine neue.«

»Und die wäre?« Wenn ich ehrlich war, wollte ich es gar nicht wissen.

»Vergiss ihn!«

Ich riss die Augen auf und starrte sie mit offenem Mund an, bevor ich in gespielter Begeisterung rief:

»Betty, meine Güte, das ist DIE Idee! Warum ist darauf vor dir noch keiner gekommen, sag es mir!«

»Du bist verzweifelt, deswegen verzeihe ich dir deinen Sarkasmus.« Gelassen steckte sie den gelben Strohhalm in das vorgestanzte Loch ihres Trinktütchens und zog einmal dran. »Wenn ich sage ›vergiss ihn‹, dann meine ich aktives Vergessen.«

»Soll heißen?« Auch ich versuchte meine Capri Sonne mit dem Strohhalm zu öffnen, aber er knickte immer wieder um. Auf dem Fernsehbildschirm in der Ecke tanzte MC Hammer von der linken Seite zur rechten und wieder zurück.

»Ganz einfach: Die Erinnerung an ihn ist schuld an deinem Liebeskummer. Würdest du dich nicht an ihn erinnern, würdest du ihn auch nicht vermissen, klar? Und deswegen …«

»Den Film gab's schon. Das war der mit Jim Carrey und Kate Winslet. Sie wechselt da ständig ihre Haarfarbe.«

»Unterbrich mich nicht. Also, deswegen müssen die Erinnerungen weg. Und alles, was dich an ihn erinnert, belegst du mit einer neuen. Sag ein Beispiel. Was erinnert dich an ihn?«

Ich stocherte am Strohhalmloch herum und überlegte. Es war immer dasselbe mit solchen Situationen, unter Druck fiel einem nie ein gutes Beispiel ein. Eine Woche lang war mein Kopf ständig voll gewesen mit Bildern von mir und ihm, und jetzt: nichts mehr da. Vielleicht wäre das ja eine gute Strategie, dachte ich. Was man will, bekommt man nicht, also darf man nicht wollen, was man will, und dann bekommt man es. Und dann kamen die Bilder auch schon wieder zurück. So einfach war es dann wohl doch nicht.

»Als wir zum ersten Mal miteinander ausgegangen sind, haben wir eine Bootstour gemacht. Seit Schluss ist, war ich nicht mehr im Hafen, allein der Gedanke daran bringt mich zum Heulen. Und als wir wieder an Land waren, hat er mich auf einen White Russian eingeladen, den kann ich jetzt auch nicht mehr trinken, und …«

»Ein Beispiel reicht. Die Bootstour. Gut. Es ist ganz leicht: Du fährst wieder mit dem Boot und bastelst dir eine neue Erinnerung.«

»Ich glaub nicht, dass das klappt.«

»Tu es einfach.«

»Aber wenn ich ein Boot sehe, breche ich in Tränen aus, wie soll das …«

»Tu es! Mach dir eine Liste mit Kram, den du vergessen willst. Und dann vergiss ihn.« Betty nahm mir das Trinktütchen aus der Hand, rammte den Strohhalm durch den Boden und reichte es mir mit einem Zwinkern. »Trick aus der Grundschule.«

»Ah. Danke.«

Sie schob mir eine der gedrehten Zigaretten zu, klemmte sich die andere in den linken Mundwinkel und zog sich ihre Jacke an.

»Also dann, ich muss los. Ficken mit Mo.« Als sie mein fassungsloses Gesicht sah, legte sie den Kopf schief. »Was? Es heißt Wahrheiten der Liebe, Schätzelein, nicht Wahrheiten des Sex. Und ich kann Sex und Liebe trennen. Täte dir auch mal ganz gut. ›Kein Lebenszeichen seit 210 Stunden‹ – o Mann!«

Hinter dem Tresen rief die Frittierfrau: »Big Burger! Big Burger is fertig, verdammt noch eins!«

Der Typ mit dem Rautenmusterpulli sprang von seinem Stuhl auf und sprintete los. Betty konnte ihm auf dem Weg zur Tür gerade noch ausweichen. Die Angst stand ihm ins Gesicht geschrieben. So sah vermutlich Respekt aus.

Die Sache mit der Bootstour war folgendermaßen gewesen:

Zwei Wochen und drei Tage nachdem ich Felix kennengelernt hatte, rief ich ihn an und legte während des Telefonats aus purer Nervosität geschätzte vier Kilometer Wegstrecke in meiner Wohnung zurück. Er schlug vor, etwas Lustiges zu unternehmen und ich sagte, ich sei gespannt, was er sich Lustiges überlegen würde.

Drei Tage später traf ich ihn an den Landungsbrücken. Wir umarmten uns zur Begrüßung und er entschuldigte sich, weil er zu spät dran war. Ich fragte ihn, was wir jetzt tun würden. Er sagte, wir würden mit dem Boot fahren.

Das Boot war die Fähre nach Finkenwerder. Wir hatten sie fast ganz für uns allein. Außer uns war nur noch der Kapitän an Bord und ein unrasierter, dicker Mann, der auf der Stuhlreihe neben den Aufgängen saß und bei dem Versuch zu trinken mit seiner roten knolligen Nase immer wieder an die Bierdose stieß. Er fluchte lallend, und wir hatten freie Platzwahl.

Felix hatte Cola und Rum mitgebracht, und er erzählte mir, dass er in der Rechtsabteilung einer Internetfirma arbeitete. Sein Büro war sogar ganz in der Nähe von meinem, aber wir hatten uns noch nie vorher gesehen. Witzig, oder? Ja, witzig. Währenddessen mischten wir unsere Drinks, das Elbufer zog vorbei und der Himmel am Horizont färbte sich von Blau auf Rot und dann auf Violett. Es war windig und die Gischt spritzte am Bug aufs Deck, aber wir saßen weiter hinten, und es war uns egal. Wir betrachteten die großen Schiffe und waren beeindruckt. Ich fand heraus, dass Felix lieber als alles andere Fußball mochte. Ich mochte ihn trotzdem. Felix sagte schulterzuckend, dass er eben ein ganz normaler Kerl sei und ich stimmte ihm zu und sagte, dass mir das gefiele. Das tat es wirklich. Das und sein Lächeln.

Als wir wieder im Hafen ankamen, wünschte ich mir, er würde mich küssen, weil ich wissen wollte, wie sich das anfühlte. Aber der Kuss kam nicht.

»Ich muss das jetzt wissen. Schwul bist du nicht, oder?«

»Ähm … nein.«

»Aber du kennst ›Love Action‹ von Human League.«

»Das ist ja auch ein guter Song.«

Er lachte. Ich schmolz dahin.

Nach dem Treffen mit Betty nahm ich den Bus nach Hause. Ich ließ mich auf den Fensterplatz direkt vor der hinteren Tür fallen. Es waren noch viele andere Sitze frei. Trotzdem setzte sich, kurz nachdem der Bus ruckartig angefahren war, ein Mann im Anzug ausgerechnet auf den Platz neben mir. Er hätte überall anders sitzen können. Aber er setzte sich neben mich und machte sich breit, und er roch nach teurem Aftershave und zu viel Cognac. Ich rückte ein bisschen näher an die Buswand und warf ihm einen verstohlenen Blick aus dem Augenwinkel zu. Er guckte mich ganz ungeniert an und grinste. Er war etwa Ende vierzig, sein Haar war komplett ergraut, aber seine Zähne waren schneeweiß und gerade.

Ich beschloss, ihn so gut es ging zu ignorieren, drehte mich zum Fenster und beobachtete die Lichter der Ampeln und anderen Autos im Nieselregen. Sonst war nicht viel zu sehen. Nachts allein im Bus, seit 211 ½ Stunden kein Lebenszeichen von Felix … Ich seufzte frustriert. Der Mann neben mir bewegte sich auf seinem Sitz.

Betty hatte Recht, ich durfte mich nicht der Tatsache ergeben, dass ich Liebeskummer hatte. Auch wenn ich nach wie vor der Meinung war, dass Liebeskummer etwas war, das man aussitzen musste, weil Liebeskummer im Grunde Liebe war, und gegen Liebe konnte man nichts machen. Wahrheit Nummer zwei. Allerdings gab es verschiedene Arten, auf die man Liebeskummer aussitzen konnte, und zu Hause rumhocken und heulen hatte bisher nichts gebracht. Im Gegenteil. Dadurch war alles nur noch schlimmer geworden. Vielleicht sollte ich einfach tun, was Betty gesagt hatte und diese komische Liste schreiben. Schaden konnte es nicht.

In meiner Jackentasche fand ich einen alten Kassenbon, der so ausgewaschen war, dass man nur noch einige verblasste Buchstaben erkennen konnte. Das war ein Anfang. Jetzt fehlte noch ein Stift. Trotz intensiven Durchwühlens meines Stoffbeutels fand sich keiner darin. Dafür aber die Ohrringe, von denen ich seit mehreren Wochen geglaubt hatte, ich hätte sie verloren. Auch schön.

Der Mann im Anzug lehnte sich noch ein Stück näher zu mir. Ich bewegte meinen Kopf unwillkürlich von ihm weg und stieß mich an der Scheibe.

»Autsch!«

»Aufpassen, junge Dame.« Er grinste. Er war so nah, dass ich die Schuppen in seinem angegrauten Haar sehen konnte. Langsam ging er mir auf die Nerven. Oder was hieß langsam?

»Müssen Sie mir so auf die Pelle rücken?«

Er bewegte sich kein Stück zurück. »Sie sehen so aus, als würden Sie etwas suchen.«

»Und?«

»Kann ich helfen?«

Auch wenn ich an seinem Atem riechen und an phasenweise unkontrollierten Gesichtszügen sehen konnte, dass dieser Mann die letzten Stunden mit solidem Trinken verbracht haben musste, anhören konnte ich es ihm nicht. Seine Stimme war tief und klar und seine Aussprache tadellos. Wahrscheinlich war er Profi.

»Haben Sie zufällig einen Stift?«

Er öffnete sein Jackett und holte einen schweren dunkelblauen Kugelschreiber mit Goldklemme aus der Innentasche. Auf der Klammer waren in geschwungenen Buchstaben die Initialen B.B. eingraviert.

»Danke schön.«

»Nichts zu danken.«

Ich drückte das Papier gegen die kalte Busscheibe und schrieb. Der Stift glitt weich über das Papier und hinterließ in blauer Tinte die Worte »Bootstour« und »White Russian«. Dann fiel mir noch der Plüschpanda ein. Und das war's.

»Interessante Liste. Wozu schreiben Sie die?«

Ich faltete den Kassenbon zusammen. Der Bus vibrierte. Dachte ich. Bis ich feststellte, dass es eigentlich mein Handy war. »Das sind Dinge, die ich vergessen will, weil sie mich an meinen Exfreund erinnern.« Ich war zu beschäftigt damit in den scheinbar endlosen Tiefen meines Stoffbeutels nach meinem Telefon zu suchen, um mich zu fragen, ob eine solch detaillierte Antwort nötig gewesen war.

Der Mann lachte sehr unvermittelt sehr laut, und der Busfahrer warf einen nervösen Blick über seine Schulter.

»Ich verstehe. Haben Sie es mal mit Alkohol versucht? Das soll helfen.«

»Ich dachte, ich probier mal was Neues.« Endlich bekam ich das klingelnde Handy zwischen die Finger, doch als ich es aus der Tasche zog, war es schon zu spät. Ich sah nach, wer angerufen hatte, stellte fest, dass es Hannes gewesen war und klappte seufzend das Handy zu.

»Der Exfreund?«

»Nein. Einfach nur ein Freund. Komplizierte Geschichte.«

»Ganz schön viele Baustellen für so eine junge Frau.«

»Wem sagen Sie das?« Ich rollte müde mit den Augen und hielt dem Mann seinen Stift hin. Er winkte ab.

»Behalten Sie den ruhig. Meine Exfrau hat ihn mir letztes Jahr zu Weihnachten geschenkt. Ich kann das Ding nicht mehr sehen. Schreiben Sie damit ihre Liste weiter, dann erfüllt es wenigstens einen guten Zweck.«

»Vielen Dank.« Ich schob die Liste in die Goldklemme und deutete auf die eingravierten Buchstaben. »Wofür stehen die Initialen?«

»Barbara Bernsdorf.« Der Mann schaute düster an mir und meinem verwirrten Gesicht vorbei in die Nacht. »Der Name meiner Frau. Damit ich sie nicht vergesse.«

Ich nickte verständnisvoll. Das mit dem Vergessen war immer so eine Sache.

Am nächsten Morgen nahm ich die Liste mit zur Arbeit, um sie zu ergänzen. Nur weil mir auf Anhieb nicht mehr als drei Punkte eingefallen waren, hieß das nicht, dass es nicht mehr gab. Ich musste nur ein bisschen länger überlegen.

Ich war wie immer zu spät im Büro, wobei es heute nur zehn Minuten waren. Es hatte mir noch nie jemand Probleme deshalb gemacht, weil es meistens niemandem auffiel. Niemandem außer meiner Kollegin, die mir direkt gegenübersaß und mich jeden Morgen mit einem säuerlichen Gesichtsausdruck, aber ohne jeden Gruß empfing. Sie hatte sicherlich einen richtigen Namen, aber für mich war sie nur »Die Tippse«. Sie tippte immer und das in einem Tempo, das mir Angst machte. Ich hatte keine Ahnung, was sie da tippte, so viel gab es nicht zu tippen, aber sie tippte und tippte und starrte dabei verbissen auf den Bildschirm. Sie machte zwischendurch allerhöchstens eine Pause, um einen Schluck Kaffee aus ihrer persönlichen Tasse zu trinken. Auf der Tasse war das Bild eines Teddybärs, der sich ein Herz vor den Bauch hielt. Und manchmal kaute sie an ihren Fingernägeln, dann hörte das Tippgeräusch auf und wurde ersetzt durch ein Klacken, wenn sie mit ihren Zähnen ein Stück Nagel abbiss. Es kostete mich jeden Tag den größten Teil meiner Energie, ihre schlechte Laune zu ignorieren. Dann wiederum steckte ich ja ansonsten nicht viel Energie in meine Arbeit, also war das in Ordnung.

Ich zog meine Jacke aus, setzte mich auf meinen ausgeleierten Bürostuhl und begrüßte sie. Sie sagte nichts, natürlich, sondern bedachte mich nur mit diesem vorwurfsvollen Blick, reckte den Hals, um die Uhr auf ihrem Telefondisplay zu konsultieren, zog die Augenbrauen hoch, und dann kam wieder dieser Blick, so als ob sie nicht verstehen konnte, warum jemand wie ich überhaupt noch einen Job hatte. Ich schaltete meinen Rechner an. Er wurde wach und machte ein schnurrendes Geräusch, wie ein alter zufriedener Kater. Währenddessen fischte ich die Liste und den Kugelschreiber aus meinem Beutel und arrangierte beides sorgfältig vor mir auf dem Tisch. Lucy hetzte auf ihrem Weg in den Kopierraum vorbei und winkte mir kurz zu, ihr Gesicht rot vor Eile, die kleinen dicken Füße in fliederfarbenen Sandalen mit Glitzersteinen darauf. Ich winkte zurück. Und dachte nach. Das Telefon klingelte. Es war meine Mutter. Sie redete etwa zehn Minuten auf mich ein, ich sagte regelmäßig »aha«, ließ meine Gedanken schweifen und kaute auf dem schweren Stift in meiner Hand herum. Bis ich einen Einfall hatte.

»Ich hab's!« Hektisch strich ich mit der Hand den Kassenbon glatt.

»Na, Gott sei Dank, dann kann ich ja aufhören, nach dem blöden Ding zu suchen.«

»Was?«

»Das Waffeleisen, Daphne.«

»Wieso Waffeleisen?« Für die merkwürdigen Anliegen meiner Mutter hatte ich jetzt keine Zeit mehr. »Ich muss weitermachen.«

Ich legte auf und schrieb auf die Liste unter den Plüschpanda noch »Haushaltswarengeschäft« und »Eichhörnchen«. Plötzlich fielen mir mehr und mehr Dinge ein, die ich mit Felix verband. Es war, als wäre ein Schiff leckgeschlagen, und durch das Loch im Bug strömt unaufhaltsam das Wasser. Für ein Schiff bedeutet so etwas natürlich den sicheren Untergang. Aber ich war ja kein Schiff.

»Was ist das?« Lucy war lautlos hinter mir aufgetaucht und schaute mir neugierig über die Schulter. Sie atmete mir dabei direkt ins Ohr.

»Eine Liste, Lucy.«

»Ja, aber was für eine?

Bootstour
White Russian
Plüschpanda
Haushaltswarengeschäft
Berlin
Eichhörnchen
Elektrische Zahnbürste
… ist das eine Einkaufsliste?«

»Es ist meine Liste.«

»Daphnes Liste. Da gab's doch mal einen Film, der so ähnlich hieß, nicht?«

Ich fragte mich, ob sie damit auf »Schindler's Liste« anspielte. Und wenn dem so war, hätte ich außerdem gern gewusst, was in Lucys Kopf eigentlich vor sich ging. Obwohl, bei genauerer Überlegung – lieber nicht.

»Das war etwas anderes, Lucy.«

Sie kicherte. Es klang, als hätte sie Schluckauf.

MITTWOCH / DONNERSTAG – DIE ROMANTIK AUF DEM GEWISSEN

Wenn man zu den Menschen mit meinen Arbeitszeiten, meinem Gehalt und meinem Beziehungsstand gehört (spät anfangen, spät aufhören, zu wenig zum Leben, zu viel zum Sterben, Single, allein lebend), legt man nach Feierabend auf dem Weg in sein leeres Zuhause meistens noch einen Zwischenstopp beim Discounter ein, dem einzigen Laden, der um diese Zeit noch geöffnet hat. Ich machte diesen Umweg eigentlich jeden Abend, denn mein Kühlschrank war chronisch leer. Der Supermarkt hingegen war um diese Uhrzeit umso voller. Voll mit Menschen, die genauso waren wie ich. Die die Gänge bevölkerten und ständig ineinander liefen, weil sie nicht darauf achteten, ob jemand hinter oder neben ihnen stand, sondern nur darauf, wo das Regal mit den Cornflakes war.

Bei diesen Menschen handelte es sich fast ausnahmslos um Singles. Es musste so sein, denn wären sie es nicht, hätten ihre Lebenspartner das Einkaufen für sie erledigt. Und das Kochen. Und würden zu Hause warten mit einem dampfenden Teller Spaghetti Bolo und einer schönen Flasche Wein, während im Hintergrund der gut gefüllte Kühlschrank zufrieden brummte. So stellte ich mir das jedenfalls vor. Doch wir, die Kundenspätschicht im Discount-Supermarkt, hatten nur uns. Kein Wunder, dass alle so ernst guckten. Wir kauften Pizza, Tiefkühllasagne oder Cevapcici, irgendetwas, was schnell ging, schoben es zu Hause in den Ofen und aßen dann mechanisch und allein vor dem Fernseher. Und am nächsten Tag kamen wir wieder und kauften vielleicht eine Dose Hühnersuppe, nur um ein bisschen Geborgenheit zu spüren. Wir waren müde und traten nicht dem Sportverein bei, obwohl wir mal gehört hatten, dass das helfen konnte gegen Einsamkeit. Nur woher sollten wir die Energie für Sport nehmen nach einem langen Arbeitstag, dem energieaufwendigen Verarbeiten unserer öden Lebenssituation und all der Tiefkühlpizza, die wir immer in uns reinstopften? Und so lernten wir eben einfach niemanden kennen, der für uns Spaghetti Bolo kochte, und trauerten höchstens demjenigen nach, der uns als Letzter Spaghetti Bolo gekocht hatte und … Verdammt, die Rucola-Pizza war ausverkauft!

Ich wühlte in den Baguettes und Minipizzen in der Tiefkühltruhe herum, bis meine Finger so steif gefroren waren, dass ich sie nicht mehr einknicken konnte. Es half nichts, das magere Restangebot bestand aus einem Stapel Pizza speciale, und ich mochte keinen Kochschinken. Schon gar nicht in Verbindung mit Pilzen. Was sollte ich jetzt essen?

Genervt schaute ich mich im Tiefkühlgang um. Und dann sah ich ihn dort liegen – den Pappkarton mit dem Schriftzug »Rucola«, besitzerlos auf der Truhe mit dem Speiseeis. Für gewöhnlich nahm ich keine Packungen mit, die jemand anders achtlos irgendwo weggelegt hatte. Aber ich wollte diese Rucola-Pizza, die letzte im ganzen Supermarkt. Also griff ich sie mir.

»Stopp!«

Ich tat so, als hätte ich nichts gehört. Ich hatte Feierabend und Hunger, nichts konnte mich stoppen. Ohne mich umzudrehen ging ich weiter.

»Halt, das ist meine Pizza!«

Ich sah auf den Pizzakarton in meinen Händen. Das machte es jetzt etwas schwerer, so zu tun, als sei nicht ich gemeint. Ich blieb stehen und sah mich um. Dabei hielt ich den Karton mit zwei Händen vor meinen Bauch und fühlte, wie das Eis auf der kalten Packung schmolz und kleine nasse Flecken auf meinem T-Shirt hinterließ. Ein Mann um die dreißig mit einem sportlichen Anzug und unnatürlich glänzenden Haaren stand am Rand der Gemüsetiefkühltruhe, eine Hand abgestützt an der Stelle, von der ich die Pizza genommen hatte.

»Bitte?«, fragte ich mit Unschuldsmiene.

Er zeigte auf den Karton, den ich daraufhin noch ein bisschen fester umfasste. Sicherheitshalber. Man konnte ja nie wissen.

»Die geben Sie mir am besten sofort zurück. Das ist meine.« Er streckte den Arm in Richtung Pizza aus und sein frisch gestärktes, rosa gestreiftes Hemd raschelte.

»Ach ja? Die lag dort einfach rum.«

»Weil ich sie kurz abgelegt habe, um an die hinteren Brotpakete zu kommen.« Zum Beweis hielt er eine Packung »Leinsamenbrot in Scheiben« hoch.

Ich registrierte das mit einem Nicken und zuckte mit der Schulter. »Dann machen Sie sich doch einfach ein belegtes Brot.«

»Aber ich hatte die Pizza zuerst!«

»Und dann haben Sie sie wieder weggelegt.«

»Aber doch nicht zurück in die Truhe!«

»Sie haben sie wieder weggelegt, wohin ist doch egal.«

»Sie sind ziemlich unverschämt.«

»Nehmen Sie das nächste Mal doch einfach einen Einkaufswagen, dann passiert so was auch nicht.«

Ihm waren die Argumente ausgegangen, und ich hatte gewonnen. Ich drehte mich einfach um und ließ ihn ohne Pizza stehen. Er konnte nichts dagegen tun. Und er tat auch nichts. Also ging ich zur Kasse.

Mein geschmeidiger Abgang wurde dadurch gestört, dass an der Kasse etwa fünfzehn andere Leute darauf warteten, ihre Fertiggerichte zu bezahlen. Ich stellte mich brav ans Ende der Schlange und eine halbe Minute später erschien hinter mir auch der Typ mit den Pomadenhaaren. Ich tat so, als würde ich mich auf das Angebot im Weinregal konzentrieren.

»Geben Sie mir die Pizza zurück? Letzte Chance.« Er versuchte, nett zu klingen und ein bisschen verschwörerisch. Der gute Bulle. Ich warf ihm einen Blick über meine Schulter zu und verdrehte die Augen – hoffentlich früh genug, dass er es noch sehen konnte. Dann sagte ich in Richtung Weinregal:

»Letzte Chance, auf mein Abendessen zu verzichten? Für Sie? Denken Sie doch mal nach. Warum sollte ich das tun?«

»Aus Nächstenliebe?« Jetzt wurde er albern.

»Fällt Ihnen noch etwas Abgedroscheneres ein?«

»Weil ich Ihnen sympathisch bin?«

»Niedlich. Sie denken, diese Situation, im Supermarkt, wir beide wollen die gleiche Pizza und geraten darüber in einen kleinen amüsanten Streit ... da gehen bei jeder Frau die romantischen Alarmglocken an. Was für ein schöner Beginn einer ...ja, was? Ist das hier ein Flirt? Zu ihrer Information: Ich flirte nicht mit Ihnen. Ich wollte eine Rucola-Pizza, und Sie waren dumm genug, Ihre außer Sichtweite liegen zu lassen.«

»Es gibt genügend andere Pizzas.«

»Ich mag keinen Kochschinken.«

»Und ich bin Vegetarier.« Seine Stimme hatte jetzt etwas Weinerliches.

»Manche Schicksale suchen wir uns selbst aus, nicht wahr?«

Ich legte meine Pizza auf das Laufband, bezahlte und ging.

Bis zu meiner Wohnung waren es nur zwei Minuten Fußweg. Entlang imposanter Altbauten mit reich verzierten Fassaden, teuren italienischen Restaurants und alten Bäumen, auf deren Wurzeln schwarze Mercedese parkten, deren Fahrer sonst keinen Stellplatz gefunden hatten. Auf den Bürgersteigen spazierten Herren in teuren Lederschuhen neben Damen mit Parfümfahne, mit kleinen kläffenden Hunden an der Leine und ungezogenen, plärrenden Kinder an der Hand, die einem auf den Fuß traten und sich nicht entschuldigten. Das ist in diesem Viertel normal.

Ich lebe in Eppendorf. Es ist nicht meine Schuld. In der Schanze hätte ich das Doppelte bezahlt.

Als ich mit meiner triumphal gewonnenen Pizza unterm Arm in meine Straße einbog, fühlte ich mich großartig. Die kleine Episode im Supermarkt hatte mich meine Sorgen für einen Moment vergessen lassen und ich war fast so weit, ein kleines Lied zu pfeifen, als ich den weißen Umschlag wahrnahm, der von außen mit Klebeband an meiner Haustür befestigt war und sie mir alle wieder vor Augen führte. Die Sorgen.

Von weiter weg hätte es sich auch um einen dieser Altkleidersammlungszettel handeln können. Oder einen Benachrichtigungsschein vom Paketdienst: »Bitte holen Sie Ihre Sendung bei dem Reisebüro gegenüber ab, das immer dann geöffnet hat, wenn Sie bei der Arbeit sind.« Es war nichts dergleichen. Nur ein Umschlag. Auf diesem stand in Hannes' krakeliger Jungsschrift mein Name. Verdammt! Ich puhlte das Klebeband hektisch ab und hoffte inständig, dass mich keiner sah, in der wirren Annahme, es würde irgendjemanden interessieren, dass Hannes, weil die Telekommunikation versagt hatte, auf altmodischere Methoden umgestiegen war.

Ich rannte in meine Wohnung, Pizza und Brief fest in der Hand, und überlegte, was ich tun sollte. Den Umschlag öffnen und nachsehen, was Hannes geschrieben hatte, wäre eine Möglichkeit gewesen. Das war mir auch klar. Aber dazu hatte ich keine Lust. Und das, wie ich fand, aus gutem Grund: Kein Mann machte sich die Umstände, ein Schriftstück zu verfassen, es persönlich an den Ort seiner Bestimmung zu tragen und es dann für jeden sichtbar an eine Haustür zu kleben. Es sei denn, er war ein liebestoller Vollidiot. In welchem Fall es sich bei dem Schriftstück mit hoher Wahrscheinlichkeit um einen Liebesbrief handelte.

Ich hatte in meinem ganzen Leben bis zu diesem Mittwochabend erst einen Liebesbrief bekommen. Das musste wohl an der unglücklichen Kombination von verrohten Männern und modernen Kommunikationsformen liegen. Die SMS hatte den Liebesbrief schon lange ersetzt. Aber ich nahm das nicht so schwer, denn dieser einzige Liebesbrief hatte mich damals ziemlich durcheinandergebracht.

Ich war circa vierzehn Jahre alt, als er ins Haus flatterte. Ich saß gerade vor dem Fernseher und spielte ein Videospiel, als meine

Mutter mir einen großen DIN-A4-Umschlag in den Schoß fallen ließ. In dem Umschlag befanden sich acht eng und beidseitig beschriebene Seiten, eine Ode auf mich und meine Existenz, verfasst von einem Jungen, den ich am Wochenende zuvor auf einer Party kennengelernt hatte. Er ging in die Oberstufe und war mindestens siebzehn, also alt. Doch das war eigentlich nebensächlich. Ich wäre nicht weniger schockiert gewesen, wenn das, was ich da las, von einem Jungen in meinem Alter gestammt hätte – was natürlich außer Frage stand, denn vierzehnjährige Jungs sind geistig aller Erfahrung nach nicht in der Lage, Liebesbriefe zu schreiben. Ich las den Brief still und mit klopfendem Herzen, während mein Videospielcharakter das Rennen mit einem rollenden Felsbrocken mit dem Leben bezahlte. In mir stieg Übelkeit hoch. Ich hätte am liebsten geheult. Ich fühlte mich gedemütigt. Nicht wegen des verlorenen Videospiels, sondern weil mir das alles so peinlich war. Diese acht Seiten – eigentlich sechzehn –, die Tatsache, dass sich jemand solche Gedanken über mich machte und die dann auch noch aufschrieb, unwiderruflich, das war mir einfach zu viel. Ich hatte außerdem Angst, dass einer meiner vierzehnjährigen Freunde, auf deren Meinung ich damals absolut grundlos großen Wert legte, von der Sache Wind bekommen könnte. Also tat ich das, was mir in dieser Situation als Erstes in den Sinn kam. Eine Kurzschlussreaktion der Sonderklasse. Ich ließ das »Game over« auf dem Bildschirm »Game over« sein, zog meine Schuhe an, rannte mit dem Brief in der Hand aus dem Haus und warf ihn in den Altpapiercontainer. Dann lief ich zurück, setzte mich wieder vor den Fernseher und tat so, als wäre nichts passiert.

Wenn ich heute darüber nachdenke, könnte ich mir für diese schwachsinnige Aktion in den Hintern beißen. Ich war in den Jahren seitdem oft in Situationen, in denen ich gern einen Liebesbrief an mein vierzehnjähriges Ich gelesen hätte. Oder mein zwanzigjähriges Ich oder mein sechsundzwanzigjähriges Ich. Irgendeinen Beweis dafür, dass da mal jemand war, der große Gefühle für mich gehegt hatte. Das wäre schön gewesen. Aber ich konnte auch noch immer gut verstehen, warum ich damals so gehandelt hatte. Wegen dieses ebenfalls großen, aber leider schrecklich unangenehmen Gefühls der Scham und der Angst, das ich auch jetzt wieder verspürte.

Ich stand mit Hannes' Brief in der Hand in meinem Flur unter dem grellen Licht der Deckenlampe. Mein Herz klopfte irgendwo hinter meinen Ohren, und mein Magen drehte sich um sich selbst wie eines dieser fiesen neuen Fahrgeschäfte im Heidepark Soltau. Ich war kurz davor, den Umschlag ungelesen zu zerknüllen, aber ich hielt mich zurück. Die Geschichte durfte sich nicht wiederholen. Ich war jetzt schließlich doppelt so alt wie damals und … um Gottes willen, ich war wirklich schon doppelt so alt!

Ich musste mich setzen, um den Schock darüber zu verarbeiten, dass ich auf dem Weg dahin war, wirklich, wirklich alt zu sein. Als mir diese Realität bewusst wurde, bedauerte ich umso mehr, dass Felix, der ganz normale Typ, der mich heiraten, mir ein Haus bauen und Kinder machen sollte, mich hatte sitzenlassen. Wahrscheinlich war er meine letzte Chance gewesen. Wahrscheinlich war es jetzt nur noch eine Frage der Zeit, bis ich mir mit zwei Dutzend Katzen meine Wohnung teilen und mir nie wieder die Fingernägel schneiden würde. Ich begann zu hyperventilieren.

Um dem entgegenzuwirken, sagte ich mit lauter, fester Stimme: »Daphne, komm klar!« Je eher ich mich an Gespräche mit mir selbst gewöhnte, desto besser. Ich atmete tief durch und riss den Umschlag auf.

Es waren keine acht Seiten. Nur drei auf zwei linierten DIN-A5-Notizblockbögen, normale Schriftgröße, eine Zeile pro Linie, mit einem blauen Kugelschreiber verfasst. Hannes' Schrift hatte sich seit der dritten Klasse nicht nennenswert weiterentwickelt, so schien es zumindest. Der Wortlaut war fast sachlich im Vergleich zu dem Brief, den ich vierzehn Jahre zuvor bekommen hatte. Es war keine Rede von Liebe oder Verliebtsein darin. Stattdessen stand da etwas von »immer an dich denken« und »so ein wunderbarer Mensch« und »wirklich schöne Nacht«. (Letzteres mochte ja so gewesen sein – gut möglich, dass er da mehr wusste als ich –, aber was war mit dem Grauen am nächsten Morgen?) Verständlicherweise folgte zum Schluss das »Kann es sein, dass du mir aus dem Weg gehst? Wieso?«

Nachdem ich den Brief zum dritten Mal gelesen hatte, schob ich ihn zurück in den Umschlag und versteckte diesen im Küchenschrank hinter den tiefen Tellern, wo ich immer alles versteckte, was ich vergessen wollte. Gleichzeitig war mir klar, dass ich nicht länger weglaufen durfte, so wie mir klar war, dass Hannes sich in mich verliebt hatte. Ich musste mich der Sache stellen. Doch schon beim Gedanken daran wurde mir so schlecht, dass ich mich am liebsten selbst hinter den tiefen Tellern versteckt hätte.

Es war Viertel vor elf, als ich mich schließlich dazu durchrang, Hannes anzurufen. Bis dahin hatte ich eine Diskussion mit mir selbst geführt, die sich so unrettbar im Kreis drehte, dass man hätte meinen können, ich hätte eine gespaltene Persönlichkeit.

Hannes war mein Freund. Er verdiente es, dass ich ehrlich zu ihm war, auch wenn ich damit seine Gefühle verletzte. Ich musste ihm möglichst schnell sagen, dass das alles ein großer Fehler gewesen war. Und mich entschuldigen. Und ihm versprechen, nie wieder Alkohol zu trinken. Und mich dann mindestens eine Woche lang an dieses Versprechen halten. So weit, so gut. Aber es würde ihm wehtun. Und das wollte ich nicht. Er war schließlich mein Freund. Und damit war ich wieder am Anfang.

»Schon klar«, sagte eine vernünftige Stimme in meinem Kopf, »aber was willst du sonst tun? Irgendwann musst du mit ihm reden und je länger du wartest, desto schwerer wird es.«

»Es gäbe da noch die tiefen Teller …«

»Da ist kein Platz für Feiglinge wie dich.« Widerrede zwecklos.

Ich saß also auf dem Sofa, das Telefon in der Hand, Hannes' Nummer im Anschlag, und ich musste nur noch den grünen Wählknopf drücken. Ja, und dann mit ihm sprechen. Der Knopf war nicht das Problem, das Sprechen war es, die Worte. Aber zunächst, aktuell, war es der Knopf. Ich musste den Knopf drücken, und dann würde ich weitersehen.

Es ist wie Pflasterabziehen, dachte ich. Drück den Knopf.

Ich starrte ihn an. Nichts geschah.

Als das Telefon in meiner Hand plötzlich zu vibrieren und zu klingeln begann, fiel ich vor Schreck fast vom Sofa. Ich glaube, ich schrie sogar, aber in solchen Situationen hört man sich selbst ja meistens nicht. Außerdem war das Gepiepse und Gebrumme des Geräts nach der schier endlosen Stille meiner Unschlüssigkeit erschreckend laut. Nur damit es aufhörte – und weil ich offenbar zu blöd war, den Ausknopf zu finden, nachdem ich mich jetzt so lange auf den Wählknopf konzentriert hatte –, ging ich ran.

»Hallo?«

»Daphne! Endlich krieg ich dich mal ans Telefon!« Hannes klang wirklich erfreut. Wie sehr er sich am Ende des Gesprächs noch darüber freuen würde, mich erreicht zu haben, blieb abzuwarten.

»Ich wollte dich gerade anrufen.«

»Hast du meinen Brief gefunden?«

»Der war ja kaum zu übersehen …«

Hannes wartete ab und sagte nichts. Und ich konnte nichts sagen, mein Kopf war leer. Die Leitung rauschte. Irgendwann räusperte er sich.

»Und?«

»Hannes …« Ein guter Anfang. Weitermachen. »… es tut mir leid.«

Es lief eigentlich ganz gut, das Gespräch. So gut, wie solche Gespräche laufen können. Maria war stolz auf mich. So stolz, dass sie am nächsten Tag in meiner Mittagspause ausnahmsweise die Magisterarbeit für ein Stündchen ruhen ließ und mich in einem Café in der Nähe meines Büros traf.

»Ich bin stolz auf dich, Daphne.«

Na also.

Wir warteten in der Schlange vor dem Verkaufstresen, es roch nach Kaffee und nassem Hund. In regelmäßigen Abständen fauchte und brummte die große Maschine, die die Getränke machte, in einer ohrenbetäubenden Lautstärke. Maria trug einen ausgewaschenen Jogginganzug und hatte ihr rotes Haar locker zu einem Zopf geflochten. Sie erntete für ihr legeres Outfit einen pikierten Blick von der jungen Dame mit der uniformen grünen Café-Ketten-Schürze.

»Vielleicht hättest du dich umziehen sollen«, flüsterte ich.

»Ich hab keine Zeit für Eitelkeiten. Mir sitzt Simone de Beauvoir im Nacken.« Maria lehnte sich an den Verkaufstresen und las mit leicht zusammengekniffenen Augen die Angebotstafel. Ich bestellte währenddessen einen aromatisierten Pfefferminztee und bekam ein Glas heißes Wasser.

»Und für Sie?« Die Bedienung drehte Maria den Kopf zu. Sie hatte große, runde Augen und einen auf und ab hüpfenden, blonden Pferdeschwanz. Ich schätzte sie auf etwa zwölf.

»Café Latte, tall, und ohne den ganzen Sojamilch- und Süßmittelquatsch.«

Das Kaffeemädchen malte wortlos etwas auf einen Pappbecher und reichte ihn ihrem ebenfalls minderjährigen pickeligen Kollegen an der lauten Maschine. Maria stand vor Empörung der Mund offen.

»Im Pappbecher! Es gibt wirklich keine Café-Kultur in diesem Land.«

Wir setzten uns auf eine abgewetzte Bank in der Nähe des Fensters. Ich ließ meinen Teebeutel in das heiße Wasser fallen und sah zu, wie sich die Farbe in Schlieren im Glas verbreitete.

»Und wie hat er's aufgenommen?«

»Hannes?«

»Hast du dir sonst noch irgendeinen Fehltritt geleistet, von dem ich nichts weiß?«

»Nein! Um Gottes willen!« Ich drückte den Teebeutel mit dem Löffel auf den Boden des Glases. »Wie hat er es aufgenommen?

Okay, denke ich. Er war nicht sauer oder so. Aber traurig. Er hat nicht viel gesagt. Das war viel schlimmer. Ich hab mich echt mies gefühlt.«

»Das war unvermeidlich. Aber ab jetzt kann es nur noch besser werden.« Sie sog einen Schluck Kaffee durch das Loch ihres Plastikdeckels und verzog unzufrieden das Gesicht. »Im Gegensatz zu dieser Plörre hier. Und dafür verlangen die vier Euro.«

Als Studentin litt Maria unter chronischem Geldmangel. Seufzend stellte sie ihren Pappbecher auf dem Tisch ab. »Na ja, auch egal. Jedenfalls bin ich froh, dass du auf mich gehört hast.«

»Es blieb mir ja nichts anderes übrig. Er hatte mir schon einen Liebesbrief an die Tür gehängt.«

»Einen Liebesbrief? Das ist ja ...«

»Unheimlich?«

»... romantisch, wollte ich sagen. Tja, schade irgendwie.«

Ich nickte voller Bedauern. »Da wünscht man sich sein ganzes Leben lang, dass ein Mann mal so etwas für einen tut. Und dann passiert es und es fühlt sich kein bisschen romantisch an.«

»Es muss vom Richtigen kommen. Sonst wird es unangenehm.«

»Schreibt Arne Liebesbriefe?«

Maria zuckte mit den Schultern. »Keine besonders guten. Eigentlich sind es eher Notizzettel. Aber wir sind ja auch schon so gut wie verheiratet, da sinken die Ansprüche.«

Ich trank einen Schluck Tee und lächelte still in mich hinein. Mein Blick wanderte zum Fenster.

Dumme Idee.

Wie ich schon erwähnt hatte, arbeitete Felix in der gleichen Ecke der Innenstadt wie ich. Wie ich ebenfalls schon erwähnt hatte, waren wir uns dort noch nie zufällig über den Weg gelaufen. Obwohl ich in den Wochen, in denen wir ein Paar gewesen waren, oft nach ihm Ausschau gehalten hatte. Und auch nach unserer Trennung, wie ich mir widerwillig eingestehen musste. Ich hatte ihn nie irgendwo entdeckt.

Doch jetzt sah ich ihn. Er war aus heiterem Himmel auf der anderen Seite der vierspurigen Straße erschienen. Er wartete an der Ampel und unterhielt sich mit einem Typ im Anzug. Er sah gut aus. Statt seines Kapuzenpullis trug er ein Jackett und darunter ein hellblaues Hemd, wie das im Büro erwartet wurde. Die Ampel wechselte auf Grün. Die beiden gingen über die Straße, der Anzug machte offenbar einen Witz und Felix lachte und ich schmolz dahin. Innerlich. Äußerlich verschluckte ich mich an meinem aromatisierten Tee und bekam einen Hustenanfall. Einen von der unkontrollierbaren Sorte.

»Mann, Daphne! Trinken ist doch nun wirklich keine so schwierige Sache.«

Maria klopfte mir mit voller Wucht auf den Rücken, während ich röchelnd halb auf dem Tisch lag, mit tränenden Augen und laufender Nase. Das komplette Café, inklusive der Belegschaft, starrte mich an. Ich rang nach Atem. Ich wollte, dass es aufhörte. Doch je mehr ich mich wehrte, desto schlimmer wurde es. Und dann ging die Ladentür auf. Ich versuchte unter den Tisch zu rutschen, um mich zu verstecken, noch immer von Hustenkrämpfen geschüttelt. Maria flüsterte mir hektisch ins Ohr, was ich eh schon wusste.

»Du wirst nicht glauben, wer gerade durch die Tür kommt.«

Doch. Felix kam durch die Tür. Felix, mein Exfreund. Und ich hatte einen hochroten Kopf, Tränen in den Augen und Schnodder auf der Oberlippe. Ich sah nicht so aus, wie eine Frau gerne aussehen wollte, wenn sie ihren Ex wiedertraf.

»Daphne?«

Maria und ich hoben beide gleichzeitig unsere Köpfe. Meiner war dunkelrot. Ich röchelte. Maria hob die Hand zum Gruß. Ich auch.

»Alles okay?«

Abgesehen davon, dass mein Herz raste, als wäre ich gerade einen Marathon gelaufen? Abgesehen davon, dass ich noch immer an Liebeskummer litt wie ein Hund? Abgesehen davon, dass ich deswegen mit Hannes Sex gehabt hatte und mir jetzt für den Rest meines Lebens Vorwürfe machen musste?

Ich nickte. Er sah mir ein bisschen zu lang in mein von Tränen, Rotz und Schweiß glänzendes Gesicht. Ich konnte nicht genau erkennen, was er dabei empfand. Von Mitleid bis Ekel war alles drin.

»Man sieht sich«, sagte er und nickte mir zu. Ich nickte betreten zurück. Zu mehr war ich nicht in der Lage.

Felix drehte sich um und ging zum Tresen, um etwas bei dem Mädchen mit dem Pferdeschwanz zu bestellen. Natürlich lächelte er sie an, während er das tat. Hatte er mich eben auch angelächelt? Ich konnte mich nicht erinnern. Ein Blick auf mein Spiegelbild in der Fensterscheibe sagte mir, dass die Chancen schlecht standen. Ich schaute auf meine Füße.

FREITAG – DAS ENDE VON BERLIN

»Man sieht sich.« Geht's noch?

Genug war einfach genug. Buch über die seit der Trennung vergangenen Stunden führen, sich hemmungslos betrinken und mit dem besten Freund schlafen, das war schlimm. Aber das Erlebnis im Café hatte mir den Rest gegeben. Die Peinlichkeit der ganzen Situation und wie er dagestanden hatte. So schön. Und gleichzeitig so überheblich. Und ich? Lag auf dem Tisch, zwischen Zuckerkrümeln und Becherrändern. Erbärmlich war das gewesen. Damit war Schluss. Jetzt sofort, nach 268 Stunden … und mit dem albernen Stundenzählen auch. Nach elf Tagen. Punkt.

Es war vermutlich ein Wink des Schicksals gewesen, dass Felix mir ausgerechnet dann über den Weg gelaufen war, als ich mich entschlossen hatte, ihn mit Hilfe von Bettys Liste zu vergessen. Weil das Schicksal mich daran erinnern wollte, sie auch wirklich abzuarbeiten.

Die Liste hing am Badezimmerspiegel. Ich hatte sie dort befestigt, damit ich sie regelmäßig sah. Zumindest einmal morgens und einmal abends beim Zähneputzen.

Draußen vor dem Fenster warteten ein herrlicher Sommertag und feinster Sonnenschein, während ich die Zahnbürste unaufmerksam durch meinen Mundraum bewegte und der Schaumberg darin größer und größer wurde. Ich ging die Liste mehrmals durch, auf der Suche nach einem Punkt, der sich schnell und am besten noch am selben Tag erledigen ließe. Das würde mir dabei helfen, mich auf der Stelle weniger wie ein Idiot und mehr wie ich selbst zu fühlen. Bestimmt. Als ich die Zahnpasta ausspuckte, hatte ich mich entschieden. Ich würde mit Berlin beginnen.

Natürlich hatte ich nicht vor, die deutsche Hauptstadt auszuradieren. Ich war ja kein Superschurke. Das Wort ›Berlin‹ stand auf meiner Liste als Platzhalter für ein anderes, längeres, komplizierteres Wort: Zigarettenetuifeuerzeug.

Bei diesem Gegenstand handelte es sich um ein Souvenir, das Felix auf einem Flohmarkt in Berlin gesehen hatte, als er dort übers Wochenende bei Freunden zu Besuch gewesen war. Es hatte ihn so sehr an mich erinnert, dass er es für mich kaufen musste. Ein silbernes Zigarettenetui mit einem eingebauten Feuerzeug an der Seite. Ein wirklich schönes Geschenk. Ich hätte mich aber mehr darüber gefreut, wenn er es mir nicht an dem Tag gegeben hätte, an dem er wegen zu kleiner Gefühle mit mir Schluss gemacht hatte, begleitet von den Worten: »Ich finde, du sollst es trotzdem haben. Es passt besser zu dir als zu mir.«

Felix war Nichtraucher. Definitiv ein Grund zur Sorge, wenn das, was einen Mann am ehesten an dich erinnert, eine Sache ist, mit der er absolut nichts zu tun haben will.

Eigentlich war es ein Jammer, das gute Stück aus meinem Leben zu verbannen. Ich bekam selten Geschenke, und noch seltener bekam ich Geschenke, die mir so gut gefielen wie dieses. Aber ich musste jedes Mal schlucken, wenn ich das Zigarettenetuifeuerzeug auf der Kommode in meinem Schlafzimmer liegen sah. Und ich hatte es außerdem noch nie benutzt. Aus demselben Grund. Meine Idee war, es einfach wieder an seinen Herkunftsort zu schicken und mir ein neues zu kaufen. Ich hatte nicht vor, mich auf eine Reise nach Berlin zu begeben. Ich dachte mir, es würde reichen, wenn ich es einfach jemandem schickte, der in der Stadt lebte. Und die erste Person, die mir einfiel, war Konnie. Mein Exfreund.

Wir hatten uns im Internet kennengelernt – man darf ja nichts unversucht lassen. Als ich ihn noch meinen Freund nannte, drei Monate lang vor etwa fünf Jahren, war er geradezu gefährlich gut aussehend und ich sozusagen besessen von ihm, denn er war außerdem schlau, eloquent und sprühte nur so vor Selbstbewusstsein – vermutlich weil er als Einzelkind aufgewachsen war, da soll es ja Zusammenhänge geben. So weit, so gut. Jackpot. Leider vermittelte er mir gleichzeitig aber auch immer das Gefühl, dass ich ihm auf keiner Ebene gewachsen war. Er gab nie zu, wenn ich Recht hatte, er lachte nie über meine Witze und oft hörte er mir nicht einmal zu. Er tat es nicht aus Boshaftigkeit. Ich glaubte damals und glaube es noch immer, dass er einfach so egozentrisch war, dass er gar nicht merkte, wie er sich verhielt. Glauben beiseite, ganz objektiv betrachtet passten wir nicht zusammen. Eigentlich hätte ich mit ihm Schluss machen sollen. Nur machte ich prinzipiell nicht Schluss. Das lag mir einfach nicht.

Eines Tages im Juli vor fünf Jahren fuhren Konnie und ich in den Supermarkt und stritten uns über die Größe eines Pakets Blattspinat. Wir trennten uns noch vor Ort. Er trennte sich von mir, um genau zu sein, während ich fassungslos auf dem Parkplatz vor dem Real Markt saß und mich fragte, ob das alles wirklich gerade passierte. Wegen einer Tiefkühlpackung Blattspinat.

Der Schreck saß für eine Weile ziemlich tief. Aber ein paar Jahre später, als auch dieses Trauma überwunden war, wurde aus Konnie, meinem Exfreund aus Berlin, Konnie, mein Fickfreund aus Berlin. Das Ganze unterlag einer stillen Abmachung: Wenn der eine in der Stadt des anderen war, vorausgesetzt natürlich, wir waren beide frei und ungebunden, rauchten wir, tranken viel und landeten dann miteinander im Bett.

Es war so simpel wie eine Packung Tiefkühlblattspinat zuzubereiten.

Jedenfalls bis zu diesem Abend vor meinem letzten Geburtstag.

Die Geschichte begann an einem Freitag im März dieses Jahres, einen Tag später sollte ich achtundzwanzig werden. Als ich nach Feierabend zu Hause ankam und meine Jacke im Flur aufhängen wollte, piepste in der Tasche mein Handy.

»Bin in Hamburg. Xx«

Es stört mich immer ein bisschen, wenn sich die Leute nicht die Zeit nehmen, das erste »x« hinter dem Punkt auf Kleinschreibung zu stellen. So viel Zeit muss eigentlich schon sein. Aber diese Nachricht kam von Konnie. Und Konnie machte sich keine Gedanken darüber, ob er irgendjemanden mit irgendetwas störte.

Ich bemalte mein Gesicht, machte mir die Haare, zog ein vorteilhaftes Kleid an und kramte zur Feier des Tages aus der hintersten Ecke meiner Unterwäscheschublade die Wäsche hervor, die ich nur selten trug: die, die nicht bequem, dafür aber ein bisschen aufreizend war. Eigentlich hatte ich mit Konnie einen Tag später gerechnet. Aber mit ihm gerechnet hatte ich. Denn ich hatte Geburtstag, und kein Geburtstag war perfekt ohne Geburtstagssex.

Es war eine psychologische Sache: Meine erste Geburtstagsdepression hatte ich, als ich achtzehn wurde – der erste echte Meilenstein im Leben. Zumindest für die, die einen Führerschein hatten und nun mit einem Auto durch die Gegend fahren durften. Ich habe bis heute keinen Führerschein. Zum achtzehnten Geburtstag bekam ich eine Waschmaschine. Als sich gegen Mitternacht der Tag dem Ende zuneigte, saß ich in dem Sessel in meinem Zimmer, hatte die Knie an den Körper gezogen und starrte auf den Boden. Das war's dann also gewesen mit der Jugend. Wahrscheinlich wäre das der richtige Moment für einen Schnaps gewesen. Oder zwei. Sorgen um meinen Führerschein hätte ich mir ja nicht machen müssen. Aber ich trank damals nicht. Vermutlich einer der Gründe, weshalb mir meine Jugend verschwendet vorkam.

Dieses Szenario wiederholte sich zwei weitere Jahre. Spätestens um Mitternacht blickte ich wehmütig auf die vergangenen zwölf Monate zurück und fühlte mich niedergeschlagen. Meine Konsequenz daraus war zunächst, in Zukunft so früh wie möglich schlafen zu gehen, um die letzten Stunden meines Geburtstags nicht mitzuerleben. Seit meinem zweiundzwanzigsten Geburtstag verfolgte ich jedoch die Strategie, um Mitternacht entweder in Gesellschaft oder betrunken oder beides zu sein. In den letzten Jahren schließlich hatte ich diese Zielsetzungen um Sex erweitert.

Sex brachte viele Vorteile mit sich. Ich musste nicht allein einschlafen. Ich konnte mir glaubhafter einreden, dass es im nächsten Jahr klappen würde mit dieser ominösen Beziehung, von der alle immer redeten. Es fühlte sich gut an. Und, nicht zu vergessen, ich stellte somit sicher, dass ich nie länger als ein Jahr ohne Sex auskommen musste.

Sicher, den Mann zum Sex musste ich jedes Jahr erst einmal auftreiben. Aber seit ich einen Fickfreund hatte, war das ganz leicht, ein bisschen wie Kreuzworträtsel lösen mit den Antworten direkt daneben. Es war nicht spannend und man leistete nichts, aber wenn man dringend mal wieder ein Erfolgserlebnis brauchte, war diese Methode vielversprechend.

Ich traf ihn also in Bettys Bar in einer Seitenstraße von St. Pauli. Meine aufreizende Unterwäsche zwickte und das Gespräch ging nur schleppend voran.

»Wie läuft der Blog?«

Konnie trank einen Schluck Bier und sah mich an, als wollte er fragen, ob mir wirklich nichts Interessanteres einfiel, wonach ich mich erkundigen könnte. Leider nicht.

»Ganz gut.«

Noch ein Schluck Bier.

»Gut!«

War das Langeweile in seinem Gesicht? War ihm die Unterhaltung intellektuell nicht stimulierend genug?

»Wie geht's Jonas?«

»Wer soll das sein?«

»Dieser Freund von dir?«

»Welcher?« Er sah mich direkt an, als wartete er nur darauf, dass ich etwas Falsches sagte. Ich finde, es ist eine Frage der Höflichkeit, ein Thema fallenzulassen, wenn man merkt, dass der andere sich in eine hoffnungslose Sackgasse manövriert hat. Aber ich finde ja auch, dass man das »x« nach dem Punkt kleinschreiben sollte.

»Der Kleine? Mit der Brille? Der immer so einen Schal trägt?«

Diese Beschreibung traf ungefähr auf jeden zweiten Berliner Studenten zu. Konnie zuckte mit den Schultern.

»Kenn ich nicht.«

»Tja, was soll ich sagen – da hab ich mich wohl geirrt, was?« Ich lachte unsicher und bestellte noch mehr Alkohol, um die Sache voranzutreiben.

Der Abend verstrich. Nach einer Weile fiel es mir immer schwerer, über seine Witze zu lachen, weil er absichtlich über keinen von meinen lachte, und das fand ich nicht fair. Schließlich war ich wirklich komisch gewesen. Ganz besonders, seit ich meinen dritten Longdrink ausgetrunken hatte.

Als er nach neunzig gemeinsamen Minuten von seinem Platz aufstand und sich seine Jacke anzog, musste ich blinzeln, weil ich ein bisschen doppelt sah. Ich tastete nach meiner eigenen Jacke, weil ich dachte, jetzt ginge es los mit dem angenehmen Teil des Abends. Dem Teil, auf den ich die ganze Zeit hingearbeitet hatte. Aber er war schneller als ich. Er verabschiedete sich, gab mir einen Kuss auf die Wange und ging einfach. Ohne mich.

Ich war baff. Und bestellte noch einen Schnaps.

Ein paar Minuten später kam er zurück.

Der Schnaps hatte inzwischen seinen Weg in meinen Körper gefunden, aber ich will das, was als Nächstes passierte, nicht auf diesen einen Schnaps schieben. Der Schnaps hatte gar nicht genug Zeit gehabt, um zu wirken. Der Schnaps konnte nichts dafür. Wirklich.

Ich sah ihn durch die Tür kommen und mich schief anlächeln. Ich lächelte zurück. Denn ich wusste, oder vielmehr, mein betrunkener Kopf glaubte zu wissen: Jetzt hatte er sich an unsere Abmachung erinnert, der Schuft. Aber ich würde ihm verzeihen, ich war schließlich in Geburtstagsstimmung. Ich konzentrierte mich darauf, dass meine Augen nicht betrunken und ziellos auf seinem Gesicht umherwanderten, sondern ihm fest in seine sahen.

»Du bist zurück.«

Er grinste. »Ja, das bin ich.« Er lehnte sich zu mir herunter, ließ seine Hand unter den Tisch gleiten und hatte einen Moment später seine Tasche in der Hand. »Hab ich ganz vergessen.«

So war es also. Er wollte nicht mich. Er wollte nur die Tasche.

»Achsonadann …« Immerhin konnte ich das Lächeln auf meinem Gesicht einzementieren, bevor es hinunterglitt wie Schnee von einem schmelzenden Gletscher.

»Ich ruf dich morgen mal an. Vielleicht komm ich noch vorbei.« Er beugte er sich zu mir herunter, um mir einen weiteren Kuss auf die Wange zu drücken.

Und dann passierte es.

Plötzlich hielt ich sein Gesicht in meinen Händen, küsste ihn etwas zu fest auf die Lippen, sah ihm gerade in die Augen und sprach völlig überraschend mit dieser Pornostimme, von der ich gar nicht wusste, dass ich sie beherrschte:

»Du musst anrufen. Versprich es mir, okay? Sonst bin ich enttäuscht. Denn … immer wenn du in meine Stadt kommst, haben wir Sex. Und wenn ich ganz ehrlich bin: Das ist der einzige Sex, denn ich kriege.«

Sein Gesicht berührte meines und war eigentlich nur ein verschwommener Fleck vor meiner Nase, aber ich konnte das Entsetzen darin trotzdem sehen.

»Klar.« Er nahm seine Tasche und verließ die Bar zum zweiten Mal an diesem Abend. Er drehte sich nicht noch einmal um.

Ich hatte, so schien es, ein Gesetz gebrochen. Das Gesetz, das besagt, dass man über Sexarrangements nicht spricht. Was Sinn machte, deswegen nannte man das Ganze ja auch eine stillschweigende Abmachung.

Aber ich hatte die Abmachung schließlich nicht zuerst gebrochen. Er war einfach so gegangen. Er hatte seinen Teil des Deals nicht eingelöst. Das hatte ich nicht einfach auf mir sitzen lassen können. Hier ging es schließlich um etwas: meinen Geburtstagssex!

Obwohl ich mir die Pornostimme vielleicht besser hätte sparen sollen. Ich hatte das dumpfe Gefühl, dass die mir am nächsten

Tag sehr unangenehm sein würde. Und das unumwundene Zugeben meiner eigenen sexuellen Verzweiflung, das war mir schon in diesem Moment sehr, sehr unangenehm.

Also nahm ich noch einen Drink. Und hatte weder an diesem noch am nächsten Tag meinen Geburtstagssex, dafür einen Kater und eine Nachricht von Konnie auf meinem Handy:

»Ich schaff's heute nicht mehr. Konnie. Xx«

Irgendwann stellte sich heraus, dass der Gute sich nur deshalb nicht an unsere Abmachung gehalten hatte, weil er zu diesem Zeitpunkt »jemand anderen« regelmäßig sah. Eine Frau, schon klar. Hätte er mir ja auch einfach mal sagen können. Mit mir kann man reden. Und es hätte mir wochenlange Grübeleien erspart.

Doch wie dem auch immer war, achtundzwanzig zu werden war kein Spaß gewesen. Und achtundzwanzig zu sein hatte bisher auch so seine Tücken gehabt.

Die Mittagspause verbrachte ich mit Lucy und einer Art Reispfanne. So hatten sie das auf dem Kantinenplan genannt. Aber ich blieb skeptisch. Was ich auf meinem Teller vorfand, sah nicht aus wie Reispfanne. Oder wie irgendein anderes mir bekanntes Gericht. Lucy hatte Schnitzel bestellt. Sie war in dieser Hinsicht einfach schlauer als ich. Neben meinem Teller lag das Zigarettenetui, in braunes Papier gewickelt, mit Paketband zugeklebt und fein säuberlich an Konnie in Berlin adressiert. Bereit, nach einem ausgiebigen Mittagessen zur Post und damit auf den Postweg gebracht zu werden.

»Was ist da drin?« Lucy sprach mit vollem Mund und deutete mit ihrer Gabel auf das Päckchen.

»Du bist ganz schön neugierig.«

»Na ja, du verhältst dich ja auch ganz schön seltsam in letzter Zeit. Mit deinen geheimnisvollen Paketen und Listen und Anrufen.« Lucy perforierte das Schnitzel vor sich sorgfältig mit der Gabel, so dass ein symmetrisches Muster aus Löchern in der Panade entstand. Ein paar Tische weiter lachten die Frauen aus der

Buchhaltung schrill über etwas. Sie hatten ausnahmslos alle rot gefärbte Haare.

»Okay, ich erklär es dir. In dem Päckchen ist ein Geschenk von Felix, das ich nicht mehr haben möchte und meinem Exfreund Konnie in Berlin schicken werde.«

»Wieso behältst du es nicht einfach?« Ihre gerunzelte Stirn vermittelte den Eindruck, dass sie es die blödeste Idee aller Zeiten hielt, ein Geschenk wegzugeben.

»Weil es Teil der Liste ist. Auf der Liste stehen Dinge, die ich vergessen will, damit ich Felix vergesse.«

»Aber warum willst du das denn bloß?« Lucy schob sich in verzweifeltem Unverständnis ein paar Pommes in den Mund.

»Weil ich aktiv etwas gegen den Liebeskummer tun muss. Sonst mach ich noch mehr dumme Sachen. Und es ist doch ganz logisch: Wenn ich ihn vergesse, habe ich seinetwegen auch keinen Liebeskummer mehr.«

Lucy nickte enthusiastisch. »Ich glaub, das hab ich schon einmal in einem Film gesehen. Mit diesem komischen Typ und Kate Winslet, die hat auch immer ihre Haarfarbe geändert und so. Und da haben die das auch so gemacht.«

War mein Leben wirklich nicht mehr als ein billiger Hollywoodabklatsch? »Ich mach das schon ein bisschen anders als in dem Film. Aber es gibt Ähnlichkeiten. Zugegeben.«

»Oh, Klasse! Der Film war echt spitze!« Begeistert schob sie sich ein Stück Schnitzel in den Mund und schaute versonnen aus dem Fenster, während sie kaute. Ich hätte auch das Schnitzel bestellen sollen. Die Frauen aus der Buchhaltung hatten auch alle Schnitzel gehabt. Sie waren inzwischen aufgestanden und brachten ihre Tabletts zur Tablettannahme, in einem perfekten Gänsemarsch aus roten Locken sahen sie sehr zufrieden aus. Aber Schnitzel, das klang einfach so langweilig, wenn man es auf dem Kantinenplan las. Ich stocherte in meiner angeblichen Reispfanne herum und fand etwas, von dem ich hoffte, dass es eine Morchel war.

»Welche dummen Sachen waren das denn?«

»Was?«

»Die du aus Liebeskummer gemacht hast, welche dummen Sachen?« Lucy sah mich erwartungsfroh an, ihr Gesicht fleckenweise rot vor Aufregung. Sie liebte Sensationen. Ich schob seufzend meinen Teller Undefinierbares von mir weg und klaute eine Handvoll Pommes von ihrem. Ich kannte sie gut genug, um zu wissen, dass sie mich nicht in Frieden lassen würde, bis ich es ihr erzählte. Also machte ich ein zerknirschtes Gesicht und sagte so beiläufig wie möglich:

»Ich war besoffen und hatte aus Versehen Sex mit Hannes.«

Sie schlug die Hände vor den Mund, als müsste sie einen Schrei unterdrücken.

»Deswegen wollte ich Montag nicht mit ihm reden. Hannes, weißt du? Du hast mit ihm telefoniert.«

Lucys Hände rutschten ein bisschen höher, bis sie auch die Augen verdeckten.

»Wir haben das inzwischen geklärt. So einigermaßen. Trotzdem. Eine komplett dämliche Aktion von mir.« Ich schüttelte langsam und bedauernd den Kopf. Hinter ihren Fingern hörte ich ein leises Schniefen.

»Alles in Ordnung, Lucy?«

Blöde Frage. Offensichtlich nicht. Ich war erstaunt, dass sie so intensiv mit mir mitfühlte.

»Mensch, Lucy, so schlimm ist das doch nicht …« Nicht einmal ich hatte wegen der Sache geheult. Und ich heulte sonst wegen jeder Kleinigkeit. An Lucys Handgelenk kroch eine kleine glänzende Tränenspur herunter. »Lucy?«

Ich hatte ihr vorgeschlagen, mit mir zur Post zu kommen, aber sie wollte nicht. Sie wollte mir auch nicht erklären, warum sie plötzlich angefangen hatte zu weinen. Sie wollte einfach schnell zurück ins Büro. Also ging ich allein.

Ich kaufte am Automaten bei der Post Briefmarken, klebte sie auf das Päckchen und ließ es in den Briefkasten fallen. Es schepperte, als es auf den Boden aufschlug.

Ich hatte mich dagegen entschieden, Konnie zu erklären, was es mit dieser Lieferung auf sich hatte. So, wie ich ihn kannte, hätte er mich für verrückt erklärt. Also befanden sich in dem Päckchen lediglich das Zigarettenetui und ein kleiner gelber Post-it, auf dem stand:

Ich hoffe, du rauchst noch. Du Schuft.

FREITAG / SAMSTAG – WIE ES AUSGING, ALS WIR AUSGINGEN

Der Abend kam und die Nacht und ich hatte schlechte Laune. Miese Laune. Sie hatte mich in einem schwachen Moment überfallen, als ich mich auf mein Sofa setzte und mir drei Dinge bewusst wurden: Ich hatte keine Pläne, ich hatte keinen Freund, und ich hatte keine Fernbedienung. Die war weg, abhanden gekommen. Also sah ich mir im Fernsehen eine *Spiegel*-Dokumentation über den Holocaust an, weil ich zu faul war, aufzustehen und den Kanal am Gerät zu wechseln. Man konnte nicht sagen, dass die Sendung dazu beitrug, dass sich meine Stimmung aufhellte.

Ich steckte mir eine Zigarette an, rauchte sie aber nur zu zwei Dritteln, bevor ich sie im Aschenbecher ausdrückte. Es war Viertel nach zwölf. Ich hätte genauso gut einfach schlafen gehen können. Aber es war Freitagnacht und da draußen feierten die Menschen und hatten Spaß und sahen gut aus. Dem konnte ich mich nicht ohne schlechtes Gewissen verweigern. Ich überlegte, ob ich mir beim China-Lieferservice etwas zu essen bestellen sollte und ob die überhaupt noch lieferten um die Zeit. Dabei hatte ich gar keinen Hunger.

»Ich brauche einen Mitbewohner«, sagte ich zu meinem leeren Wohnzimmer. »Aber die Wohnung ist zu klein … Dann wenigstens eine Katze. Eine Katze wär gut.«

Vielleicht sollte ich ausgehen, Menschen treffen, Kontakte knüpfen und aufhören mit den Selbstgesprächen. Aber das Hauptproblem blieb: Ich hatte keinen Freund. Speziell keinen Felix.

Das Telefon klingelte. Träge griff ich nach dem Hörer.

»Jep?«

»Schätzelein! Runter vom Sofa!«

Ich fragte mich, woher Betty das wusste, das mit dem Sofa. Und warum sie immer so schreien musste.

»Und dann?«, erkundigte ich mich.

»Feierei vom Feinsten.« Im Hintergrund hörte ich Stimmen und Gegröle und Bettys Namen aus verschiedenen Mündern.

»Betty, nein. Ich hab echt schlechte Laune. Und müde bin ich auch …«

»Hast du die Liste gemacht?«

»Ja. Aber was hat das jetzt damit …«

»Komm in die Barbarabar, wir haben zu tun.«

»Was?!«

»Bis gleich!«

Und dann war da nur noch ein Tuten in der Leitung. Ich wusste nicht, was ich sagen sollte, aber das machte nichts. Es hätte sowieso niemand gehört. Ich war kurz davor, Betty zurückzurufen und ihr zu sagen, dass sie mich nicht einfach so herumkommandieren konnte und ich das mit der schlechten Laune durchaus ernst gemeint hatte und ich ein erwachsener Mensch war und als solcher selbst entscheiden konnte, ob ich den Freitagabend auf dem Sofa verbrachte. Aber wenn ich ehrlich zu mir selbst war, war ihr Anruf genau das gewesen, worauf ich gewartet hatte.

Ich zog mir die Büroklamotten aus und ein Kleid an, benutzte Lippenstift und Wimperntusche und fühlte mich schon um einiges besser, als ich zur U-Bahn ging. Ich hatte mein Handy zu Hause liegen lassen – irgendetwas ließ man ja immer liegen –, und das fiel mir erst auf, als ich schon auf dem klebrigen Plastiksitz in der Bahn saß. Eine leere Bierdose rollte um meine Füße. Ich steckte mir Kopfhörer in die Ohren.

Als ich durch die Tür der Barbarabar kam, hatte Betty schon ungefähr ein Dutzend neue Freunde gefunden. Ich hatte keine Ahnung, wie sie das immer machte. Ich stand neben ihr am Tresen und lernte alle kennen. Den großen Typ mit der Mütze, den Blonden mit dem grünen T-Shirt, seine Freundin, die sich die ganze Zeit an ihn klammerte, und den Perser mit dem Namen, den er auf mein Bitten hin mehrmals wiederholte und den ich genauso oft nicht verstand. Damit er es mir nicht übelnahm, nickte und lächelte ich und zündete mir eine Zigarette an. Betty kaufte Schnaps für alle. Wir stießen an, ich legte den Kopf in den Nacken und trank und vermied es zu schmecken. Es gelang mir nicht. Tränen des Ekels schossen mir in die Augen und ich musste mich unwillkürlich schütteln. Und da kam auch schon Betty mit dem nächsten Drink.

»Was ist das?«

»Schätzelein, du wirst doch wohl einen White Russian erkennen. So lange kann es nicht her sein.«

»Zwölf Tage mindestens.«

Sie schnalzte tadelnd mit der Zunge und drückte mir das Glas in die Hand. Ich nahm einen kleinen Schluck und der widerliche Schnapsgeschmack in meinem Mund machte dem süßlichen Aroma des Russen Platz.

»Gut, nicht? Daphne, das wird eine Nacht, die du nie vergisst, versprochen. Zumindest wirst du immer daran denken, wenn du einen White Russian trinkst. Und nicht mehr an diesen langweiligen, geistig klobigen …«

»Ich verstehe.«

»Das ist nicht einfach nur eine Liste, Schätzelein. Das ist eine Mission.«

Die Tanzfläche war voll. So voll, dass die Leute darauf nicht wirklich tanzten, sondern sich lediglich aneinander rieben. Der DJ nickte mit dem Kopf im Rhythmus, dem Perser fiel sein Glas aus der Hand und zerschellte am Boden. Überall um uns herum lagen Scherben. Jemand hinter uns applaudierte, aber den kannten wir nicht. Ich begrüßte Eddie an der Bar wie immer mit einer Umarmung und er freute sich und bedankte sich auf die übliche Weise.

»Schnaps?«

Immer.

»Und einen White Russian.«

Betty legte fünfzig Cent an den Rand des Kickertischs, um zu fordern. Ich tanzte auf der Stelle, mein Getränk in der einen Hand, eine Zigarette in der anderen, und spielte das Spiel, bei dem man sich die männlichen Gäste etwas genauer ansah und sich überlegte, welcher von ihnen für eine Nacht infrage käme. Ich konnte keinen entdecken, ich entdeckte nie jemanden, aber das überraschte mich nicht. Dafür war das hier der falsche Ort, eine Bar auf dem Kiez. Mein Vater sagte immer, ich solle in den Sportverein gehen, da würde ich bestimmt jemanden treffen, da seien die Leute nüchtern und hätten gemeinsame Interessen. Aber ich hatte kein Interesse an Sport. Meine Mutter hatte mal gehört, dass man gute Männer in der Kirche traf. Ich war ein paarmal in der Kirche gewesen. Dort waren alle mindestens vierzig Jahre älter als ich. Aber der Pastor hatte ziemlich inspirierende Dinge erzählt, und ich hatte mich eine Stunde lang fromm gefühlt. Und wann sonst tat ich das? Genau – nie.

»Na?«

»Hannes!«

Er stand plötzlich einfach vor mir. Es hätte mich nicht überraschen dürfen, er war regelmäßig hier, ich ja auch. Es war vorauszusehen gewesen, dass wir uns treffen würden, aber daran hatte ich nicht gedacht. Für einen Moment fühlte ich mich ziemlich hilflos.

Hannes legte mir einen Arm um die Schulter. »Schön dich zu sehen.«

»Wirklich?«

»Ja, oder?«

Ich lächelte ihn an und warf den Stummel der Zigarette, die ich eben noch geraucht hatte, auf den Boden. Hier stand ich mit meinem Kumpel Hannes, mit dem ich schon oft in Bars gestanden und gefeiert hatte – nicht mit Hannes, meinem Kumpel, mit dem ich aus Versehen geschlafen hatte. Es fühlte sich an wie immer. Vielleicht lag es daran, dass er Kleidung trug. Vielleicht wünschte ich mir auch einfach nur, dass es sich so anfühlte.

»Hannes!«

»Betty!«

»Da muss ich schnell noch einen Schnaps holen.« Betty drückte uns jeweils ein Glas in die Hand und wühlte sich wieder zur Bar durch. Meines war zu voll und der Alkohol lief mir über die Finger, die Hand und den Arm hinunter. Ich hatte mittlerweile das Gefühl, dass es an meinem Körper keine Stelle gab, die nicht klebte. Das Glas an meiner Hand, die Strumpfhose an meinen verschwitzten Beinen, meine Lippen aneinander.

»Und wie geht es dir?«

»Jetzt gerade oder allgemein?« Ich leckte ungelenk den verschütteten Alkohol von meiner Hand, während ich versuchte, das Glas gerade zu halten.

»Sowohl als auch.«

»Jetzt gerade geht es mir sehr gut, ich bin gleich betrunken.«

Er lachte. »Gleich?«

Betty kam mit dem Schnaps. Wir tranken. Hannes ließ sein leeres Glas hinter sich fallen, wie ein Russe, und jemand applaudierte, aber den kannten wir nicht. Vielleicht war es der Gleiche wie vorher. Ich schloss meine Augen und etwas hinter meiner Stirn drehte sich. Ich machte die Augen wieder auf und stellte fest, dass ich zwei Schritte weitergetorkelt sein musste. Es war erschreckend. Und grandios.

Betty stand an ihrer Position in der Abwehr. Ich hielt mich mühsam an den Griffen der Sturmreihen fest und versuchte, mich auf den Ball zu konzentrieren, aber der Ball war zu schnell für meine Augen. Wir spielten gegen einen dicken Mann ohne Haare und seinen tätowierten Freund, auf dessen rechtem Oberarm eine Meerjungfrau saß. Darunter baumelten zwei Würfel mit den Zahlen fünf und zwei auf der sichtbaren Seite. Fünf und zwei macht sieben, dachte ich.

Betty passte den Ball von der Torseite nach vorn, rechts außen durch die Mittelreihen. Ich war, betrunken oder nüchtern, unfähig Pässe anzunehmen, aber wenn ich Glück hatte, versagte die gegnerische Abwehr und der Ball rollte meiner Sturmreihe vor die Füße. Dann passte ich ihn in die Mitte, und wenn ich noch ein bisschen mehr Glück hatte, konnte ich ihn mit meinem mittleren Stürmer annehmen und ein Tor machen. Heute war es anscheinend nicht so weit her mit meinem Glück. Immer wenn ich versuchte, den Ball anzunehmen, war er schon weg. Auch jetzt. Er flutschte an meinem Mittelfeld vorbei, der Typ mit der Meerjungfrau schob ihn blitzschnell zwischen seinen Stürmern hin und her, zog durch und das mit solcher Wucht, dass selbst Betty keine Chance hatte. Tor für die anderen. Der Kahlkopf und sein Kumpel schlugen ein und schnippsten einen Punktewürfel auf ihre Seite. Betty lehnte sich verschwörerisch zu mir herüber.

»Wenn wir noch ein Tor kassieren, wechseln wir die Positionen, okay?«

»Ich glaub, das bringt nix.«

»Aber dann kann ich vielleicht noch ein paar Tore machen.«

»Betty, es steht null zu vier.«

»Mit dieser Einstellung spiel ich mit dir nicht weiter.«

Mir war schwindelig, und mein Kopf tat weh. Es fühlte sich an, als würde ein ungezogenes Kind in meinem Kopf mit dem Lichtschalter spielen. »Okay, dann hol Hannes, ich muss mich mal kurz …«

Hinsetzen, hatte ich sagen wollen, aber ich saß schon, auf dem Sofa hinter dem Kickertisch, beziehungsweise auf dem Schoß des Typen, der auf dem Sofa hinter dem Kickertisch saß.

»Hoppla!«

»Tschuldigung.«

Ich rappelte mich auf und musste aus Gründen einer aufkommenden Übelkeit darauf verzichten, dem Sofatypen einen bösen

Blick dafür zuzuwerfen, dass er mir, für meinen Geschmack, etwas zu lange beim Aufstehen geholfen hatte. Indem er mit seiner Hand gegen meinen Arsch drückte.

»Du musst zwischendurch Wasser trinken. Hol dir mal ein Glas Leistungswasser.«

»Was?«

»Leistungswasser.«

Betty liebte dieses Wortspiel. Ich griff Hannes an der Schulter und schob ihn an meine Position am Tisch und dann drückte ich mich an ihm vorbei zum Tresen. Hannes und Betty schlugen ein, und weiter ging's. Und mit mir ging es auch weiter. Bergab. Ohne Kickertischstangen zum Festhalten, stützte ich mich mal an dieser, mal an jener Person ab, entschuldigte mich wahllos und versuchte meine Füße im Blick zu behalten, weil ich das ungute Gefühl hatte, dass sie ohne meine direkte Aufsicht tun würden, worauf sie gerade Lust hatten. Irgendwie schaffte ich es zum Tresen und legte meinen Kopf darauf ab.

»Wasser, Eddie, ich brauch Wasser.«

Eddie schob mir die Haare aus dem Gesicht. »Du kotzt mir jetzt aber nicht auf meine Bar, oder?«

Der Gedanke ans Kotzen brachte mich fast dazu, es wirklich zu tun. Ich schüttelte den Kopf, so gut es ging. Schließlich lag er auf dem Tresen, das schränkte die Bewegungsfreiheit deutlich ein.

Ich dachte darüber nach, wie schlecht es mir gerade ging, und fragte mich, warum wir alle, so viele von uns, das regelmäßig freiwillig machten. Wochenende um Wochenende gingen wir vor die Hunde, mit voller Absicht, und das bezeichneten wir dann auch noch als Spaß. Freizeitspaß. So tief sanken die Mitglieder der Badmintongruppe meines Vaters bestimmt nie.

Jemand tippte mir auf die Schulter. »Willst du sitzen?«

Ich drehte meinen Kopf der Stimme zu. Obwohl sich die Bewegung gar nicht so schnell angefühlt hatte, zogen die Lichter der Bar an meinen Augen vorbei wie die Landschaft unter einem Düsenjet – zwusch! Ich legte mir die Hand an den Kopf und jemand half mir auf einen Barhocker. Ich saß. Es ging mir schlagartig besser, wenn auch nicht viel. Ich griff nach dem Wasserglas und trank in kleinen Schlucken.

»Zigarette?«

Ich nickte und ließ sie mir zwischen die Lippen stecken und anzünden.

»Danke.« Um Himmels willen, ich lallte. Ich lallte, obwohl ich nur ein Wort gesagt hatte. Wie war es möglich, das Wort »danke« zu lallen? Ich wiederholte die Laute tonlos, die Zunge gegen die Zähne gepresst für das »D«, das »K« hinten im Hals.

»Kein Problem. Du siehst so aus, als hättest du es nötig.«

»Was nötig?« Wer brauchte schon ganze Sätze?

»Eine Sitzgelegenheit. Und eine Zigarette.«

»Ts. Ich hab noch ganz andre Sachen nötig.« Mein Po rutschte halb vom Hocker und jemand drückte gegen meine Hüfte, damit ich wieder richtig saß.

»Ist das so?«

Ich schaffte es, meinen Kopf in Zeitlupe nach rechts zu drehen, die Richtung, aus der die Stimme kam. Da stand ein Mann. So alt wie wir alle. Er war groß. Größer als Felix. Und er hatte dunkle Haare. Irgendwie sah er verwegen aus. Seine Augen waren mandelförmig, das fiel mir gleich auf. War er Asiat? Nein, wohl eher nicht. Vielleicht in dritter Generation oder so. Hatte ich das nötig? Vielleicht.

»Bist du Asiat?«

»Nicht, dass ich wüsste.«

»Ah, okay.«

»Hätte ich dann einen Vorteil?«

Was meinte der? In meinem Kopf herrschte ein betrunkenes Durcheinander. Und der Typ sah mich so an. Was war das überhaupt für einer, der einem besoffenen Mädchen erst einen Barhocker und eine Zigarette anbot und dann mit ihr flirtete. Ein Mann, keine Frage, Männer taten so etwas. Kein Anstand. Ich versuchte mich aufzurichten, stellte aber fest, dass das eine dumme Idee war.

»Flirtest du mit mir? Oder was?«

»Kommt drauf an.« Er grinste dieses Grinsen von dem Männer denken, wir Frauen fänden es verführerisch. Ich kann nur für mich sprechen, aber ich finde es entlarvend.

»Kommt worauf an?«

»Wenn du mitmachst, dann ja.«

»Auf keinen Fall. Ich hab Liebeskummer.« Ich machte Hannes' Gänsefüßchengeste, weil ich den Liebeskummer gerade gar nicht fühlen konnte. Er war in keinem Winkel meines Körpers zu finden, erfolgreich betäubt mit Schnaps und White Russian.

»Liebeskummer? Eine wie dich verlässt man doch nicht.«

»Das musstest du jetzt sagen, nicht? Das sagt ihr Männer immer, das ist ein billiges Kompliment.«

»Wieso billig?«

»›Eine wie mich!‹ Du kennst mich gar nicht, du weißt gar nicht, was ich für eine bin.«

»Du bist hübsch.«

Ich lachte, ohne es witzig zu finden. »Ach, und nur darauf kommt es an, oder wie?«

»Für den Anfang …«

Er hatte Recht. Darauf *kam* es an. In den ersten Sekunden, am ersten Abend und auch später immer wieder. Ich für meinen Teil kann niemanden küssen, dessen Gesicht mir nicht gefällt.

Betty drängelte sich zwischen uns an die Theke, zog eine Kerze zu sich heran, zündete ihre Zigarette daran an und klopfte dreimal auf den Tresen.

»Verloren, aber immerhin nicht zu null.«

»Klasse.«

»Und du so?«

»Besoffen.«

»Herrlich! Wer ist das?«

»Ich weiß nicht.«

Der Typ mit den Mandelaugen gab Betty die Hand. »Richard.«

»Süß. Schnaps?«

Es war etwa halb sieben am Morgen, als ich auf dem Tresen stand und beschloss, meine Strumpfhose auszuziehen. Es war heiß, und es kam mir so vor, als würde das Material langsam mit meiner Haut verschmelzen. Das war natürlich absurd. Aber je länger ich darüber nachdachte, desto mehr machte mir die Vorstellung Angst. Ich tanzte, und neben mir tanzte Betty. Unten am Tresen saßen Hannes und Richard mit dem Perser, der schon wieder ein Glas hatte fallen lassen. Niemand applaudierte. Die verbliebenen Gäste brauchten all ihre Konzentration, um ihre Bewegungen und/oder Sprache zu kontrollieren. Außerdem war der Boden inzwischen übersät mit Scherben, ein kaputtes Glas mehr war keinen müden Klatscher wert. Für meinen Strumpfhosen-Striptease hatte ich ja auch keine Standing Ovations bekommen. Die Leute waren einfach nicht mehr begeisterungsfähig.

Ich tanzte nicht oft auf Tresen. An diesem Abend war es vielleicht das dritte Mal in meinem Leben. Ich tanzte barfuß, weil ich so einen sichereren Stand hatte. Draußen schien die Sonne, das konnte ich sehen, wenn die Tür der Bar sich öffnete. Ich stampfte mit dem Fuß im Takt und sah zu Richard herunter, der dort in mehrfacher Ausführung saß und mir mit mindestens fünf Mandelaugen zuzwinkerte. Ich wusste nicht, was ich daraufhin tun sollte, also ignorierte ich es und stampfte weiter. Ich war glücklich, weil mir nicht mehr übel war und weil meine Freunde bei mir waren und weil mir die Musik gefiel. Trotzdem hatte ich irgendwann genug vom Tanzen.

Ich setzte mich auf die Tresenkante und rutschte langsam auf den Boden, nachdem ich mich vergewissert hatte, dass an dieser Stelle keine Scherben lagen. So weit konnte ich noch denken, immerhin das. Als ich da stand und hörte, wie Betty noch mehr Schnaps bestellte, immer mehr Schnaps, merkte ich, dass jemand hinter mir mich an sich zog. Ich ließ das geschehen, weil mein Gleichgewichtssinn nicht mehr kooperierte und weil ich es schön fand, festgehalten zu werden. Ich drehte mich in der Umarmung um und sah wieder dieses Paar mandelförmiger Augen. Sie schwammen auf und ab wie Seemöwen, die auf dem Meer sitzen und Pause machen von dem ewigen Geschrei. Ich roch Atem, der zu einer Hälfte aus Alkohol und zur anderen aus Zigarettenrauch bestand. Und wurde geküsst. Und fester gehalten.

Ich war empört, weil ich es nicht, niemals, okay fand, wenn man alkoholisierte Frauen einfach so küsste. Ohne zu fragen, ohne eine Warnung. Und ihnen dann eine Hand auf den Po legte und eine an die Wange, damit sie sich nicht umdrehen und weglaufen konnten. Meistens versuchen sie es dann nämlich nicht einmal, kein Protest, wortlose Zustimmung durch Zurückküssen. So wie ich jetzt. Trotz Empörung. Aber was sollte ich tun? Da lagen überall Scherben.

Als der Kuss vorbei war, sah ich Betty, die mit Eddie anstieß, den Perser, der seine Jacke auf den Tresen gelegt hatte und darauf eingenickt war, und Hannes, der mich ansah und die Stirn runzelte. Und ich schämte mich. Schon wieder.

Betty und ich gingen im grellen Sonnenlicht nach Hause. Ich hielt meine Strumpfhose in der Hand.

»Wie spät ist es?«

»Keine Ahnung. Acht Uhr oder so?«

»Schon? Verdammt.«

»Und? Konnte er küssen?«

Ich zuckte mit den Schultern. Ich wusste es wirklich nicht. Und daran würde ich mich jetzt immer erinnern, wenn ich White Russian trank.

SAMSTAG – KATERJAMMER

Es war halb fünf am Nachmittag, als ich samstags von der Türklingel geweckt wurde. Ich versuchte aufzustehen. Dieser Vorgang nahm etwas Zeit in Anspruch. Es klingelte wieder. Ich schleppte mich zur Gegensprechanlage. Auf meine Nachfrage, wer da wäre, antwortete mir die Stimme meiner Mutter durch die geschlossene Wohnungstür: »Ich bin's. Unten war offen.«

Das hatte mir gerade noch gefehlt. Besuch von meiner Mutter. Ich hätte einen dieser Samariter-Spendensammler bevorzugt, die wurde man leichter wieder los. Ich atmete einmal tief durch, öffnete die Tür und suchte mir schnellstmöglich eine Sitzgelegenheit, denn mein Kreislauf war noch nicht bereit gewesen. Ich richtete den Blick auf den Boden und bemerkte, dass meine Füße irgendwie dreckig waren. Zwischen den Zehen und oben drauf auch. Ich drehte einen Fuß so, dass ich die Sohle sehen konnte. Komplett schwarz.

Meine Mutter stand in meinem Schlafzimmer und schnüffelte, das Kinn in die Luft gereckt wie ein putziger Zeichentrickhase. Sie trug ein adrettes Kostüm in Lindgrün mit einem dazu passenden leichten Sommermantel. Jetzt noch ein Paar Handschuhe und ein Pillenhütchen, und sie hätte ausgesehen wie Jackie O. Ich wunderte mich über diesen Aufzug, hatte aber keine Energie zu fragen, was es damit auf sich hatte. Dazu war ich zu verkatert.

»Was riecht denn hier so komisch?«

»Ich befürchte, das bin ich.«

»Daphne!« Meine Mutter riss das Fenster auf und murmelte dabei, dass das auch ruhig mal wieder geputzt werden könnte. Der Plüschpanda fiel ihr vor die Füße und blieb debil grinsend am Boden liegen. Sie hob ihn nicht auf, sondern stemmte stattdessen ihre Hände in die Hüften und sah mich vorwurfsvoll an. »Also, eigentlich wollte ich dich zu einem Spaziergang abholen. Aber darauf hast du wohl keine Lust.«

Mein stumpfer Blick war Antwort genug.

»Dachte ich mir. Wann bist du letzte Nacht im Bett gewesen?«

»Nacht?« Ich konnte mich nicht an die exakte Uhrzeit erinnern, nur daran, dass es bereits taghell gewesen war. Irgendwann zwischen sieben Uhr morgens und vier Uhr nachmittags erschien mir realistisch.

»Du musst besser auf dich aufpassen.«

»Ja.«

»Willst du wirklich nicht kurz raus?«

Ich presste die Lippen aufeinander und schüttelte entschlossen den Kopf.

»Okay, dann geh ich allein. Mach dir einen Tee.«

Gute Idee. Der Gedanke an Tee hatte etwas wirklich Belebendes. Und ich brauchte eine Dusche, ich musste den Dreck loswerden. Vielleicht würde das warme Wasser auch gegen den Muskelkater helfen, den ich überall hatte, selbst im Po. Und ich musste mein Bett frisch beziehen. Zum zweiten Mal in dieser Woche.

Mein Handy zeigte drei Anrufe in Abwesenheit an. Da war eine Nummer, die ich noch nie vorher gesehen hatte, was unter normalen Umständen meine Neugier geweckt hätte. Jetzt jedoch verschwendete ich keinen Gedanken daran, denn die zwei anderen Anrufe, einer um drei Uhr morgens und einer etwa fünfzehn Minuten später, waren um einiges aufregender. Sie kamen von Felix. Er hatte mich angerufen. An Tag dreizehn.

Ich sah mir seinen Namen und die Anrufuhrzeit und die Anzahl der Versuche (ZWEI!) auf dem Display so intensiv an, als handelte es sich dabei um eine Nachricht, die sich in zehn Sekunden selbst zerstören würde. Die vorrangige Empfindung in meinem Körper war zwar immer noch der Muskelkater, aber da war außerdem auch dieses altbekannte Kribbeln, und es fühlte sich großartig an. Zwei Anrufe, just als ich ohne Handy auf dem Kiez unterwegs gewesen war. Als ich White Russian trank und einen anderen küsste, um ihn zu vergessen. Es kam mir fast so vor, als hätte er einen siebten Sinn dafür, wann ich dabei war, ihn ein kleines bisschen weiter wegzuschieben.

Die vernünftigste Reaktion an dieser Stelle wäre exakt keine gewesen. Aber in mir drin war die Hölle los. Ich vergaß den Tee und die Dusche, denn ich hatte plötzlich nur noch ein großes, allmächtiges Bedürfnis: Kontakt.

Meine Hände zitterten, als ich ihm eine Nachricht schrieb. Ich wusste, dass es falsch war. Ich hätte es einfach seinlassen sollen. Hätte. Aber welche Chancen hat der Konjunktiv schon gegen das Herz?

»Scheint, als hätte ich deinen Anruf verpasst …«

Ich drückte auf Senden. Die Nachricht war weg. Ich wartete. Schon wieder.

Er ließ sich Zeit. Unendliche 42 Minuten. Dann rief er an.

»Hey.«

»Hallo.«

»Na?« Das sagten wir beide gleichzeitig. Tolle Konversation. Ich wanderte während des Gesprächs nervös durch die Wohnung, von einem Zimmer ins andere, ohne Sinn und Verstand.

»Wie geht's?« Meine Stimme zitterte leider ein bisschen.

»Och, ganz gut. Ich war gestern etwas zu lange aus. Kater.«

»Ich auch. Ist ziemlich spät geworden.«

»Wie spät denn?«

»Keine Ahnung, ich muss Betty fragen.«

»Betty, ach so.« Betty fand Felix geistig klobig, und Felix fand Betty anstrengend. Nicht, dass er das jemals laut gesagt hätte, aber ich hatte ihm schon früh angemerkt, dass er es dachte. Ich sammelte einen Fussel von meinem Wohnzimmerteppich und ließ ihn wieder fallen, weil ich nicht wusste, wohin damit.

»Wir waren in der Barbarabar.«

»War's gut?«

»Ich denke schon.«

»Und sonst so?«

Ich hatte mir so gewünscht, mit ihm zu sprechen, ich hatte mir tausendmal ausgemalt, wie schön es sein würde, seine Stimme zu hören. Ich hatte diese Unterhaltung herbeigesehnt wie ein Kind Weihnachten herbeisehnt, und jetzt fragte ich mich, wieso eigentlich. Das hier war nicht wie Weihnachten. Eher wie Zähneziehen.

»Sonst so? Alles gut.«

»Gut.« Er atmete schwer durch die Nase aus, so dass es in der Leitung rauschte.

Ich hatte genug von diesem Rumgeeier. »Warum hast du mich denn angerufen?« Sag, du hast mich vermisst. Sag, du musstest an mich denken. Sag, du hattest gehofft, wir könnten uns sehen.

»Nur so.«

»Nur so?«

»Ja.«

»Weil, na ja, ich dachte nur, es wäre vielleicht dringend. Ich hatte mein Telefon vergessen, sonst wäre ich auch rangegangen, aber ich hab's zu Hause gelassen, aus Versehen, und ich hab's erst in der Bahn gemerkt und dann wollte ich auch nicht mehr zurück, kann ich ja nicht ahnen, dass du anrufst …« Um Himmels willen, halt die Klappe! »…na ja, jedenfalls dachte ich, es wäre vielleicht was Dringendes gewesen.«

Da arbeitete man sich geschlagene zehn Minuten an einer SMS ab, um die richtige Formulierung zu finden, und dann versaute man sich alles innerhalb von zwei Sekunden. Eine echte Meisterleistung.

»Dringend? Wieso? Ach, weil ich's zweimal versucht habe?«

»Genau.«

»Tut mir leid, dass ich so spät noch angerufen habe, mir war irgendwie nicht klar, wie spät es ist.«

»Macht nichts. Was war denn?«

»Ach, nichts eigentlich. Du sahst so ein bisschen mitgenommen aus, Donnerstag im Café, und da wollte ich mich mal melden. Machen Freunde doch so.«

Freunde machten das so. Jetzt waren wir also Freunde.

Es fühlte sich an, als hätte jemand einen Eimer warmer Pisse über meinem Kopf ausgeschüttet.

SONNTAG – ANDERE UMSTÄNDE

Ich war viel zu früh wach für einen Sonntag. Sobald die ersten Sonnenstrahlen vorsichtig den Boden meines Schlafzimmers abtasteten (und das geschah in den Sommermonaten sogar in Hamburg erschreckend früh), ließ ich mich aus dem Bett fallen und blieb noch ein paar Minuten auf dem Teppich liegen.

»Freunde! Na, schönen Dank auch!« Ich rubbelte mir mit beiden Händen übers Gesicht, rappelte mich vom Boden auf und ging ins Badezimmer.

Der Kugelschreiber von dem Mann aus dem Bus hatte ein neues Zuhause in meiner Kosmetiktasche gefunden. Ich nahm ihn heraus und strich feierlich und mit einem Tag Verspätung den ersten Punkt von der Liste. White Russian – erledigt. Es war immer schön, Dinge von einer To-do-Liste zu streichen, und es fühlte sich auch jetzt ganz befriedigend an. Mehr aber auch nicht. Nicht gut genug, um mich davon abzulenken, wie schlecht es mir seit dem Telefonat mit Felix ging. Offenbar hatte es nur eines verdammten Anrufs von ihm bedurft, damit ich mich an genau dem Punkt wiederfand, an dem ich angefangen hatte. Im ausweglosen Jammertal des Liebeskummers. Das sollte dann ja wohl Beweis genug dafür sein, dass ich Recht gehabt hatte mit den zwei Wahrheiten: Gegen Liebe kann man nichts machen, da konnte man so viele Listen schreiben, wie man wollte. Ich würde später Betty anrufen und es ihr sagen und mir von ihr wiederum sagen lassen, was für ein Idiot ich war, und dann weitermachen mit der Liste, denn das war immerhin besser als nichts.

Ich musste versuchen, das Ganze positiv zu sehen. Ein frisch verlassener Single zu sein hatte definitiv kaum angenehme Seiten, da machte ich mir gar keine Illusionen, aber es konnte auch nicht nur schlecht sein. Wenn ich darüber nachdachte, war meine Wohnung zum Beispiel nicht mehr so ordentlich gewesen, seit ich Felix kennengelernt hatte. Jetzt lagen nirgends fremde Klamotten herum, die Sofakissen waren nicht zerwühlt, in der Küche stand kein dreckiges Geschirr. Dafür hatte ich zwar den halben Samstagabend damit verbracht, hinter mir selbst herzuräumen, aber das Ergebnis war schließlich, worauf es ankam. Und mit irgendetwas musste ich ja meine beziehungsfreie Zeit füllen. Ein zweiter Vorteil war, dass ich neuerdings ganz prächtig schlief, denn das ganze Bett und alle vier Kissen waren wieder mein. Drittens konnte ich die Musik hören, auf die ich Lust hatte, und viertens musste ich den teuren Krabbensalat, den ich mir für mein sonntägliches Frühstück gekauft hatte, mit niemandem teilen. Ich hatte keinen Freund, aber ich hatte meine Ruhe. Das musste zählen. Das musste etwas wert sein.

Ich schaltete die Anlage ein, und die CD im CD-Deck begann zu spielen. Synthesizergedudel und dann Carly Simons Stimme. Sie fragte: »Why does your love hurt so much?« Ich überlegte kurz, die CD zu wechseln, musste mir aber eingestehen, dass der Song eigentlich ganz gut zur Situation passte. Das war ein schlagendes Argument, also ließ ich ihn laufen. Ich ging in die Küche und belud eine Scheibe Brot mit dem fast kompletten Inhalt eines Bechers Krabbensalat. Ich aß mein Frühstück ohne Teller auf der Küchenfensterbank sitzend. Die Morgensonne schien mir ins Gesicht und ich genoss meine Aussicht auf die Hinterhofidylle. Hinter fast allen Fenstern waren die Vorhänge zugezogen und die Rollos heruntergelassen. Man konnte förmlich hören, wie die gesamte Nachbarschaft noch schlief. In dem einzigen Baum im Hof, dem neben den Mülltonnen, sprangen die Eichhörnchen quirlig von Ast zu Ast. Ich biss von meinem Brot ab und ein Klecks Nordseekrabben in Mayonnaise fiel auf mein Knie. Die dummen Eichhörnchen hatten mir gerade noch gefehlt.

Es war ein Sonntagmorgen im Mai gewesen, eine Woche und fünf Tage nach dem ersten Date mit Felix auf dem Boot. Er hatte die Nacht, wie so oft in letzter Zeit, in meinem Bett verbracht. Ich hatte nicht viel geschlafen. Er auch nicht. Nebeneinanderschlafen ist eine Disziplin, die man jedes Mal wieder neu lernen muss. Ist nun einmal so. Als ich die Augen öffnete, sah ich ihn. Sein Gesicht lag direkt vor meinem, und er lächelte mich an. Ich musste deswegen auch sofort lächeln. Wir küssten uns.

Später standen wir in der Küche. Das Teewasser machte blubbernde Geräusche im Wasserkocher. Felix trug Boxershorts und sonst nichts und sah aus dem Fenster. Der große alte Baum im Hinterhof war übersät mit hellgrünen saftigen Blättern, und zwischen ihnen hindurch glitzerte die Sonne. Am Himmel war nicht eine Wolke. Alles war geradezu unheimlich perfekt. Oder kam mir nur so vor. Hormonell bedingte Wahrnehmungsstörung, so was soll es geben.

»Schnell, schau dir das an!« Felix machte hinter seinem Rücken eine winkende Handbewegung.

»Was ist?«

Er zeigte auf einen dicken Ast im oberen Teil des Baums. Ich stützte mich auf dem Fensterbrett ab und suchte konzentriert nach der Sensation, aber ich fand sie nicht.

»Da!«

»Was meinst du denn?«

Felix stellte sich hinter mich, einen Arm um meine Taille gelegt, mit dem anderen zeigte er weiter auf das unsichtbare »Da!«, seine Wange an meiner, damit wir beide in dieselbe Richtung sahen. Etwas flauschiges Rotes flitzte durch das grüne Laub des Baumes.

»Ach, die Eichhörnchen?«

»Du hättest den Sprung eben sehen sollen. Das war einfach …«

»Niedlich?«

»… krass! Stell dir vor, wie viel weiter die Äste für so ein kleines Tier voneinander entfernt sind. Und wie viel höher oben. Mutig, oder?«

Es raschelte im Laub, und wie um Felix' Begeisterung zu rechtfertigen, sprang eines der Eichhörnchen in einem enormen Satz von einem Ast zum nächsten, verfehlte ihn fast, krallte sich gerade noch rechtzeitig mit den Vorderpfoten im Holz fest, zog sich hoch wie ein Actionheld und sauste weiter, als wäre nichts gewesen.

»Nicht schlecht.« Ich nickte anerkennend und spürte, wie Felix meinen Nacken küsste.

»Sag ich doch.«

»Ich hatte keine Ahnung, dass du so ein Tierfreund bist.«

In einer blitzschnellen Vision sah ich Felix mit unseren beiden zukünftigen Kindern, einem Jungen und einem Mädchen, im Park spazieren gehen, während er ihnen erklärte, wie weit die Eichhörnchen springen konnten, und ich stand daneben und grinste wie eine Irre vor lauter Glück. Ich hatte in letzter Zeit häufiger solche Visionen. Lag wahrscheinlich auch an den Hormonen.

»Warum grinst du so?«

»Wegen nichts …« Ich vergrub meine Nase in dieser Rundung zwischen seinem Hals und seiner Schulter. »Es ist schön, dass du hier bist«, murmelte ich.

Er gab mir einen Kuss auf die Stirn. »Und weißt du, was noch besser ist? Ich geh auch so schnell nicht weg.«

Lügen, Lügen, nichts als Lügen. Und das mit der Tierliebe war sicher auch nur gespielt?

»Na klasse.« Ich legte das Krabbensalatbrot vorsichtig auf den Küchentisch, aber die Sauce triefte trotzdem auf das Holz. Meine Finger rochen nach Fisch und mein Knie jetzt auch. Es war gar nicht so leicht, das Singleleben zu genießen, wenn die Schwerkraft einem den Genuss von Krabbensalatbroten verdarb, während die Eichhörnchen vor dem Fenster bewiesen, dass ihnen die Schwerkraft ganz gepflegt am Arsch vorbeiging. Ich versuchte sie zu ignorieren und bemühte mich stattdessen darum, die fischige Mayonnaise von meinen Händen zu waschen. Ohne sie vorher über meine gesamte Küche zu verteilen.

Das Telefon klingelt bekanntlich immer dann, wenn man es nicht gebrauchen kann. Während man sich einen Lidstrich zieht, Sex hat oder einem gerade Krabbensalat von den Fingern rinnt. Natürlich klingelte es jetzt. Und natürlich wartete am anderen Ende der Leitung der Mensch mit dem besten Gefühl für schlechtes Timing überhaupt. Meine Mutter. Ich klemmte mir den Hörer zwischen Ohr und Schulter und hatte innerhalb von wenigen Sekunden eine Verspannung im Nacken.

»Mama, ich kann grad nicht.«

»Ich wollte nur mal hören, ob es dir heute bessergeht.«

»Na ja, so ein Kater ist ja meistens am nächsten Tag weg.«

»Du sahst ganz elend aus!«

»Wie ich schon sagte, es war nur ein Kater. Ich hab jetzt auch gerade keine Zeit, meine Finger sind voller …«

»Gehen wir heute spazieren?« Die Frage klang eher wie ein Befehl. Ich drückte Spülmittel aus der fast leeren Flasche in meine Hand. Das Telefon rutschte ein bisschen tiefer.

»Später vielleicht, jetzt gerade hab ich nicht so große …«

»Gut, dann geh ich eben mit Friedbert.«

»Friedbert?« Die Spülmittelflasche rutschte mir aus den glitschigen Händen und fiel rumpelnd in die Spüle. Meine Mutter sagte nichts. Sie genoss die Pause, die entstand während ich krampfhaft überlegte, ob sie diesen Friedbert schon irgendwann einmal erwähnt und ich es vergessen hatte. Hatte sie nicht.

»Wer ist Friedbert?«

»Hab ich dir noch gar nicht vom ihm erzählt?« Meine Mutter konnte sehr scheinheilig sein. Und listig. Das machte ihr Spaß. Sie hatte ganz klar nicht angerufen, weil sie mit mir spazieren gehen wollte. Nein, sie hatte angerufen, weil sie mir von Friedbert erzählen wollte. Den sie vor diesem Gespräch nicht ein einziges Mal erwähnt hatte. Und das wusste sie ganz genau. »Er ist der Bruder von meiner Arbeitskollegin Beate.«

»Ach, wie nett.« Friedbert und Beate. Wenigstens hatte sie ihn nicht sonst wo aufgegabelt.

»Ich hab sie letzte Woche besucht, und er war auch da. Und seitdem haben wir fast jeden Abend telefoniert.« Sie klang stolz. Wie eine Vierzehnjährige, die von ihrem ersten richtigen Freund erzählt. Aber Friedbert war nicht der Freund meiner Mutter, oder?

»Gestern haben wir bis um zwei Uhr nachts miteinander geredet, stell dir das vor! Was hab ich gelacht!«

Oder doch?

»Er hat vorgeschlagen, dass wir mal zusammen mit seinem Motorboot fahren, aber da hab ich gesagt, das mach ich nicht. Deine Mutter auf einem Motorboot, stell dir das vor!« Sie fing an zu lachen, fast ein bisschen zu schrill, aber das kam daher, dass sie so atemlos war, weil sie am liebsten alles auf einmal erzählen wollte, weil alles sie begeisterte, wie das eigentlich nur der Fall ist bei … Verliebten.

»Er hat ein Motorboot?«

Meine Mutter versuchte sich zu beruhigen. Sie rang nach Luft. »Ja, das fand ich auch speziell.«

Ich fand die ganze Situation speziell. Meine Mutter, Friedbert, das Motorboot, das kam alles so unerwartet wie ein Schneesturm im August. Obwohl … Meine Mutter hatte in der vergangenen Woche nur einmal angerufen. Wegen eines Waffeleisens. Ich hätte merken müssen, dass etwas anders war.

»Aber vielleicht fahr ich ja doch mal mit dem Motorboot, was meinst du? Friedbert sagt, er passt auf.«

»Trau keinem Mann, der so was sagt.«

»Wie bitte?«

»Ach nichts … Ich find's gut, dass du jemanden kennengelernt hast.« Und irgendwie befremdlich.

Meine Mutter hörte mir gar nicht zu. Sie war wie immer zu beschäftigt damit, selbst zu reden.

»Und weißt du was? Wir haben das gleiche Sternzeichen. Das gibt es doch gar nicht, oder? Überleg doch mal, wie groß ist die Wahrscheinlichkeit?«

»Eins zu zwölf?«

»Und nächste Woche kommt er zu Besuch, da will ich ihm Waffeln machen. Die isst er so gern.«

Aha! Jetzt machte alles Sinn.

»Das klingt super.«

»Ich muss auflegen. Friedbert ruft gleich an.«

»Ich dachte, du wolltest mit mir spazieren gehen?«

»Daphne, jetzt fang nicht an zu diskutieren. Ich hab keine Zeit dafür.« Dann legte sie einfach auf.

Mir blieb die Spucke weg. Meine Mutter hatte also keine Zeit mehr, mit mir zu diskutieren? Sie diskutierte für ihr Leben gern mit mir! Meine Mutter wiegelte mich am Telefon ab? Weil sie jetzt diesen Friedbert hatte? Das war wirklich schön für sie, aber war es fair? Nein! Sie hatte das ja schließlich alles schon einmal gehabt. Ehe und ein Kind. Erstens sollte sie es besser wissen. Und zweitens war jetzt eigentlich ich an der Reihe. Aber ich stand noch immer alleine da. Ein hoffnungsloser Fall aus der Kategorie »Chronisches Pech mit Männern«.

Ich trocknete mir die Hände an dem alten Geschirrtuch ab. Immerhin blieb mir der Krabbensalat. Wenigstens das.

Gegen Nachmittag fing es an zu regnen. Ganz plötzlich. Und vor meiner Wohnungstür stand, ebenfalls ganz plötzlich und ohne Vorankündigung, Maria. In der Hand einen geöffneten, viel zu kleinen Regenschirm. Sie rauchte, in meinem Treppenhaus.

»Unten war offen.«

»Aber Maria! Du bist ja ganz nass!«

»Wirklich, Daphne? Das muss wohl vom Regen kommen.« Sie rollte genervt mit den Augen und aschte auf meinen Türvorleger. Ich war überrascht von dieser durchaus rebellischen Geste. Auf der Treppe hallten schlurfende Schritte wider und kurz darauf kam die alte Nachbarin aus dem vierten Stock um die Ecke. Sie erfasste die Situation innerhalb eines Sekundenbruchteils und richtete sich empört zu ihrer vollen Größe von ungefähr einem

Meter vierzig auf, eine Hand in die Hüfte gestemmt und mit dem Zeigefinger der anderen mahnend in der Luft herumwedelnd.

»Hören Sie sofort auf, im Treppenhaus zu rauchen! Das ist verboten!«

Maria ließ ihre Zigarette auf den frisch gewischten Terrazzoboden fallen und trat sie aus.

»Na dann.« Begleitet vom Gezeter meiner Nachbarin hob sie den Stummel auf und sah mich an, als wäre das Ende ihres Geduldfadens schon lange erreicht. »Darf ich jetzt reinkommen oder lässt du mich mit der da hier draußen stehen?«

Ich machte einen schnellen Schritt zur Seite und ließ sie in die Wohnung, samt tropfendem Regenschirm.

»Soll ich einen Tee machen?«

Sie nickte und wischte sich den Regen aus dem Gesicht. Ihr Haar war so nass, dass ihre roten Locken ganz glatt an ihrem Kopf klebten.

Ich füllte den Wasserkocher. Maria ließ sich auf einen meiner zwei Küchenstühle fallen.

»Was ist das?« Sie starrte konzentriert auf den großen fettigen Fleck auf dem Küchentisch.

»Krabbensalat.«

Sie nickte wieder.

»Also. Was ist passiert?«, fragte ich.

»Arne ist passiert.«

»Was hat er denn jetzt schon wieder gemacht?« Arne neigte dazu, in Probleme zu geraten oder Dinge zu tun, die Maria ärgerten. Er war nun einmal ein zwei Meter großer kleiner Junge.

»Frag mich, was er machen *wird.*«

Ich stellte zwei Becher auf den Tisch, ließ in jeden einen Teebeutel fallen und übergoss diese mit sprudelndem Wasser, wie es auf der Zubereitungsanleitung stand. Dann holte ich noch einen Aschenbecher, weil ich Maria keinen Grund liefern wollte, noch mehr Zigaretten auf dem Boden auszutreten.

»Erzähl es mir.«

»Er geht nach Australien.«

»Wozu?«

»Nur so. Aus Spaß am Abenteuer.« Sie sagte es so, als wäre »Spaß am Abenteuer« der überhaupt verwerflichste Grund, irgendetwas zu tun.

»Für wie lang?«

»Mindestens ein halbes Jahr. Vielleicht auch ein ganzes. Möglicherweise länger. Er hat jedenfalls keinen Rückflug gebucht.« Sie zündete sich eine neue Zigarette an. »Ich meine … was soll ich denn dazu sagen? Ich kann ihm ja schlecht sagen, dass ich nicht will, dass er das macht. Oder dass es mir am liebsten wäre, er würde nur zwei Wochen bleiben.«

»Warum denn nicht?«

»Daphne, so funktionieren moderne Beziehungen nicht. Einschränkungen sind tabu. Du musst dem anderen alle Freiheiten lassen und ihm bedingungslos vertrauen, sonst bist du der Arsch.«

»Ach, so ist das also …« Maria musste es ja wissen, nach sieben Jahren eheähnlicher Beziehung mit Zusammenwohnen und allem Pipapo. »Aber warum gehst du denn nicht einfach mit?«

»Wovon soll ich das denn bezahlen? Und wer schreibt meine Magisterarbeit? Und überhaupt, was soll ich da? Ich mach Sachen nicht einfach nur so aus ›Spaß am Abenteuer‹«, sie machte mit den Fingern Gänsefüßchen in die Luft, »und mein Freund kann dann sehen, wo er bleibt.«

»Hat er dich gefragt, ob du mitkommen willst?«

Sie sah in ihre Teetasse und sagte nichts. Volltreffer. Er hatte sie nicht gefragt, und das verletzte sie am meisten. Und machte ihr Angst. Ich streckte meinen Arm über den Tisch aus und streichelte ihr die Wange, wie man das in solchen Situationen so macht.

»Ein halbes Jahr geht schnell vorbei.«

»Ein Jahr.«

»Das muss ja nicht sein.«

»Nein, stimmt, wahrscheinlich hat er schon nach zwei Wochen eine Neue gefunden.« Sie drückte angespannt ihre Zigarette aus.

»Glaubst du wirklich, dass er dich betrügen würde?«

»Nicht bloß betrügen. Eine Bessere finden.«

»Quatsch. Ihr seid mein Traumpaar. Ihr seid seit sieben Jahren zusammen, das schmeißt er doch nicht einfach so weg.«

»Hat er doch schon.«

Ich kannte Maria so nicht. So negativ. Das war sonst immer meine Rolle in unserer Freundschaft gewesen: Sie hatte den Freund und den Plan, ich nichts von beidem. Maria gab nicht auf, egal wie schwierig etwas war. Und jetzt? Jetzt warf sie alles hin, bevor es richtig losgegangen war.

»Mensch, Maria! Komm mal wieder runter. Er fliegt nur nach Australien, er macht nicht Schluss.«

»Er lässt mich allein, das kommt doch aufs Gleiche hinaus.«

»Du bist nicht allein. Du hast mich. Ich bin immer für dich da, Tag und Nacht, ob du es willst oder nicht.«

»Als hätte ich nicht schon genug Probleme …« Sie tat entsetzt. Ich konnte aber sehen, dass sie mit einem kleinen Lächeln kämpfte. Damit war meine Freundschaftsmission fürs Erste erfüllt.

»Ich weiß, du liebst mich. Noch eine Tasse Tee?«

Maria nahm ihre Zigaretten mit und den lächerlich kleinen Regenschirm und eilte nach Hause, wo ihre Magisterarbeit auf sie wartete. Und Arne. Mich ließ sie zurück mit zwei leeren Teetassen und der Frage, was passieren würde, wenn die beiden sich wirklich trennen sollten. Das würde mein Weltbild mehr ins Wanken bringen als die Scheidung meiner Eltern. Maria und Arne gehörten zusammen. Sie waren meine Hoffnung, und die brauchte ich. Vor allem, nachdem meine eigene Hoffnung, jemanden gefunden zu haben, vor zwei Wochen erst zerstört worden war. Zwei Wochen. Ich hatte keine Ahnung, wie viele Stunden das waren, aber es klang nach so wenig Zeit und fühlte sich doch an wie eine Ewigkeit.

Der Regen war stärker geworden. Wieder so ein Sommer. Wieder keine flirrende Hitze über dem Asphalt, Grillabende am

Strand und braungebrannte Füße in Sandalen. Dafür musste man wohl in wärmeren Gefilden leben, in Perth oder am Rande der Sahara. In Hamburg gab es nicht oft Gelegenheit dazu. Aber Regen hatten wir genug. Dieses war bisher ein feuchtes Jahr gewesen. In jeder Hinsicht. Nichts trocknete mehr so richtig in letzter Zeit.

Im Frühling war das auch schon so gewesen, einen Monat, zwei Wochen und einen Tag, nachdem Felix mir den Panda geschenkt hatte. Wir kamen von der Party eines Freundes und spazierten durch die Nacht nach Hause. Er hatte seinen Arm um meine Schulter gelegt und ich meinen um seine Hüfte. Ich lehnte meinen Kopf an seine Seite und er drückte seine Wange dagegen.

»Sollen wir nicht lieber ein Taxi bestellen?« Seine Stimme klang dumpf, weil er in meine Haare redete.

Ich schüttelte den Kopf. »Es ist nicht mehr weit. Zehn Minuten oder so.«

»Ist dir nicht kalt?«

»Nein, gar nicht.«

Ein plötzlicher Windstoß brachte die Blätter in den Bäumen zum Rascheln. Ich spürte einen Regentropfen auf meinem Gesicht. Und noch einen. Dann donnerte es. Felix blieb stehen und ließ mich los. Er legte den Kopf in den Nacken und schaute nach oben zu den Wolken. »Meinst du, wir schaffen es zu dir, bevor es richtig schlimm wird.«

»Bestimmt.«

Wie auf Kommando öffnete sich in dem Moment der Himmel. Innerhalb von fünf Sekunden waren wir nass bis auf die Haut.

Felix griff meine Hand. Wir rannten auf die andere Straßenseite und stellten uns unter das Vordach eines Haushaltswarengeschäfts. Es sah so aus, als existierte es in dieser Form schon seit den fünfziger Jahren, und war vermutlich das Letzte seiner Art in der Stadt. Die meisten Menschen kauften ihren Toaster jetzt lieber im größten Elektronikkaufhaus der Welt, gleich beim Hauptbahnhof.

»Jetzt vielleicht ein Taxi?«

»Das geht so schnell vorbei, wie es angefangen hat, wart's ab.«

Aber es ging nicht vorbei. Es wurde schlimmer. Meine Stoffschuhe waren durchnässt, ich war durchgefroren bis auf die Knochen und zitterte unkontrolliert. Wortlos zog Felix seine Jacke aus, legte sie um meine Schultern und seine Arme um meinen Körper. Ich küsste ihn. Er küsste mich. Die Welt war friedlich, trotz Blitz, Donner und ohrenbetäubendem Platzregen. Er schaute mich so an, als wollte er etwas sagen. Und ich war mir sicher, dass ich wusste, was es war. Ich hätte ihm dasselbe schon längst gesagt, aber ich wollte es zuerst von ihm hören. Ich wartete, ich traute mich nicht zu atmen. Er küsste mich noch einmal, aber ich machte nicht richtig mit. Er sollte mich nicht küssen, er sollte es sagen. Er zog seinen Kopf zurück und lächelte. Sein Blick war sanft. Er öffnete den Mund. Er formte ein Wort. Ich …

»Ich ruf jetzt ein Taxi.«

Nicht das, was ich hatte hören wollen. »Okay.«

Wieso hätte er mir auch sagen sollen, dass er mich liebte? Das große Gefühl fehlte, er tat es eben einfach nicht. Doch in diesem Moment schien es möglich.

Aber knapp daneben ist auch vorbei. Und vorbei war es jetzt auf jeden Fall.

»Scheißwetter, nicht?«

Es war eine seltsame Begrüßung am Telefon, von jemandem, dessen Stimme ich nicht kannte, genauso wenig wie die Nummer, die mein Handy anzeigte. Obwohl sie mir entfernt bekannt vorkam.

»Wer ist denn da?«

»Richard.«

Ich durchlief in Gedanken meinen Bekanntenkreis. Wer war Richard?

»Ähm … Richard?«

»Barbarabar. Freitagnacht. Oder Samstagmorgen. Wie man's nimmt.«

»Ich hab dir meine Nummer gegeben?!«

Klang das zu entsetzt? Aber ich war entsetzt. Entsetzt von mir. Ich gab meine Nummer nicht einfach jedem. Wirklich nicht. Eher küsste ich jeden. Augenscheinlich.

»Nein, du nicht. Deine Freundin, die Verrückte, mit den Dreads. Wie hieß die noch?«

»Betty.«

Na, die konnte was erleben.

»Sie meinte, ich müsste dich unbedingt anrufen, weil das genau das sei, was du brauchst. Und dann hat sie noch etwas von einer Liste erzählt. Klang mysteriös.«

»Sie war betrunken.«

»Das hab ich dann auch vermutet. Und dass sie mir die falsche Nummer gegeben hat, weil du nicht ans Telefon gegangen bist. Aber ich dachte mir, man soll ja nicht gleich die Flinte ins Korn werfen.«

So erklärte sich dann auch der verpasste Anruf vom Samstag. Den ich ignoriert hatte. Weil ich zu aufgeregt gewesen war wegen der anderen. Denen von Felix.

»Also habe ich es nochmal probiert und siehe da …«

» …sie stimmt doch.«

»Das ist doch ein Zeichen.«

»Ein Zeichen für was?«

»Wir sollten uns treffen.«

»Sollten wir?«

»Auf jeden Fall. Vielleicht nicht unbedingt heute. Wie ich schon sagte, das Wetter ist wirklich beschissen.«

»Ich weiß. Wieder so ein Sommer …«

»Genau das habe ich vorhin auch gedacht.«

Welch Zufall.

»Wie passt dir Donnerstagabend? Wir geben den Wolken ein paar Tage Zeit, um sich zu verpissen.«

Ich bemerkte erst jetzt, wie verkrampft ich auf meinem Sofa saß, die Beine überkreuzt, den linken Arm um meinen Bauch gelegt, die Stirn in Falten und die Lippen aufeinandergepresst. Ich erinnerte mich nur vage an diesen Richard, dessen Zunge ich vor zwei Tagen im Mund gehabt hatte. Da waren noch ein Paar mandelförmige Augen in meinem Gedächtnis … und mehr wusste ich nicht. Danke, White Russian. War ein Date mit diesem Mann eine gute Idee?

»Bist du noch da?«

»Äh, ja … Ich musste kurz überlegen, ob ich da Zeit habe …«

Hatte ich. Ich hatte immer Zeit. Aber hatte ich für Richard Zeit?

»Und?«

Was soll's. »Okay.«

»Sehr gut. Ich sag dir noch Bescheid, wann und wo genau.«

»Cool.«

»Cool.«

Seine Stimme war viel tiefer als Felix'. Ich bevorzugte tiefe Stimmen. Aber ich fühlte trotzdem keine Vorfreude. Wahrscheinlich fehlte mir bei der ganzen Aktion der Plüschpanda.

MONTAG – BEUTESCHEMA

Es regnete auch am nächsten Tag, bei Temperaturen um die 28 °C, und in der Kantine gab es panierte Hähnchenbrust mit Kartoffeln und Erbsengemüse. Die Frauen aus der Buchhaltung hatten identische Teller vor sich auf dem Tisch stehen, passend zu ihren identischen Frisuren. Sie sahen aus wie die Mitglieder eines Stammes. Wenn sie alle, wie auf ein Kommando, fast identisch und schrill lachten, klang es wie ein Schlachtruf. Ich hatte Spaghetti mit Käsesauce bestellt. Da konnte man nichts falsch machen. Hatte ich gedacht.

»Irgendwie bin ich mir nicht sicher, ob die Soße so dünnflüssig sein soll. Ich meine … Käsesauce?«

Ich rollte eine Gabel voll Nudeln auf und schob sie mir in den Mund. Ich musste mir merken, in Zukunft einen weiten Bogen um die vegetarischen Gerichte zu machen. Schließlich befand ich mich hier in einer Betriebskantine in Deutschland. Und in diesem Teil der Welt beherrschte man bekanntermaßen die Zubereitung von Fleisch. Und das war's dann auch.

»Wahrscheinlich haben die das Pulver einfach mit zu viel Wasser angerührt.« Lucy stocherte in ihrem Salat herum. »Ich würde alles für Käsesauce tun. Alles.«

»Du kannst gerne meine haben …«

»Das ist lieb, Daphne.« (Na ja, ein großes Opfer wäre es nicht gewesen.) »Aber das geht nicht. Ich muss zwölf Kilo loswerden.«

»Zwölf?!«

»Mindestens. Guck mich doch mal an! Ich bin fett. Meine Oberarme sind ganz wabbelig. Schlimm sieht das aus.«

Das erklärte, warum sie trotz Sommerhitze einen langärmeligen pinkfarbenen Pullover aus Kunstfasern mit eingewebten Glitzerfäden trug. Unter den Achseln hatte sie Schweißflecken von der Größe einer Langspielplatte, die ich besonders gut erkennen konnte, als sie ihren rechten Arm hob und einmal dagegenstupste, um zu beweisen, dass er wirklich wabbelte. Man hätte darüber streiten können, ob die Flecken attraktiver waren als ein bisschen Fett.

»Kein Wunder, dass kein Mann mich anguckt. Ich bin einfach hässlich.« Lucy knabberte traurig an einem Radieschen. Die Hyänen aus der Buchhaltungsabteilung brachen aus irgendeinem nur ihnen bekannten Grund in markerschütterndes Gejohle aus.

»Ach, so ein Quatsch …«

»Du hast gut reden. Du hast ja auch Modelmaße.«

Ich war da ganz anderer Meinung. Aber solche Diskussionen führten zu nichts. Also wechselte ich das Thema.

»Wie war dein Wochenende?«

»Ach, ganz normal. Ein paar Serien geguckt, ein bisschen ›Malen nach Zahlen‹ …«

»Echt? Du machst ›Malen nach Zahlen‹?«

Lucy warf ihre Gabel auf den Tisch und schnappte wütend nach Luft. »Tut mir leid, wenn mein Leben nicht so aufregend ist wie deins!«

»Ich glaube, diese Diät bekommt dir nicht. Hier, jetzt iss ein paar Nudeln.« Ich schob ihr meinen Teller hin.

»Ich will keine Nudeln, ich will einen Freund!« Ihr Kopf war tiefrot, und die Schweißflecke unter ihren Achseln wuchsen sichtlich. Die Buchhaltung war auf uns aufmerksam geworden. Ich seufzte und legte beschwichtigend meine Hand auf ihre.

»Lucy, so toll wie du dir das vorstellst, ist das alles nicht. Männer sind anstrengend.«

»Die mit denen du etwas anfängst: ja. Das stimmt wohl.«

»Wie bitte?«

»Na, die Typen, die du dir aussuchst … Die sind immer so …«

»Lass mich raten: geistig klobig?«

»Wie? Nein, eher wie ein Stück Seife. So flutschig. Du kannst sie nicht festhalten. Weil die auch immer so durch ihr Leben flutschen.«

Ich stutzte. Das war ein interessanter Gedanke. Ich nahm mir einen Moment, um ihn zu überprüfen. Und kam zu dem Schluss, dass Lucy Recht hatte. Alle meine Exfreunde waren unzuverlässige, verantwortungsscheue Egoisten gewesen, die Angst vorm Erwachsenwerden hatten. Abgesehen von Felix. Aber der hatte mich nicht geliebt. Irgendwas war ja immer.

»Ich mag eben keine Langweiler.«

»Aber mit den aufregenden Männern hattest du bisher auch nicht viel Glück, oder? Wie wäre es denn mal mit einem gepflegten, bodenständigen …«

»… Anzugträger?«

»Ja.«

»Hatte ich auch schon.«

Dass ich ein ständiges Opfer meines eigenen Beuteschemas war, war allerdings nicht neu. Zu dieser Erkenntnis war ich schon vor einiger Zeit gekommen, vor anderthalb Jahren, um genau zu sein. Die Geschichte begann damit, dass mein Hausarzt mir empfahl, einen Therapeuten aufzusuchen, nachdem ich eines Morgens heulend an seinem Schreibtisch erschienen war und die Sinnlosigkeit meines Lebens sowie etwa einen Eimer Rotz und Wasser darüber ergossen hatte. Es war Januar, und mein Arzt setzte mich zunächst vor eine Rotlichtlampe, weil er glaubte, es mit einer ausgewachsenen Winterdepression zu tun zu haben. Aber die Lichttherapie schlug nicht an, ich saß lediglich heulend vor dem Apparat, und mir wurde ein bisschen warm, aber nicht ums Herz, und hinterher ging es mir kein bisschen besser. In einem anschließenden Gespräch versuchte mein Arzt herauszufinden, wie aus mir ein derartiges Psychowrack geworden war.

»Haben Sie Stress im Büro? Ist Ihnen die Arbeit zu viel?«

Ich schüttelte den Kopf und putzte mir dic Nase mit einem

dieser grauen Papiertücher, mit denen man sich die Hände abtrocknen soll, die aber ungefähr so saugfähig sind wie Porzellanteller.

»Haben Sie einen Lebenspartner? Leben Sie in einer glücklichen Beziehung?«

Daraufhin ließ ich mich schluchzend vornüber auf seinen Schreibtisch fallen und vergrub mein Gesicht in meiner Armbeuge. Einige Monate vorher hatte mich meine große Liebe, der Typ mit den Tomatenstrünken, verlassen. Der mit der hässlichen Kuh auf Hawaii. Von einer glücklichen Beziehung konnte keine Rede sein.

»Das heißt dann wohl nein.«

»Ich kann keine Tomaten mehr schneiden!«

»Das ist speziell.«

»Es erinnert mich immer an ihn!«

»Ich überweise Sie wohl besser an einen Therapeuten. Hier.«

Er wedelte ungeduldig mit dem Überweisungsschein vor meinem Gesicht auf und ab. Ich griff danach und wischte mir mit dem Handrücken den Rotz von der Nase und dann ein Post-It von meiner Wange, das dort irgendwie kleben geblieben war. Mein Arzt schob mir eine Visitenkarte zu.

»Ich arbeite mit diesem Kollegen schon lange zusammen. Grüßen Sie ihn von mir, dann finden Sie bestimmt schnell einen Termin für eine erste Sitzung.«

Mein Therapeut war definitiv selbst ein Fall für die Psychiatrie, ein kleiner Mann mit Brille und lockigen Haaren, der immer Cordhosen trug und Lederflecken auf die Ellenbogen seiner Jacketts nähte. Er war ein buntes Bündel von Unsicherheiten und Ticks. Als ich einmal versehentlich eine Sitzung verpasste, brachte er mich bei unserem nächsten Treffen mit fiesen psychologischen Tricks, von denen ich dachte, dass nur meine Mutter sie beherrscht, dazu, mich derartig schuldig zu fühlen, dass ich anfing zu weinen. Er reichte mir zwar ein Taschentuch, aber ich konnte genau sehen, wie er dabei zufrieden lächelte. Dieses sadistische Arschloch.

»Wir haben in der letzten Sitzung über ihr Problem mit diversen Gemüsesorten gesprochen …«

»Eigentlich habe ich nur ein Problem mit Tomaten.« Ich war schließlich nicht komplett irre.

Mein Therapeut durchsuchte die Blätter auf seinem Klemmbrett nach den Notizen der letzten Woche.

»Es liegt daran, dass sie mich immer an meinen Exfreund erinnern.«

»Die Tomaten?«

»Vielmehr die Strünke von Tomaten. Wenn ich sie zubereite und die Strünke entferne, dann löst das etwas in mir aus. Da ist diese Traurigkeit. Und Wut.«

»Sie könnten also ohne weiteres in eine Tomate hineinbeißen ohne diese … Gefühle?«

»Ich denke ja.«

»Hm-hm!« Mein Therapeut kritzelte etwas auf sein Klemmbrett. Dann blätterte er eine Seite zurück, las etwas und machte eine weitere Notiz.

»Ich glaube, ich bin einfach nicht über meine letzte Beziehung hinweg.«

»Das Gefühl habe ich auch.«

»Gut.« Ich wartete. Etwa zwei Minuten.

Dann zog er scharf die Luft ein, den Kopf unnatürlich weit zur Seite gekippt. »Würden Sie sagen, dass es etwas gibt, was die bisherigen Männer in ihrem Leben gemeinsam gehabt hätten?«

»Wie bitte?«

»Würden Sie sagen, dass es einen bestimmten Typ Mann gibt, den Sie bevorzugen?«

»Sie meinen groß, blond, Profisportler, so was?«

Ich lachte, aber mein Therapeut lachte nicht mit, also hörte ich auf. Man musste mit solchen Dingen vorsichtig sein, sonst wurde man schneller für verrückt erklärt, als man »Borderline« sagen konnte … Und da notierte er sich auch schon gleich etwas auf seinem Klemmbrett und verzog ansonsten keine Miene.

Spontan wollte ich auf seine Frage mit »Nein« antworten. Ich war schließlich nicht Boris Becker. Ich hatte kein Beuteschema. Ich nahm, was ich kriegen konnte. Bei genauerer Betrachtung stimmte das so allerdings nicht. Die Wahrheit war erschreckend, aber nicht von der Hand zu weisen, und sie wartete mit scharrenden Hufen darauf, herausgelassen zu werden. Sie wollte hinaus aus meinem Kopf, hinein in die Welt, manifestiert werden auf dem Klemmbrett meines Therapeuten.

»Ich hab's.«

»Mh-hm?«

»Alle meine Exfreunde waren Loser.«

Es stimmte. Die Frage war nur: Was sagte das über mich aus?

Mein erster richtiger Freund ist heute wahrscheinlich Ingenieur. Er war technisch versiert und hatte eine Eins in allen Naturwissenschaften. So hart das klingen mag, das, was es mir am schwersten machte, an jenem Sonntagabend im letzten Jahrtausend mit ihm Schluss zu machen, war die Tatsache, dass es ohne ihn an meiner Seite fast unmöglich schien, meine Abiturprüfung in Physik zu bestehen. Aber es ging so einfach nicht mehr weiter mit uns. Einen Tag vorher hatte er mal wieder eine unserer Verabredungen platzen lassen. Und was hatte er Besseres zu tun gehabt als mich zu küssen? Er musste ein Schild bauen. Aus Holz. Für das Mittelalterrollenspielfestival am nächsten Wochenende.

Es ist schön, wenn man Hobbys hat. Prinzipiell habe ich damit keine Probleme. Allerdings fand ich es schon seltsam, dass er freiwillig regelmäßig Prügel von bärtigen Typen mit Plastikschwert und Bierbauch unter dem Kettenhemd bezog. Und als ich in der Prioritätenliste hinter das Holzschild rutschte, war endgültig Schluss mit meinem Verständnis.

Auf ihn folgten eine Reihe junger Männer, die sich im Zuge unserer Beziehung als schwul, emotionale Krüppel oder wirklich,

wirklich, wirklich schlecht bestückt herausstellten. Hinzu kamen noch Kleinigkeiten wie die Tatsache, dass keiner von ihnen einen ordentlichen Job hatte, ein ordentliches Gehalt verdiente oder, im Falle meines Exfreundes mit den Tomatenstrünken, auch nur ein Paar Schuhe ohne Löcher besaß. Letztendlich war immer ich diejenige in der Beziehung mit einem Ziel, einem Bankkonto, einem Paar Winterstiefeln und einer Art Status. Und das will schon was heißen.

»Der letzte Mann, an dem Sie Interesse hatten, passte der in das Schema?«

»Ich denke schon.«

»Inwiefern?«

»Er ist Drogendealer.«

»Hm-mh …« Während mein Therapeut meine Aussagen zu Papier brachte (oder vielleicht auch nur Bilder von Actionfiguren malte) überlegte ich, was mit mir nicht stimmte. Hatte ich einen Mutter-Teresa-Komplex? Wollte ich diesen armen Geschöpfen beim Überleben helfen, sie füttern, anziehen und ihnen das Lesen und Schreiben beibringen? Oder war es etwas anderes? Hatte ich vielleicht ein derartig mieses Selbstbewusstsein, dass ich nur mit Männern zusammen sein konnte, die ihr Leben nicht auf die Reihe bekamen, damit ich im Vergleich zu ihnen besser dastand? Das klang einleuchtend. Hätte allerdings auch bedeutet, dass ich dringend einen Therapeuten brauchte.

Der, den ich schon hatte, kaute gedankenverloren auf seinem Stift.

»Warum durchbrechen Sie das Schema dann nicht?«

»Ich wusste bisher gar nicht, dass es eines gibt.«

»Dann durchbrechen Sie es jetzt.«

»Aber wie?!«

Mein Therapeut lächelte nachsichtig. (Oder überlegen? War das überhaupt ein Lächeln? Oder hatte er Ohrenschmerzen? Ich wusste es nicht genau.)

»Gehen Sie doch einfach mal mit jemandem aus, der nicht Ihrem Schema entspricht.«

»Wie meinen Sie das?«

»Versuchen Sie doch, einen Anwalt kennenzulernen.«

DAS sollte die Lösung sein?

»Auf keinen Fall!«

»Einen Versicherungsberater?«

»Nein!«

»Einen Wirtschaftsprüfer?«

Ich lachte empört.

»Was spricht dagegen?«

»Anzugträger? Langweilen kann ich mich allein, danke auch!«

»Unglücklich machen offensichtlich auch.« Ein sarkastischer Kommentar? Mein Therapeut war mindestens so überrascht von sich selbst wie ich. Aber er hatte ja leider Recht. Ich beschloss, seinen Rat zu beherzigen. Das Problem war, dass ich nicht viele Anzugträger kannte. Eigentlich nur einen: Herrn van Veen.

Herr van Veen war mein Bankberater bei der Sparkasse. Zweimal im Jahr besuchte ich ihn, damit er mir sagen konnte, wie wenig Geld ich besaß. Er bot mir etwas zu trinken an, ich fragte nach Wasser und bekam einen Plastikbecher. Die Sparkasse ist so herrlich unprätentiös in diesen Dingen. Herr van Veen lächelte immer. Er war mir sehr sympathisch. Er trug zwar einen Anzug, aber ich stellte mir oft vor, wie er jedes Mal vor Erleichterung seufzte, wenn er sich am Ende des Tages die Krawatte lockern durfte. Ich schätzte ihn auf Ende zwanzig, höchstens Anfang dreißig. Und er hatte große Hände. Große Hände sind sexy.

Am Tag nach meiner Sitzung beim Therapeuten saß ich also hibbelig in der Sparkasse, vor mir auf dem Tisch sprudelte das Wasser im Plastikbecher. Ich nahm einen Schluck, nur einen kleinen, und ließ ihn langsam meine Kehle herunterlaufen. Herr van Veen saß mir gegenüber, lächelte und verschränkte seine Finger so ineinander, dass sie aussahen wie ein kleines Dach aus Fleisch.

»Ich freue mich, Sie zu sehen. Obwohl ich sagen muss, dass ich nicht damit gerechnet habe, Sie so bald wieder begrüßen zu dürfen. Normalerweise lassen Sie immer erst zwei oder drei Termine ausfallen, bis Sie …«

»Ja, ich weiß, und das tut mir leid. Wirklich.«

Ich kicherte nervös und trank und verschluckte mich. Ich musste husten. Herr van Veen lehnte sich besorgt über den Tisch.

»Alles in Ordnung, geht es Ihnen gut?« Er reichte mir ein Taschentuch.

»Danke schön«, röchelte ich, und wischte mir die Tränen aus den Augen. Er gab mir einen Moment, um mich zu fangen.

»Was kann ich denn für Sie tun?«

»Nun, es geht, wie soll ich … nun, mein Fonds, der Fonds, der mit dem …« Ich verschränkte die Finger so ineinander wie er es vorher getan hatte und hielt beide Hände hoch »… Dach! Der Dachfonds!« Ich lachte. Es klang verzweifelt.

»Ja?«

»Ja, der Dachfonds … wie steht der, also, wo? Na, der … steht doch noch?«

»Aber natürlich, warum sollte der nicht … *stehen?«*

Herr van Veen lächelte noch immer. Aber er sah dabei sehr verwirrt aus. Vermutlich in einer Art Übersprungshandlung tippte er in seine Tastatur, sah ein paar Sekunden konzentriert auf den Bildschirm, wobei er seine Lippen zusammenpresste, und wandte sich dann wieder mir zu. Auf seinem Gesicht lag ein Ausdruck absoluter Ernsthaftigkeit.

»Ja. Der Fonds steht.«

»Gut. Puh!« Ich wischte mir in gespielter Erleichterung über die Stirn. Dann leerte ich meinen Plastikbecher in einem Zug.

»Hätten Sie gerne noch etwas mehr Wasser?«

»Sehr freundlich.«

Herr van Veen griff nach dem Becher, den ich ihm hinschob.

»Herr van Veen?«

»Ja?«

»Sie haben wunderschöne Hände.«

Sein Lächeln gefror. Er verharrte in der Bewegung, mit dem Plastikbecher in der Hand, vorgebeugt, so dass seine Krawatte senkrecht von seinem Hals hing wie ein Lot, der perfekte rechte Winkel, da baumelte nichts hin und her. Schließlich sagte er: »Danke schön.«

»Die Krawatte – ist das Lila oder Flieder?«

»Lavendel.«

»Ah!«

»Wasser?«

»Ja … ähm, Herr van Veen?«

»Ja?«

»Würden Sie vielleicht mal mit mir etwas Trinken gehen? Ich meine … irgendwohin, wo es Gläser gibt?«

Er wartete am verabredeten Abend pünktlich vor dieser Bar, in der ich noch nie gewesen war. Die erste große Enttäuschung war der Anzug. Er trug ihn noch immer. Er hatte nicht einmal die Krawatte gelockert, die heute farblich zwischen Ocker und Eierlikör lag. Er begrüßte mich mit einem Händedruck und ich versprach mir selbst, was auch immer passierte, an diesem Abend keinen Bausparvertrag abzuschließen.

Dann betraten wir die Bar und ich verstand, warum ich den Laden nicht kannte. Es war einer dieser unsagbar furchtbaren Orte, von denen ich bisher nur gehört oder in Zeitschriften gelesen hatte: Ich war umzingelt von Männern in Anzügen und Frauen in Businesskostümen und Schuhen mit Blockabsatz. Ein Meer von Krawatten. Im Hintergrund lief der neueste Hit von Madonna, ein paar Sekretärinnen bewegten steif ihre Hüften dazu. Das hier war die Welt von After-Work-Drinks. Das hier war meine ganz persönliche Vorstellung von der Hölle.

»Bier? Wein?«

»Ähm … ja.« Wenn ich jetzt schnell weglief, würde er vielleicht denken, er hätte nur halluziniert und mich gäbe es in Wirklichkeit gar nicht. Ich überprüfte die Fluchtwege.

»Die machen hier auch ganz hervorragende Tapas …«

»Ja. Ok.« Ich lächelte. Quasi.

Zehn Minuten später hatten wir in dem Gewühl einen freien Tisch in der Nähe des Fensters gefunden und Platz genommen. Es war dunkel, denn rings um uns herum hatten sich Grüppchen schwarzer und dunkelblauer Anzüge aufgestellt, die immer wieder das Wort Abteilung benutzten. Abteilung hier, Abteilung da. Im Hintergrund lief der vorletzte Hit von Madonna.

»Ich liebe den Song!« Herr van Veen hielt eine Bierflasche in seiner schönen Hand, ganz unprätentiös, und schaute sich strahlend in der Bar um, als säße er im Kreise der Familie.

»Was für Musik mögen Sie … magst … ist denn sonst so gut?« Wir hatten die »Siezen oder Duzen«-Frage nicht geklärt. Ich wusste nicht einmal seinen Vornamen. Wie sollte ich ihn ansprechen? »Du, Herr van Veen?« Als wären wir Kassiererinnen im Supermarkt?

Herr van Veen überdachte die Musikfrage, indem er an die Decke sah. Und dann sagte er die verbotenen Worte: »Ach, ich hör eigentlich alles, was so im Radio läuft.«

Ich trank mein Glas Weißwein in einem Zug aus und ließ mir mit dem Schlucken Zeit, so konnte er keine Antwort von mir erwarten.

»Um ehrlich zu sein, mache ich mir nicht so viel aus Musik.« Er lächelte, ich lächelte und nickte, wobei mir ein bisschen Wein aus dem Mund das Kinn hinunterlief.

»Aber ich segle gerne in meiner Freizeit.« Herr van Veen erzählte von seinen Segelausflügen. Ich warf kurz ein, dass ich nicht viel vom Segelsport verstand und mich die vielen Fachbegriffe in seinen Schilderungen ein bisschen verwirrten. Dann erzählte er weiter von seinen Segelausflügen. Und dann noch ein bisschen mehr. Dann erzählte er ein paar Anekdoten aus seiner Abteilung. Dann lief im Hintergrund wieder der aktuelle große Madonna-Hit. Herr van Veen wippte mit dem rechten Fuß. Jemand stellte mehrere kleine Schüsseln mit Oliven, Kapern und eingelegten Cherrytomaten vor uns auf den Tisch.

»Die Oliven sind hier immer sehr lecker.«

»Stammgast, oder wie?« Es klang ein bisschen flapsig, aber ohne direkte Anrede war man in einer höflichen Unterhaltung schlichtweg verloren.

»Ich komme jeden Donnerstag hierher und manchmal auch unter der Woche mit Kollegen.«

»Und am Wochenende?«

»Da segle ich.«

»Interessant.«

Jetzt war es offiziell: Die Luft war raus. Ich wusste nichts mehr zu sagen. Herr van Veen auch nicht. Es war sehr laut in der Bar. Erstaunlich, was für einen Krach Anzugträger machen können.

»Die Tomaten sind auch ganz vorzüglich.«

»Nein danke, die sind noch ganz.«

»Noch ganz?«

»Ich mag den Strunk nicht.«

»Ach so«, sagte Herr van Veen und schob sich eine Tomate in den Mund. Mit Strunk.

Ich entschuldigte mich auf die Toilette.

»Und dann?« Lucys Wangen glühten vor Spannung.

»Nichts.«

»Wie, nichts?«

»Ich hab mich aus der Bar geschlichen und bin nach Hause gegangen.«

Lucy fiel das Kinn fast auf die Tischplatte und ihre Stimme überschlug sich. »Ohne Tschüss zu sagen?!«

»Ich habe ihm und mir damit einen ziemlich peinlichen Abschied erspart. Und weitere Minuten und Stunden voller Segelgeschichten. Und Madonna-Hits.«

Lucy runzelte die Stirn. »Ich mag Madonna.«

»Vielleicht solltest du mal mit Herrn van Veen ausgehen. Dann könntest du ihn gleich fragen, wie es meinem Dachfonds geht.«

»Mann, Daphne! Du bist echt blöd.«

Die Kantine war fast leer, der Stamm der Buchhalterinnen hatte das Gebäude verlassen, der welke Salat auf Lucys Teller kräuselte sich traurig.

»Jedenfalls ist die Moral der Geschichte: Ich kann mit bodenständigen Anzugtypen eben nichts anfangen. Ich such mir flutschige Typen aus, weil sie mich zum Lachen bringen und ich sie spannend finde. Der perfekte Kompromiss wäre ein Mann, den ich spannend finde und der trotzdem bodenständig und zuverlässig ist …« Bis zu diesem Punkt eine ziemlich exakte Beschreibung von Felix »…und der mich liebt.«

Richtig. Da war ja noch was gewesen.

Offensichtlich konnte man gleich versuchen, den Richtigen zu finden, wenn man ohnehin schon auf der Suche nach dem perfekten Kompromiss war. Der Schwierigkeitsgrad war ungefähr derselbe. Das sollte einer verstehen.

DIENSTAG – ORKS

Auch wenn Lucy keine enge Freundin war (oder überhaupt eine Freundin), tat es mir leid zu sehen, wie sie unter ihrer Einsamkeit litt. Dass sie in ihrer Freizeit allein zu Hause saß und mikroskopisch kleine nummerierte Felder mit Farben ausmalte, brach mir fast das Herz. Ich beschloss also, ihr eine Freude zu machen. Nein, nicht indem ich ihr ein neues Malset schenkte. Ich lud sie ein, nach der Arbeit auf einen Feierabenddrink mit in Bettys Bar zu kommen.

Sie saß auf der Kante meines Schreibtischs und hatte meinen grünen Textmarker in der Hand. Nervös zog sie die Kappe ab und setzte sie wieder auf, einhändig. Klick-Klack. Und wieder. »Ich geh eigentlich nicht in Bars.«

»Wie kann man denn eigentlich nicht in Bars gehen, Lucy? Das ist doch unvermeidlich.«

»Ja, aber ich trink echt nicht so super gerne Alkohol. Eigentlich trink ich gar keinen.«

»Dann trinkst du eben eine Cola.«

»Die macht dick.«

»Ein Glas Wasser?« Klick-Klack, Klick-Klack, Klick-Klack. »Lucy, kannst du das lassen?«

»Was?«

»Das mit dem Stift.«

»Oh, Tschuldigung, ich bin irgendwie so hibbelig …« Sie drückte die Kappe ein letztes Mal herunter und warf den Textmarker in hohem Bogen auf einen Stapel Zeitschriften auf der anderen Seite des Tischs. Dann griff sie nach einem Gummiband. »Ich weiß nicht, Daphne, ich bin auch gar nicht richtig angezogen und so.«

»Wieso? Du siehst doch toll aus.«

Sie schaute an sich hinunter, und auch ich sah sie mir lieber noch einmal genauer an, weil der Satz eher ein Reflex gewesen war, als dass er auf einem realen Eindruck basierte. Sie trug ihre Glitzersandalen, ein Kleid in Schweinchenrosa aus T-Shirt-Stoff, und darüber, um die Oberarme zu verbergen, ein violettes, silbern durchwobenes Bolerojäckchen aus statischem Material. Und in den Haaren diese Haarklemme mit dem paillettenüberzogenen Schmetterling. Alles in allem war sie wie immer ihrem Stil treu, auch wenn sich über Geschmack natürlich weiterhin streiten ließ.

»Super!«

»Meinst du?« Sie begann, sich gedankenverloren das Gummiband um den Zeigefinger ihrer rechten Hand zu wickeln. Ich griff nach meiner Wasserflasche, nahm einen Schluck und nickte mit vollem Mund.

»Aber ich kenn da gar keinen.«

»Mensch, Lucy, ich bin doch bei dir. Und Hannes ist wahrscheinlich auch da.«

»Hannes?«

Ich konnte nicht genau sagen, ob sie verwirrt oder erschrocken aussah. »Mein Kumpel. Mit dem du telefoniert hast.«

»Ich weiß.«

»Lucy, dein Finger!«

»Was ist damit?«

»Nimm das Gummiband da weg, der ist schon ganz blau.«

»Igitt!« Sie befreite eilig ihre violette Fingerspitze, warf das Gummiband dem Textmarker hinterher und rutschte von der Tischkante.

»Was ist jetzt? Kommst du mit?«

Betty fand Lucy süß. Und sie brachte sie sogar dazu, ihr Bolerojäckchen auszuziehen, dessen Kunstfasern bei jeder Bewegung statisch knackten.

»Schätzelein, ich steh hier im kurzen T-Shirt und schwitz wie ein Schwein. Zieh das Ding aus. Ich mach dir auch noch ein Wasser mit Zitrone. Geht aufs Haus.«

Lucy tat, was Betty sagte, aber nicht, ohne vorher einen verstohlenen Blick zu ihrer Linken zu werfen, wo Hannes saß, wie immer in zu kurzen Hosen, weil er mit seinen langen Beinen nie etwas Passendes fand. Er blätterte in der Nachtausgabe der Morgenpost. Es war nachrichtliche Saure-Gurken-Zeit und die Zeitungen hatten nur ein Thema.

»Kinder, das Wetter bleibt wechselhaft. Heute Nacht sind wieder Schauer zu erwarten, morgen geht das so weiter, bei stabilen 29° C …« Er stöhnte genervt. »Wenn ich es nass und heiß gewollt hätte, wär ich an den Amazonas gezogen.«

»Der Klimawandel, Schätzelein, der Klimawandel.« Betty stellte Lucy ein Glas Wasser mit Zitrone vor die Nase und ergänzte ihre Kreation noch mit einem Strohhalm. Lucy bedankte sich schüchtern. Ich nahm einen Schluck von meinem eigenen Drink. Wodka Cola. Von White Russian hatte ich fürs Erste mal wieder die Nase voll.

»Hauptsache, der Regen bleibt bis zum Ende der Woche.«

»Warum denn das?« Lucy zog den halben Inhalt ihres Glases auf einmal durch den Strohhalm. Betty hob anerkennend die Augenbrauen.

»Ich habe Donnerstag ein Sonnenscheindate. Und nicht so viel Lust darauf.«

»Ein Sonnenscheindate?« Hannes sah von seiner Zeitung auf.

»Schätzelein, ein Date? Aber das ist ja fantastisch! Da brauchst du ja die Liste bald gar nicht mehr.«

»Ich krieg hier einfach gar nichts mehr mit!« Mit Nachdruck schob Hannes die Spätausgabe zur Seite. »Welche Liste?«

Lucy antwortete eifrig. »Die gegen Liebeskummer.«

»Aha.«

»Viel wichtiger ist doch: Wer ist der Glückliche?«, warf Betty ein.

»Der Typ vom Freitag.«

»Der Asiat!«

»Er ist kein Asiat.«

»Der hat aber so Augen.«

Hannes zuckte mit den Schultern. »Also, ich bin raus.« Er wandte sich zu seiner Rechten und produzierte ein kleines Räuspern, um sich Aufmerksamkeit zu verschaffen – die er auch sofort bekam. »Lucy – erzähl ein bisschen was von dir.«

»Was soll ich denn erzählen?« Sie kicherte schüchtern und errötete schlimmer, als ich es je zuvor bei ihr gesehen hatte.

»Zum Beispiel: Womit verbringst du deine Freizeit?«

»Kennst du ›Malen nach Zahlen‹?«

Hannes und Lucy verstanden sich ganz ausgezeichnet. Nachdem sie das Kunstthema abgeschlossen hatten, stellten sie begeistert fest, dass sie eine gemeinsame Vorliebe für Fantasy-Romane und -Filme hatten. Lucy fand natürlich die Feen und Elfen super, während Hannes eher für die Trolle und Drachen zu haben war, aber insgesamt wiesen beide ein beeindruckendes Know-how auf.

Ich persönlich verstand nur Bahnhof. Beziehungsweise Orks. Aber immerhin schien keiner von ihnen seine Zeit mit der Herstellung von Holzschilden zu verplempern.

Als Lucy sich verabschiedete, weil sie die letzte Bahn nach Hause nicht verpassen wollte, tauschten die beiden noch Nummern und verabredeten sich zu einem Kinobesuch, weil ein paar Wochen später zufällig irgendein Film mit Schlachten und Prinzessinnen und Schafsfellen anlaufen sollte. Lucy grinste wie ein Honigkuchenpferd und schwebte rot wie eine Tomate in die Nacht hinaus.

Ich trank noch schnell mein Glas leer, rutschte dann ebenfalls von meinem Barhocker und drückte Betty einen Kuss auf den Mund. »Ich muss los.«

»Ich komm mit, wenn ich darf.« Hannes griff nach seiner Jacke, umarmte Betty, und wir verließen zusammen die Bar. Ich wollte zu Fuß nach Hause gehen und wies Hannes darauf hin, dass ich in eine ganz andere Richtung musste als er, aber es schien ihm viel daran zu liegen, mich zu begleiten. Es fühlte sich etwas seltsam an, allein in Hannes' Gesellschaft zu sein. Aber wir arbeiteten ja gerade daran, diese Seltsamkeit loszuwerden.

»Schön, dass du dich mit Lucy so gut verstanden hast.«

»Ja, hat wirklich Spaß gemacht mit ihr. Sehr spezielle Interessen …«

»Hannes, sie hat dieselben Interessen wie du!«

»Das meine ich ja.«

Wir spazierten mitten auf der Straße, weil es so spät war, dass von Verkehr keine Rede mehr sein konnte. In der Nachtluft lag der typische Geruch eines vergangenen Sommertags, ein Gemisch aus verbranntem Gras, aufgeweichtem Asphalt und irgendetwas, das wie Wundpflaster roch.

»Ist dir nicht kalt?«

»Es ist Sommer, Hannes!«

Irgendwo weiter weg, gleichzeitig aus allen Richtungen, grollte der Himmel.

»Und das ist dann wohl ein Sommergewitter.« Hannes blieb stehen und legte den Kopf in den Nacken. Ein Blitz erhellte sein Gesicht.

»Wenigstens regnet es nicht.«

Noch während ich das sagte, fühlte ich die ersten Tropfen auf meinen Schultern. Hannes kniff die Augen zusammen, als es ihm ins Gesicht regnete. Innerhalb von Sekunden war die Straße unter unseren Füßen nicht mehr anthrazitfarben, sondern schwarz glänzend, und wir komplett durchnässt. Der Wind toste, der Donner grollte und der Regen fiel mit ohrenbetäubender Wucht auf den Asphalt. Das Kleid, das ich trug, klebte an meinen Oberschenkeln.

Hannes griff meine Hand und rannte los, drückte sich zwischen zwei parkenden Autos hindurch zum Gehweg und rannte weiter, bis er einen einigermaßen trockenen Platz für uns gefunden hatte. Unter dem Vordach eines Haushaltswarengeschäfts.

Es war exakt dasselbe Haushaltswarengeschäft, vor dem ich auch mit Felix gestanden hatte. Schon einmal was von »Ironie des Schicksals« gehört?

Regenwasser triefte von meinen Haaren und lief mir den Rücken und die Nase hinunter. Ich begann zu zittern. Hannes drehte sich zu mir um und öffnete den Reißverschluss seiner Kapuzenjacke.

»Hier, zieh die an, du erkältest dich sonst.«

»Aber die ist doch klitschnass.« Ich machte unwillkürlich einen Schritt zurück und berührte mit meinem Rücken das Schaufenster, in dem Küchenmaschinen und Pürierstäbe in einer unbeholfenen Dekoration unter weichem Licht präsentiert wurden. Hannes zuckte mit den Schultern und zog den Reißverschluss wieder zu.

»Okay. Und was machen wir jetzt? Abwarten?«

Ich nickte nur. Obwohl ich lieber durch den Regen nach Hause gegangen wäre, als ausgerechnet hier ein zweites Mal festzusitzen – und dann auch noch ausgerechnet mit Hannes. Ich rutschte am Fenster nach unten und hockte mich auf den dünnen trockenen Streifen davor. Er hockte sich neben mich. Wir starrten auf unsere Füße.

Die Siele waren mit den plötzlichen Wassermassen überfordert und nahmen nichts mehr auf, links und rechts von der Fahrbahn hatten sich breite Flüsschen im Rinnstein gebildet, die mit einer, für innerstädtische Verhältnisse, ungeheuren Geschwindigkeit vorbeiflossen. Es blitzte und donnerte wieder.

»Tja, jetzt sitzen wir also fest.«

»Sieht ganz so aus.« Ich merkte, wie mir Hannes einen Blick von der Seite zuwarf.

»Ähm … ich weiß nicht, ob das jetzt so ein guter Augenblick ist …« Er sprach nicht weiter.

»Guter Augenblick für was?« In dem Moment, in dem ich die Frage gestellt hatte, ärgerte ich mich auch schon. Eigentlich konnte ich mir denken, was jetzt kam.

»Ich muss dir etwas sagen.«

Das hatte ich jetzt davon. Am liebsten hätte ich mir die Ohren zugehalten.

»Dieser Brief …«

»Lass uns nicht drüber reden, okay?«

»Doch, ich muss. Als ich vorhin gehört habe, dass du ein Date hast, da …«

»Hannes, wollen wir nicht einfach gehen? Es wird ja doch nicht besser … mit dem Regen.« Ich stützte mich an der Schaufensterscheibe ab und stand auf.

»Daphne, hör mir zu!«

Plötzlich stand er vor mir – ich hatte den Moment verpasst, in dem er sich hingestellt hatte. Ich wusste nicht, was ich tun sollte, also wrang ich mein Kleid aus. »Wenn es unbedingt sein muss …«

»Ja. Muss es.« Er sah mich ernst an, sammelte seinen Mut zusammen, oder so was, öffnete den Mund und formte die Worte. Ich …

»Ich glaube, ich liebe dich.«

So eine Scheiße. Ich konnte Hannes nicht länger als eine halbe Sekunde ansehen. Mit Blick auf meine Fußspitzen sagte ich: »Ich ruf jetzt ein Taxi.«

Zu Hause zog ich mir im Badezimmer das durchnässte Kleid aus und ließ es in die Wanne fallen. Dann strich ich das Wort »Haushaltswarengeschäft« von meiner Liste. Ich hatte eigentlich vorgehabt, mir eine Küchenwaage oder einen Fön in dem Laden zu kaufen und zu hoffen, dass das reichte. Aber das war jetzt wohl nicht mehr nötig.

Ich legte den Kugelschreiber zurück an seinen Platz, griff nach meiner Zahnbürste und drückte viel zu viel Zahnpasta auf die Borsten. Kaum steckte das Plastik in meinem Mund, fing ich an zu weinen.

Felix' Zahnbürste gehörte zu ihm wie das zwanghafte Gucken der Sportschau am Samstagabend oder sein hübsches Lächeln. Sie war elektrisch und wohnte in einem blauen Plastikgehäuse. Sie hatte einen kleinen Kopf und einen dicken Bauch mit einer Batterieanzeige drauf, die immer blinkte. Felix' Zahnbürste machte einen unglaublichen Krach beim Putzen. Und sie war intelligent. Sie sagte ihm Bescheid, wenn er genug geputzt hatte. Ich war mir mit meiner korallenroten Handzahnbürste daneben immer etwas minderbemittelt vorgekommen.

Elektrische Zahnbürsten sind eine kostspielige Angelegenheit, und so schaffte sich Felix selbstverständlich kein zweites Modell an, das er in meiner Wohnung deponieren konnte. Das hätte er vielleicht getan, wenn große Gefühle mit im Spiel gewesen wären, aber dem war ja nicht so. Also befand sich seine Zahnbürste an manchen Tagen auf dem Rand meines Waschbeckens und an anderen nicht, je nachdem, wo Felix sich aufhielt. Ich musste ihn nie anrufen, um zu fragen, ob er die Nacht bei mir verbringen würde. Ich sah einfach im Badezimmer nach, ob die Zahnbürste da war. Irgendwie ein Scheißspiel.

Und dann kam der Tag, als er seine Gefühle für mich für nicht groß genug befand und Schluss machte. Irgendwann nachdem er gegangen war, betrat ich das Badezimmer und stellte ohne große Überraschung fest, dass er seine blinkende elektrische Zahnbürste mitgenommen hatte. Zum letzten Mal. Ich wusste, ich würde sie nie wieder sehen.

Das war der Moment, in dem ich beschloss, so schnell wie möglich das Bad zu renovieren. Der Rest ist Geschichte.

DONNERSTAG – EINE HANDBREIT ÜBERM KNIE

Lucy stoppte ihren schnellen Schritt so abrupt vor meinem Schreibtisch, dass sie mit ihren zartrosa Cowboystiefeln fast auf dem antiallergenen Büroteppichboden ausgerutscht wäre.

»Was hast du denn vor?!«

Ich konnte nur ertappt auf meine Oberschenkel gucken, von denen eindeutig zu viel zu sehen war, und Lucy tat es mir ganz ungeniert gleich. Ich zog den Rocksaum etwas weiter Richtung Knie, aber viel war da nicht zu holen. »Ich hab nichts *vor.*«

»Aber das ist ein ziemlich kurzer Rock, den du da anhast.«

»Zu kurz?«

»Nicht, wenn du damit zum Eiskunstlaufen willst.«

»Mist.«

Ich hatte keine eiskunstlaufverwandten Pläne, es war lediglich Donnerstag und das Wetter hatte sich gegen mich verschworen: Der Himmel war blau und wolkenlos. Einem Sonnenscheindate mit Richard stand also nichts im Weg.

Außer vielleicht der Tatsache, dass ich nach wie vor nicht sonderlich wild auf dieses Treffen war.

Es lag nicht an Richard. Er schien ganz interessant zu sein. Jedenfalls nicht unbedingt langweilig. Hätte ich ihm einen Korb gegeben, wäre mir womöglich sogar ein guter Fang durch die Lappen gegangen. Aber ich hatte trotzdem ein schlechtes Gefühl. Die Frage war doch, ob jemand mit einem derartigen Pech mit Männern nicht besser eine paar Wochen ins Kloster gegangen wäre. Erst Felix und dann dieser katastrophale Abend mit Hannes. Der zweite katastrophale Abend mit Hannes. Als käme es zwangsläufig immer zur Katastrophe, wenn wir uns sahen.

Eigentlich hatte ich aus der letzten gelernt und wusste jetzt: über die Sache reden und sie aus der Welt schaffen war das A und O. Freunde machten das so. Und Freundschaften unterlagen einem umfangreichen Regelwerk, das man ernst nehmen musste. Das Problem war, dass Hannes neuerdings wohl mehr in mir sah als einen Freund. Und so griffen diese Regeln nicht mehr. Er tat mir leid und ich fühlte mich nicht gut dabei, ich beschloss, meine Nerven zu schonen, und mal wieder nichts zu tun. Gras über die Sache wachsen zu lassen. Denn im Gegensatz zu Freundschaften ist in der Liebe alles erlaubt.

Schon der Morgen des Tages des Sonnenscheindates ließ darauf schließen, dass auch mit Richard nicht alles problemlos laufen würde. Es war das klassische Dilemma: Ich wusste nicht, was ich anziehen sollte.

Das kam selbstverständlich bei mir wie bei jeder anderen Frau häufiger vor, aber an diesem Morgen war die Frage nach dem richtigen Outfit pikanter als sonst. Ich fühlte mich nicht in der Stimmung, mich hübsch zu machen für jemanden, an dem mir zunächst einmal nichts lag. Aber da war auch diese leise Stimme in mir, die zu bedenken gab, dass ich ihn vielleicht doch mögen und es dann bereuen würde, wenn ich ihm später in einem alten, verwaschenen Fetzen Stoff gegenübersaß. Wenn er mir allerdings nicht gefiel und ich mir Mühe gegeben hatte, würde das die falschen Signale senden. Es war ein Teufelskreis. Der immer gleiche Teufelskreis vor Quasi-Blind-Dates.

Die dadurch hervorgerufene Verwirrung trübte ganz offensichtlich meine Wahrnehmungsfähigkeit. Ich zog vier verschiedene Kleider an und wieder aus, bevor ich den kurzen blauen Rock ausprobierte, über den Lucy jetzt so erschrocken war. Dazu eine weiße Bluse, die ich als Option aber wieder verwarf und gegen ein graues T-Shirt tauschte, weil Blusen immer zu sehr nach einem Besuch bei den Schwiegereltern aussehen. Der Rock allerdings war kein Schwiegerelternrock. Ich hatte dem Spiegel den

Rücken zugedreht und den Bücktest gemacht, um zu sehen, wie weit mein Po entblößt würde, wenn ich etwas aufheben müsste oder vor Richard die Treppe hochginge. Das Ergebnis war hart an der Grenze, aber noch im Rahmen. Hatte ich geglaubt. Falsch geglaubt.

Lucy zog scharf die Luft durch die Zähne. »Na ja, du sitzt ja die meiste Zeit … Aber in die Kantine würde ich so nicht mit dir gehen.« Sie griff an mir vorbei nach einer Büroklammer und fing an, sie auseinanderzubiegen.

»So schlimm?«

»Also, wenn ich aus dem richtigen Winkel gucke, kann ich deine Unterwäsche sehen.« Sie kicherte und verstummte gleich wieder, als sie mein Gesicht sah. »Oh, tut mir leid, Daphne. Bist du mir jetzt böse?«

»Ich hab heute ein Date!«

Lucy ließ kurz von dem Stückchen Draht zwischen ihren Fingern ab und warf mir einen undeutbaren Blick zu. »Mit Hannes?«

Ganz sicher nicht! »Nein, Lucy, wie kommst du denn …«

»Ah, okay.« Sie wandte sich wieder ihrer Büroklammer zu.

»Hast du Dienstag nicht zugehört? Ich hab doch davon erzählt. Ich treff mich mit Richard.«

»Hast du nicht erzählt. Wer ist das denn?«

»Natürlich hab ich davon erzählt, Lucy.« Ich wurde ungeduldig und zog mit den Zeigefingern an den äußeren Winkeln meiner Augen. »Mandeläuglein?«

»Achso! Der Asiat!«

»Er ist kein Asiat. Er heißt Richard.«

»Den Namen hab ich noch nie gehört.«

»Gewöhn dich gar nicht erst dran. Nur eine kleine Ablenkung, mehr nicht.«

»Und dann ziehst du dich so an?«

Ich stieß mich mit einem resignierten Seufzer von meinem Schreibtisch ab und rollte auf dem Bürostuhl einen halben Schritt nach hinten, überschlug meine Beine, denn etwas Anstand musste sein, und lehnte mich zurück. »Was soll's, Lucy? Wir haben uns letzten Freitag betrunken geküsst.«

»Du und ich?«

»Nein. Ich und Richard.«

Sie senkte den Kopf und schob die Unterlippe vor, als sie damit fortfuhr, aus dem Büroklammerndraht eine zerbeulte Spirale zu drehen. »Betrunken? Das ist ja supereklig.« Sie sagte das in einem ehrlich angewiderten Tonfall, als hätte sie mich zum Schluss am liebsten noch Schlampe genannt, wenn sie Worte dieser Kategorie über die Lippen hätte bringen können.

»So ist das Leben heutzutage. Es gibt immer weniger Prinzen und immer mehr Typen, die dir ohne viele Worte die Zunge in den Hals stecken.«

»Du musst da ja nicht mitmachen.«

»Vielleicht will ich aber.«

Lucy legte die zur Unkenntlichkeit verbogene Büroklammer zurück auf meinen Tisch und sah mich streng an.

»Ich muss jetzt zum Kopierraum.« Sie drehte sich auf ihrem rutschigen Absatz um und ihre zwei blonden Zöpfe wirbelten ihr um den Kopf. Mir fiel zum ersten Mal auf, dass sie eigentlich ganz hübsch war unter all den Kilos und den Lagen rosa Stoff.

Ich rollte wieder vor an meinen Tisch und versuchte mich daran zu erinnern, wobei sie mich unterbrochen hatte. Richtig. Büromaterialbestellung. Kaffeekochen. Ablage.

»Und noch etwas!« Lucys Stimme kam von irgendwoher, vermutlich aus dem Gang, der zu den Kopiergeräten führte. Ich reckte meinen Kopf, aber ich konnte sie nicht sehen.

»Was?«, rief ich.

»Das mit der Kantine hab ich ernst gemeint.«

Ich zuckte mit den Schultern. Heute war eh wieder Schnitzeltag. Meine Meinung dazu war bekannt.

Sechs Stunden später stand ich in St. Pauli auf dem Bahnsteig und wünschte, ich hätte ein Schnitzel gegessen. Oder wenigstens einen mittelgroßen Beilagenteller. Mein Magen knurrte in einer peinlichen Lautstärke. Laut genug, dass der kleine indische Mann im Bahnsteigkiosk es hören konnte. Entweder das, oder er starrte mich aus einem anderen Grund an. Er hockte hinter seinem kleinen Kiosktresen, umrahmt von Zeitschriften und Kaugummipackungen, aß eine Banane und schaute ungeniert zu mir herüber. Ich trat unruhig von einem Bein aufs andere und versuchte ihn zu ignorieren. Erfolglos. Nach einer Weile beschloss ich, in die Offensive zu gehen und starrte zurück. Zu meiner Überraschung hielt er Augenkontakt und hob anzüglich seine Augenbrauen. Dreimal. Kurz hintereinander. Er zeigte mit einem Finger auf meinen Rock. Dazu nickte und grinste er und quittierte meinen Aufzug mit ausgestrecktem Daumen. Na wunderbar.

Wo blieb Richard?

Er war schon zwölf Minuten zu spät. Mein Magen knurrte wieder. Ich umschlang meinen Bauch mit beiden Armen und ging Richtung Ausgang, raus aus dem Sichtfeld des Kioskbesitzers, nahm die Rolltreppe und fuhr nach oben.

Die Sonne schien, grell und heiß, als hätte sie trotzig beschlossen, die Tatsache zu ignorieren, dass es bereits Abend war. Die Luft bewegte sich kein bisschen. Ich schwitzte im Nacken und sogar in den Kniekehlen, trotz des kurzen Rocks. Aus dem Schlund der U-Bahn-Station dröhnte das Gekreische eines bremsenden Zugs, an den Tunnelwänden multipliziert. Es klang, als befände sich da unten ein prähistorischer Tierpark.

Ein dunkelhaariger Mann auf einem Fahrrad näherte sich der U-Bahn-Station, aber es war nicht Richard, also pustete ich mir ein paar Haare aus der Stirn und wartete weiter.

Etwas vibrierte in meiner Tasche. Ich stellte sie auf den Boden und bückte mich, um darin nach dem Handy zu suchen, erinnerte mich dann aber an den Rock, den ich trug. Ich hob die Tasche wieder auf und kramte im Stehen in dem Gemisch aus nützlichen, wichtigen und sinnlosen Dingen, bis ich es gefunden hatte. Auf mich wartete eine Nachricht.

»Bald ist Wochenende. Was machst du? Felix.«

Sieben Worte. Eines davon verursachte, dass sich sämtliche Organe in meinem Inneren einmal kurz, aber heftig zusammenzogen. Und es war nicht »Wochenende«. Ich las sie wieder. Und wieder. Aber es blieb schlicht und einfach eine Frage. Nur Oberfläche. Was ich darunter zu finden hoffte, gab es nicht. Ich klappte das Handy entschlossen zu. Und klappte es genauso entschlossen wieder auf. Ich las die Nachricht noch einmal, denn auch wenn nichts dahinter war, fühlte es sich großartig an. Und verwirrend. Warum meldete er sich jetzt bei mir? Ausgerechnet wenn ich im Begriff war, einen Abend mit Mandeläuglein zu verbringen. Es war verrückt.

»Du musst mich nicht anrufen. Bin schon da.«

»Wie?« Erschrocken klappte ich das Handy zu.

Irgendwo aus den dunklen, kühlen Tiefen der U-Bahn-Station war Richard neben mir aufgetaucht. Seine Augen waren hinter einer Sonnenbrille versteckt. Ich musste hochgucken, um sie zu sehen. Er war fast zwei Meter groß.

»Ich bin spät dran, tut mir leid.«

»Macht nix.«

Wir standen uns gegenüber. Es war dieser Moment, in dem man nie wusste, wie man sich verhalten sollte. Und in diesem Fall gab es zusätzlich das Problem, dass man vom Küssen nicht einfach so zurück zu nichts konnte. Jedenfalls nicht, ohne dass die Dinge seltsam wurden. Aber vom Kuss zur Umarmung war es auch ein steiniger Weg. Ein Kuss auf die Wange vielleicht?

Er legte seinen Arm um meine Schulter und drückte mich kurz. »Hübsch siehst du aus. Mit dem Rock und so.«

Ich lachte unsicher. Es klang ein bisschen albern. »Danke. Aber irgendwie hab ich schon den ganzen Tag das Gefühl, dass er vielleicht etwas kurz ist …«

»Unsinn.« Er wischte meine Bedenken mit einer Handbewegung weg, aber wirklicher Unsinn waren sie scheinbar doch nicht gewesen, denn er starrte dabei auf den Rocksaum, der viel zu weit vom Knie entfernt und viel zu nah an meinen Hüftknochen war. Als würde es ihm gefallen. Und die Intention, die er dahinter vermutete. Falsch vermutete, wie ich noch einmal betonen möchte. Aber ich konnte mich nicht beschweren. Ich war ja schließlich dämlich genug gewesen, in dem Rock das Haus zu verlassen. Ich beschloss, das Ding, sobald dieser Abend vorbei war, in die Altkleidersammlung zu geben, damit mir dieser Fehler nicht noch einmal passierte.

Mein Magen knurrte wieder. »Und wie geht es jetzt weiter?«

»Ich habe einen fantastischen Plan, der dich verzücken wird.«

»Und worum handelt es sich?«

»Darts.«

»Darts?« Ich gab mir nicht einmal Mühe, meine fehlende Begeisterung zu verbergen. Richard grinste breit und siegessicher.

»Natürlich Darts, Süße.« Er legte mir leger einen Arm um die Schulter und fügte mir ins Ohr flüsternd hinzu: »Für Billard ist dein Rock zu kurz.«

Darts. Ein interessanter Dateplan, zweifelsohne. Es setzte Mut voraus, mit so einem Programm eine Frau beeindrucken zu wollen. Ich war jedenfalls noch nicht annähernd beeindruckt. Die Sonne machte sich inzwischen zugunsten einer lauwarmen Abenddämmerung auf den Weg in die nächste Zeitzone. Wir spazierten die Reeperbahn hinunter, vorbei an Massen von blinkenden Glühbirnen, Neonröhren und spiegelndem bunten Plastik. St. Pauli eben. Überall gab es Alkohol, Musik und Sex, so viel man wollte. Überall Brüste und Peitschen. Vor einer alten kleinen Kneipe unter einem simplen dunkelgrünen Schild, das nicht leuchtete und damit komplett aus dem Rahmen fiel, saß eine dicke dauergewellte Frau auf einem Holzhocker und rauchte eine Zigarette. Als sie mich sah, rief sie mir etwas entgegen. Ihre kratzige Stimme trug drei Seitenstraßen weit.

»Na, mien Deern! Die Röcke werden auch immer kürzer, nä?«

Richard unterdrückte schnaubend ein Lachen. Ich biss mir

auf die Unterlippe und richtete meinen Blick auf den Boden. Wenn mein Rock sogar in dieser Gegend auffiel, dann musste es schlimm sein.

»Wie wäre es mit einem lockeren Gespräch?«, fragte Richard.

Mir war gar nicht aufgefallen, dass wir uns die ganze Zeit angeschwiegen hatten. »Was willst du hören?«

»Worüber redest du denn so beim ersten Date?«

Ich zuckte die Schultern. »Alles Mögliche. Auf jeden Fall weiß ich, worüber man beim ersten Date *nicht* reden sollte.«

»Und das wäre?«

»Kinder, Heiraten, den Exfreund, Liebe.«

»Warum?«

»Weil es die Männer verschreckt.«

»Stehen solche Sachen in diesen ominösen Frauenzeitschriften?«

»Keine Ahnung, ich les die nicht. Bei mir ist das bittere Erkenntnis, gewonnen aus bitterer Erfahrung.« Ich sah beim Gehen noch immer auf meine Schuhe. Richards Hand legte sich etwas unbeholfen auf meinen Rücken. Ohne dass ich es wollte, spannten sich sämtliche Muskeln in meinem Körper an, die nicht gerade mit etwas anderem beschäftigt waren. Die Hand verschwand.

»Muss hart sein, eine Frau zu sein …«

Ich blickte ihn von der Seite an und sah, wie er gespielt betroffen den Kopf schüttelte.

»Das ist nicht so witzig, wie du denkst. Es ist wirklich hart, eine Frau zu sein. Du machst dir von morgens bis abends Gedanken und Sorgen, für nichts und wieder nichts. Und am Schluss kommt es doch so, wie du es nicht wolltest, und alles war für die Katz.«

Er lächelte.

Wir waren inzwischen in einer kleinen Seitenstraße angekommen. Der Lichtaufwand hier war bedeutend geringer als an der Hauptstraße. Die Kneipe, vor der wir stehen blieben, hatte ein großes Fenster, in dem vergilbte Netzgardinen hingen. In direkter Nachbarschaft auf der Fensterbank standen zwei verstaubte

Gummibäume. Ein Seil schlängelte sich kreuz und quer durch die Fensternische. Es war vermutlich zur Dekoration gedacht. Im oberen Teil des Fensters hing ein roter Leuchtkasten, der das lokale Bier anpries. Durch die geschlossenen Türen drang dumpfes Gemurmel, unregelmäßiges Klopfen und die Melodie eines Lieds von Heidi Kabel.

»Da wären wir.« Richard stemmte seine Hände in die Hüften und sah so stolz aus, als hätte er mit diesen soeben ganz allein das komplette Haus erbaut.

»Hier?!«

»Es gibt eine Dartscheibe. Bier. Nette Gesellschaft … Jetzt guck nicht so schockiert. Das ist eine ehrliche Kiezkneipe.« Er gab mir einen sanften Schubs von hinten, die drei Stufen zu der Souterraintür hinunter, öffnete über mich hinweg die schwere Holztür, und plötzlich klang Heidi gar nicht mehr dumpf.

Stickige, leicht modrige Luft schlug mir entgegen und ein Geruch von Rauch mit einer unterschwellig süßlichen Note, die mir bekannt vorkam. Die Bar war gelblich erleuchtet von kleinen rustikal-gusseisernen Lampen, die tief über dem Tresen hingen. Davon abgesehen war es eher schummrig dunkel, die drei schweren Holztische in der Fensterecke sah ich erst auf den zweiten Blick und auch die Männer, die an ihnen saßen und irgendein Spiel mit Würfeln spielten.

»Richie, mien Jung!«

Irgendwo zwischen den Tresenlampen lugte der Kopf einer älteren Dame hervor, die deutlich zu viel Lippenstift trug. Speziell dort, wo ihre Lippen bereits aufhörten. Die Haut hing von ihren Wangenknochen wie bei manchen Hundearten und zog ihre Augenringe mit hinunter. Sie trug ein geblümtes Kittelkleid, unter dessen Ärmelsaum eine alte Tätowierung zu sehen war, ganz klassisch, ein Herz mit Banderole. Die Lesbarkeit des Namens darauf war dem Alterungsprozess ihrer Haut zum Opfer gefallen.

Richard begrüßte die Frau, indem er sich über den Tresen lehnte und ihr einen Kuss auf die schlaffe Wange drückte. Sie zog ihn ein Stück näher an sich und küsste ihn auf die Stirn, aber wohl nur, damit sie mich über seinen Kopf hinweg neugierig begutachten konnte.

»Und wen hast du uns da Schönes mitgebracht? Ist das deine Freundin?« Sie stützte sich mit verschränkten Armen auf den Tresen und grinste. Ihr fehlten zwei Zähne.

»Ich heiße Daphne. Ich bin nicht …«

»Daphne! So ein hübscher Name!« Ihre Stimme überschlug sich fast vor Begeisterung. »Wie nett, dass es dich hierher verschlagen hat. Herzlich willkommen! Ich bin Tante Doris.«

»Eigentlich meine Großtante.«

»Junge, Junge, Großtante! Das tut doch nicht Not. Ich bin Tante Doris. Punkt. Ich könnte auch ohne weiteres deine Mutter sein, so gut wie ich mich gehalten habe, nech?« Sie sah mich verschwörerisch an, weil wir Frauen uns ja nicht gegenseitig in den Rücken fallen durften, wenn die Männer und vor allem die Zeit es schon ständig taten.

Ich nickte eifrig. »Definitiv. Keine Spur von Großtante.«

»Da siehste mal. Und darauf ein Schnaps, nech?« Sie räumte in den Regalen, suchte Gläser und Flaschen zusammen und sang dabei mindestens drei Oktaven zu hoch mit Heidi Kabel mit.

Wir nahmen direkt am Tresen auf den robusten Barhockern Platz, Richard näher an der Tür, ich zwischen ihm und einem Gast, der allem Anschein nach schon zu viel Korn gehabt hatte. Oder zu wenig Schlaf, den er jetzt nachholen musste, denn er hatte den Kopf auf seinem Oberarm auf dem Tresen abgelegt und schnarchte lautstark, und mit jedem Mal, das er ausatmete, stieg der Promillewert der Kneipenluft.

Tante Doris stellte vier Gläser auf den Tresen, drehte sich zum Hinterzimmer um, das hinter einem schweren pferdedeckenähnlichen Vorhang rechts vom Tresen lag, und rief so schrill »Otto!«, dass der Gast neben mir kurz aus seinem Koma erwachte und sich grunzend umsah. Aber wirklich nur kurz. Dann fiel der Kopf zurück auf den Tresen, und er schnarchte weiter.

Otto erschien augenblicklich. Ein Bauch mit Armen, Beinen und Kopf, ohne Haar darauf, dafür mit einem kleinen silbernen Ring im Ohrläppchen und einem beachtlichen Schnauzbart, der die komplette Oberlippe verdeckte.

»Guck mal, Otto, wer gekommen ist!«

Otto und Richard begrüßten sich männlich, also wortlos.

Tante Doris moderierte weiter durch den Abend. »Und das ist Richies kleine Freundin Daphne.«

Sie zwinkerte mir zu, und ich sah stirnrunzelnd Richard an, der wiederum schon längst sein Schnapsglas in der Hand hatte, was vermutlich eine gute Idee war.

Otto reichte mir eine Hand, die dreimal so groß war wie meine. »Ich bin Richards Großonkel.«

»Großonkel! Herrje, Otto!« Tante Doris schüttelte entsetzt den Kopf und verteilte die verbliebenen Gläser. »Korn für die Herren und Likörchen für uns Damen.« Schon wieder dieses Zwinkern. »Und Prösterchen!«

Ich kämpfte damit, Tante Doris' Likör unten zu halten. Der Geruch, der von meinem Sitznachbarn ausging, half dabei nicht. Ich konnte Zigarettenrauch und Schnaps ausmachen, und langsam fiel mir wieder ein, wo und wann ich diese süße Note schon einmal gerochen hatte. In der Geschichtsabteilung der Zentralbibliothek, ganz hinten bei den Kreuzzügen, wo ich fast über den Penner gestolpert wäre, der da zwischen den Regalen ein Nickerchen machte. Ich schüttelte mich und schluckte verzweifelt trocken nach. Nie wieder Likörchen.

»Noch einen?«, fragte Tante Doris und nahm die Antwort vorweg, indem sie munter nachschenkte.

Richards Hand suchte nach meiner auf dem Tresen. Ich fand das alles ein bisschen zu viel, zu schnell, aber ich machte mit, weil ich seine Verwandtschaft nicht enttäuschen wollte. Offensichtlich waren sie wegen dieser Freundinnen-Sache ganz aus dem Häuschen. Zumindest Tante Doris. Onkel Otto schien mir nicht der Typ fürs »Aus dem Häuschen sein«.

Neben mir erwachte der Schläfer erneut und schaute sich mit kleinen Augen um. Er stützte seinen Kopf auf eine Hand, sah mich und fing an mit mir zu sprechen, als würde er eine Unterhaltung fortführen, die er nur kurz unterbrochen hatte, um einen Schluck Bier zu nehmen. Er lispelte stark und lallte.

»Ich hab also mal in dieser Wohnung gewohnt. Am Hafen, ne? Fast im Keller, unten, wie sagt man? Zuterräng, ne, das is französisch. Und das war feucht da, sag ich dir, nee, nee … Und da hatte ich dann die Ratten. Und die haben gewühlt und gewühlt … Die ganze Nacht immer dieses Gewühle. Und ich hab alles versucht, mit Fallen, und aufgelauert hab ich denen mit einer alten Bratpfanne, aber nix! Hat alles nix geholfen. Kannst dir ja vorstellen, du, das war nicht so schön.«

Ich schüttelte mitfühlend den Kopf.

Er setzte sich so gerade auf, wie es ihm möglich war, und schlug mit der Faust auf den Tresen. »Aber dann! Dann hatte ich eine Idee! Ich hab mir gedacht, eine Frage der Einstellung, Frank, das is alles eine Frage der Einstellung, nech? So isses doch.«

»Ja?«

»Ganz genau. Wenn ich sie nicht loswerde, die Ratten, hab ich mir gedacht, dann muss ich sie einfach liebhaben, weißt du? Und wenn ich sie liebhab, dann stören sie mich nicht mehr.«

Sein Mundgeruch war nicht von dieser Welt.

»Und? Hat's geklappt?« Ich bemühte mich, nicht durch die Nase zu atmen.

»Nö.«

»Darts?« Richard stand neben seinem Hocker und griff wieder nach meiner Hand. Langsam ging mir das auf die Nerven, dieses ewige Händchenhalten. Aber es war mir trotzdem lieber, als noch einmal Zeuge davon zu sein, wie Frank neben mir ausatmete.

»Okay. Aber ich kann das nicht wirklich gut.«

»Alles kann, nix muss!«, rief Tante Doris vergnügt von der Bar her und machte noch eine Runde Likörchen fertig.

FREITAG – MANÖVERKRITIK

Likörchen waren nicht gut für mich, das hatte ich aus der Sache gelernt. Sie verklebten meine Augen, drehten mir den Magen um und machten es mir unmöglich, am Freitagmorgen bei der Arbeit zu erscheinen. Nachdem ich nach dem Weckerklingeln auf direktem Weg ins Badezimmer gerannt war und mich eine Weile in unmittelbarer Nähe der Kloschüssel aufgehalten hatte, rief ich im Büro an, um mein Fehlen zu entschuldigen. Magen-Darm. Irgendwie stimmte das ja auch.

Ich verbrachte den Vormittag mit Rumliegen. Mehr war nicht drin. Irgendwann bekam ich Hunger und stellte fest, dass in meinem Kühlschrank nichts, aber auch gar nichts Essbares vorhanden war. Lediglich ein altes Glas Apfelmus stand in der Tür. Mir wurde wieder schlecht.

Gegen Mittag fiel mir auf, dass es unerträglich heiß geworden war. Ich zog mich bis auf die Unterwäsche aus, lag auf meinem Bett und beobachtete den wunderschönen sonnigen Tag vor dem Fenster. Um den Plüschpanda herum tanzten ein paar Staubpartikelchen im Licht. Ich trank ein großes Glas Wasser und langweilte mich.

Ich rief Maria an, aber sie hatte zu tun. Ich rief meine Mutter an, aber sie ging nicht an ihr Telefon. Ich rief Betty an und sie sagte, ich solle vorbeikommen. Es sei ein ganz herrlicher Tag. Betty war eine echte Bank, wenn es darum ging, an einem ganz normalen Wochentagnachmittag die Zeit totzuschlagen. Wenn andere Leute im Büro saßen und sehnsüchtig aus dem Fenster sahen, den Sonnenschein und die Freiheit zum Greifen nah und doch so weit weg, erholte sie sich von ihren Nachtschichten in der Bar. Darum beneidete ich sie oft. Eigentlich täglich. Heute jedoch nicht, ich kam ja selbst in den Genuss. Mit der kleinen Einschränkung, dass mein Kater es mir nicht leichtmachte, irgendetwas wirklich zu genießen. Ich stand auf, zog mich an und ignorierte mit aller Macht das Schwindelgefühl, das in mir hochstieg. Dafür war kein Platz. Es war schließlich, wie Betty schon gesagt hatte, ein herrlicher Tag.

Es war außerdem der heißeste Tag des Jahres, laut Zeitung und Radio. Man hatte der Bevölkerung geraten, nicht in der prallen Sonne zu sitzen, keine koffeinhaltigen Getränke zu sich zu nehmen und, wenn nötig, die Beine hochzulegen. Betty und ich genossen die Hitze auf ihrem Balkon. Wir lagen flach auf dem Boden wie zwei Salamander. Wir hatten die Augen geschlossen, Betty döste und ich beobachtete das Spiel von bunten blasenförmigen Mustern auf der Innenseite meiner Lider. Dazu trank ich Wasser und Betty Kaffee. Im Hintergrund lief ein französischer Radiosender. Die Melodie aus Lauten und Betonungen und Worten, die wir nicht oder nur zum Teil verstanden, plätscherte über uns hinweg wie ein Bächlein in einem dieser japanischen Steingärten, flink aber unaufdringlich. Das war Zen. Oder ein beginnender Sonnenstich.

Ich befühlte mit der Hand meine heiße Stirn und begann mir Sorgen zu machen. »Wollen wir nicht besser reingehen?«

»Und das gute Wetter verpassen? Kommt gar nicht infrage.« Was die wenigen echten Sonnenstunden in Hamburg betraf, verstand Betty keinen Spaß. Es waren nie genug. Also mussten die wenigen, die es gab, auch genutzt werden. Demonstrativ zog sie sich das T-Shirt vom Kopf, das sie als Sonnenschutz dort platziert hatte, und sofort erschienen kleine Schweißperlen über ihren Augenbrauen. Ich seufzte und ließ mich wieder flach auf den Boden sinken. Mir schwirrte der Kopf, und aufrecht zu sitzen war zu anstrengend. Neben mir raschelte etwas. Betty drehte sich eine Zigarette.

»Wie du bei der Hitze rauchen kannst, ist mir ein Rätsel.«

»Willst du auch eine?«

»Bloß nicht! Ich hab noch Kater …«

Das trockene Zigarettenpapier knisterte, als Betty ihre Zigarette anzündete. Der Rauch schwebte in einer feinen Wolke an meiner Nase vorbei und mir wurde leicht übel.

»Also dann, Schätzelein, wie sieht's aus? Ist Mr Geistig-Klobig endlich Vergangenheit?«

Nein, das war er nicht. Was nicht daran lag, dass ich Richard doof fand. Im Gegenteil. Nur war ich besetzt. Wie alle Leitungen einer Servicehotline.

»Ich befürchte nicht.«

»Aber das kann nicht sein! Du hast den Asiaten doch geküsst!«

»Aber nur, weil es nicht anders ging.«

Genau wie bei der Begrüßung hatte ich beim Abschied an der U-Bahn-Station nicht gewusst, wie ich es anstellen sollte. Wir hatten Händchen gehalten, gemeinsam Darts gespielt und Tante Doris hatte mir so lange Likörchen aufs Haus und auf leeren Magen aufgedrängt, bis ich nur noch eins wollte: gehen. Richard hatte mich noch zur U-Bahn gebracht. Jaja, ein echter Gentleman. Ich vermutete allerdings, dass er eigentlich nur darauf gehofft hatte, wir würden die Nacht zusammen verbringen. Zumindest bis zu dem Punkt, an dem ich mich an einem Straßenbaum übergeben musste. Wenn in diesem Moment sein Interesse an einer Nacht mit mir etwas abgenommen haben sollte, wäre das zu verstehen gewesen. Kotzen war nämlich auch so eine Sache, die man bei einem ersten Date am besten vermied.

Irgendwie schafften wir es bis zur U-Bahn-Station und verabschiedeten uns am Eingang. Was hätte ich tun sollen, als er einen Arm um meine Taille legte und mich an sich zog und seine Fingerspitzen sich Millimeter unter meinen Rocksaum schoben? Ihm die Hand geben und mich für das nette Dartspiel bedanken? Er küsste mich also, was mich auch jetzt noch sehr wunderte, nach all dem, was ich nur Minuten vorher diesem armen Straßenbaum angetan hatte. Wahrscheinlich fand er einfach, das müsse sein, zum Abschluss so eines Dates. Also Augen zu und durch. Ich küsste ein bisschen zurück, aber mein Herz war nicht dabei.

Seinem Blick nach zu urteilen, als unsere Lippen sich wieder voneinander entfernten, hatte er das auch gemerkt. Aber er fragte nicht. Und darüber war ich sehr erleichtert. Denn dann hätte ich sagen müssen: »Ach weißt du, mein Exfreund hat mich gefragt, was ich am Wochenende vorhabe, und der Gedanke daran, ihn vielleicht zu sehen, lenkt mich einfach zu sehr von deinen kleinen Zungenspielchen ab. Sorry.«

Ich war ein schlechter Mensch. Ich sollte erst mein Herz entrümpeln, bevor ich mich von neuen Männern ihren Familien vorstellen ließ. Oder ihren Großtanten.

Obwohl ich darum mit keinem Wort gebeten hatte. Das nun wirklich nicht.

Betty kniff die Augen zusammen, während sie einen langen Zug von ihrer Zigarette nahm, als würde sie gerade den Plan schmieden, die örtliche Sparkasse zu überfallen. Verwegen und gefährlich.

»Es ist noch nicht aller Tage Abend, meine Liebe. Du musst mit ihm schlafen, dann wird alles gut.«

»Das werde ich nicht tun!«

»Aber er sieht doch ganz gut aus.«

»Aber ich will keinen Sex mit ihm.«

»Aber warum denn bloß nicht?«

»Weil ich noch zu sehr an Felix hänge, darum.«

Betty drückte die Zigarette in der Regenrinne aus. »Felix ist Geschichte.«

Das stimmte so nicht ganz.

Nachdem ich Richard geküsst und die Bahn nach Hause gerade noch erwischt hatte, hatte ich, beflügelt vom Obstschnaps, mein Handy aus der Tasche gezogen und dem Mann, der eigentlich Geschichte sein sollte, mitgeteilt, dass ich alle meine Wochenendpläne nach ihm richten würde, und das mit Vergnügen. Es war nicht schlau gewesen. Aber das Resultat sprach für sich.

Felix wollte mich am Sonntag besuchen, das war in zwei Tagen. Drei Wochen, nachdem er unsere Beziehung beendet hatte. Und bei dem Gedanken daran kitzelte es mich in den Fußspitzen, so dass ich sie einrollen musste, und ich wollte kreischen und quietschen wie ein kleines Baby. Die Aussicht auf Felix' Besuch war der eigentliche Grund dafür, warum dieser Tag so herrlich war. Aber ich hätte mir lieber den kleinen Finger abgebissen, als Betty davon zu erzählen.

»Und Mo so?«

»Was ist mit dem?«

»Was ist mit euch?«

»Es ist noch immer Schluss. Ich treff ihn heute Abend.«

Ich schüttelte den Kopf. »Ich mach dir einen Vorschlag.«

»Ich bau währenddessen mal einen. Du holst immer so weit aus.«

Betty saß im Schneidersitz mit dem Rücken an die warme Hauswand gelehnt und breitete ihre Utensilien rund um ihre Beine aus. Ich blieb liegen. Reden war schon anstrengend genug.

»Also: Wir glauben beide, wir wüssten genau, was für den anderen das Richtige ist. Ich glaube, es wäre gut für dich, wenn du endlich diese Mo-Geschichte beendest. Du denkst, das Beste für mich wäre, Felix zu vergessen.«

Betty rollte konzentriert einen Filter aus Pappe zwischen ihren Fingern.

»Eine gute Zusammenfassung unserer Situation.«

»Mein Vorschlag also: Wir befolgen beide den Ratschlag der anderen und schauen, was passiert.«

Sie schaute nachdenklich zu mir herunter. Ich schirmte meine Augen gegen die Sonne ab, um sie besser sehen zu können.

»Ich soll mich nicht mehr mit Mo treffen?«

»Richtig.«

»Wie lang?«

»Was?«

»Wie lang darf ich ihn nicht sehen?«

»Bis es dir nichts mehr ausmacht, ihn nicht zu sehen.«

Sie schaute über die Dächer ihrer direkten Nachbarn und presste die Lippen aufeinander. Nach einer Weile leckte sie den Klebestreifen des Zigarettenpapiers an und drehte den Joint ein.

»Auf keinen Fall.«

»Ich wusste es. Wahrheit Nummer zwei: Wenn du jemanden liebst, kannst du nichts dagegen tun …«

»Klugscheißer.«

SONNTAG – ICH HABE ES SO GEWOLLT

Felix saß auf der Fensterbank vor dem Küchenfenster und schaute hinaus. Und ich stand neben der Spüle und sah ihm dabei zu. Ich meine, was sollte ich sonst tun? Ich hatte mich viel zu sehr darauf konzentriert, dass ich ihn sehen würde, und mich viel zu wenig darüber gewundert, warum er *mich* überhaupt sehen wollte. Meine Intention war klar. Aber seine war mir ein Rätsel.

Als er an meiner Tür erschienen war, wäre ich ihm am liebsten jubelnd um den Hals gefallen, dankbar dafür, dass er einen Teil seiner Zeit mit mir verbringen wollte. Zeigen durfte ich das aber auf keinen Fall. Schließlich bekam ich Besuch von dem Mann, der mich nicht wollte. Er musste ja nicht wissen, dass ich das bisherige Wochenende zu einem nicht unerheblichen Teil damit verbracht hatte, mich – geistig und kosmetisch – auf diesen Besuch vorzubereiten und über dessen möglichen Ausgang zu obsessieren. Zu viel mehr war ich nicht zu gebrauchen gewesen. Nicht einmal mit meiner Mutter hatte ich telefoniert, aber die ging in letzter Zeit ohnehin nie an ihr Telefon.

Ich machte ihm Platz an der Wohnungstür, er drückte sich an mir vorbei in den Flur. Befangen lehnte er sich vor, seine Wange strich gegen meine. Und dann klopfte er mir auf die Schulter. Er klopfte mir auf die Schulter, bis das Schulterklopfen nur noch ein Tätscheln war.

»Mach das bitte nie wieder!« Ich tat so, als müsste ich lachen, aber eigentlich war mir zum Weinen zumute.

»Mach was nie wieder?«

»Diese Sache mit deiner Hand und meiner Schulter. Wir sind doch keine … Skatkumpel oder so.«

»Okay.« Er bückte sich, um sich die Schuhe auszuziehen.

»Ich weiß nicht einmal, wie Skat geht …«

»Ich auch nicht.«

»Wollen wir uns in die Küche setzen?«

Ich hatte ihn nicht ins Wohnzimmer gebeten, weil da das Sofa stand, auf dem wir uns zum ersten Mal geküsst hatten. Ich hätte nichts dagegen gehabt, wenn er mich wieder geküsst hätte, aber ich befürchtete, dass er das nicht vorhatte und diese seltsame Begrüßung hatte mich in meiner Annahme bestärkt. Ich konnte nicht mit ihm auf dem Knutschsofa sitzen und nicht knutschen. Das hätte mir das Herz gebrochen. Mal wieder.

Ich setzte mich also ihm gegenüber auf die Fensterbank. »Und wie läuft's so?«

»Ganz gut. Viel zu tun.«

»Arbeit?«

»Ja, auch. Du weißt ja, wie das ist.« Felix war nie besonders redselig gewesen, aber das hier war ja wohl ein Scherz. Wenn er nicht reden wollte, warum trafen wir uns dann?

»Meine Mutter hat jemanden kennengelernt.«

»Und? Wie ist der so?«

»Ich kenn ihn nicht. Aber seit da was läuft, bekomm ich sie kaum noch zu sehen.«

Er zupfte an einem losen Faden an seiner Jeans. »Aber das ist doch schön für sie.«

»Mich nicht zu sehen?«

»Einen Freund zu haben.«

»Das sollte ein Witz sein.«

»Ach so.«

Ich rutschte vom Fensterbrett, um uns etwas Saft einzugießen. Würde das jetzt den ganzen Nachmittag so weiterlaufen? Dann konnte er gleich gehen, das war mir zu dumm. Ich war auch wirklich kurz davor, es ihm zu sagen. Im Ernst.

Ich hatte fast eine Stunde damit verbracht, mich zu entscheiden, was ich anziehen sollte, wie ich meine Haare machen sollte, welchen Schmuck ich tragen sollte. Ich hatte mich für Shorts und T-Shirt entschieden, dazu eine dünne Halskette. Die klebte im Nacken fest, weil es so heiß war. Wozu das alles? Er hatte nichts dazu gesagt, nicht einmal ein höfliches »Gut siehst du aus«, und jetzt guckte er stumm aus dem Fenster. Dabei gab es da gar nichts zu sehen, nur einen dummen Baum und ein paar Büsche. Ich verstand das alles nicht.

Im Wohnzimmer klingelte das Telefon. Aber ich war tief in Gedanken versunken und nahm es gar nicht richtig wahr.

»Willst du nicht rangehen?«

»Hm? Doch, ja. Bin gleich wieder da.« Ich ärgerte mich. Willst du nicht rangehen? Als wär ich ein Idiot.

»Hallo?«

»Hallo …«

»Maria? Hast du Schnupfen?«

»Nein …«

»Du klingst irgendwie so … verstopft.«

»Ich hatte Streit mit Arne.«

»Wegen Australien?«

»Ja.« Sie schnäuzte sich geräuschvoll am anderen Ende der Leitung. Ich überlegte, ob ich Maria schon jemals heulend erlebt hatte. Und wie lang ich Felix wohl unbeaufsichtigt in meiner Küche sitzen lassen konnte, bevor er beschloss zu gehen.

»Und jetzt?«

»Jetzt ist er weg.«

»Wohin denn?«

»Das weiß ich nicht.« Marias Stimme zitterte. »Ich hab ihm einfach nur gesagt, dass er wenigstens nicht so lange weggehen soll. Und dann hat er gesagt, dass ich ihm das nicht gönne, aber ich will nur nicht, dass er so lange weg ist. Verstehst du?«

Ich murmelte meine Zustimmung und hörte, wie Felix durch den Flur zum Badezimmer ging und leise die Tür hinter sich schloss.

»Und dann hab ich ihm gesagt, dass ich Angst hätte, dass er

unterwegs jemanden kennenlernt, also, eine Frau, und er ist sauer geworden und hat gesagt ...«

An dieser Stelle wurde Maria von einem Heulkrampf geschüttelt, der sie am Sprechen hinderte. Während ich beruhigende Laute von mir gab, spielte ich nervös mit einem Haargummi, das ich auf dem Teppich gefunden hatte. Ich wickelte es um meine Finger und lockerte es wieder. Ich hoffte inständig, dass Maria übertrieb und Arne schnell wieder auftauchen würde – allerdings neigte Maria nicht zum Übertreiben. Ich hoffte außerdem (und fühlte mich dabei mehr als mies), dass sich dieses Gespräch nicht noch länger hinziehen würde. Ich hatte mich drei Tage lang auf Felix' Besuch gefreut.

Ein Naseschnäuzen später hatte Maria sich wieder ein bisschen gefangen. »... und dann hat er gesagt, wenn ich ihm so wenig vertraue, da wüsste er gar nicht, ob unsere Beziehung überhaupt noch einen Sinn machen würde. Nach sieben Jahren!«

»Oh.«

»Und dann hat ... dann ist er einfach ... gegangen ... und ... er geht nicht ... ans Telefon.« Maria schluchzte jetzt gefühlt nach jedem zweiten Wort.

»Er kommt bestimmt bald zurück.«

Keine Antwort. Nur Heulen. Im Badezimmer rauschte die Klospülung.

Es musste wohl sein. Ich holte tief Luft.

»Soll ich vorbeikommen?«

»Ja ...«

»Okay.«

»Bringst du Zigaretten mit?«

Ich versprach es, legte auf und benutzte das Haargummi in meiner Hand, um mir die Haare zu einem kleinen Zopf zu binden. Das Date war vorbei, gelaufen. War vermutlich besser so, war ja auch nicht wirklich eines. Adieu, geliebter Exfreund, es hätte schön werden können mit uns beiden, aber du hast dir auch nicht wirklich viel Mühe gegeben, sei ehrlich, und mir sind die Hände gebunden, das siehst du doch auch.

In der Küche wartete ein Glas Orangensaft auf mich, und ich nahm einen großen Schluck. Felix erschien in der Tür. »Sieht gut aus.«

Ich warf ihm einen verwirrten Blick zu. »Was?«

»Das Badezimmer. Die Farbe.«

Das hatte ich ganz vergessen. »Ach so … Ich dachte, du meinst mich …« Ich lächelte verlegen. Er auch.

»Du siehst auch gut aus, mehr als gut … Hast du die Haare anders?«

»Ich hab sie zusammengebunden.«

»Ist schon witzig, du siehst immer anders aus, je nachdem, wie du die Haare hast. Dann bist du plötzlich eine ganz andere Person.«

»Und? Welche Person magst du am liebsten?« Es sollte scherzhaft klingen. Tat es aber nicht.

»Schwer zu sagen. Ich mag sie eigentlich alle.« Er machte einen Schritt auf mich zu. Noch ein Schritt, und er stand direkt vor mir und sah mir in die Augen, und es fühlte sich an, als hätte sich ein Elefant auf meinen Brustkorb gesetzt. Er legte eine Hand in meinen Nacken und der Blitz schlug ein, irgendwo in meinem Kopf.

»Du hast mir gefehlt.«

Ich traute mich nicht, irgendetwas zu erwidern. Ich traute mich nicht, mich zu bewegen. Und ich traute mich nicht, mich zu wundern, ob sich die Dinge jetzt geändert hatten, ob das große Gefühl jetzt da war oder ob es sich um ein anderes Gefühl handelte.

Und dann küssten wir uns. Das musste ja so kommen.

Auf männliche Inkonsequenz hatte sich bisher immer nur Betty verlassen können. Dass ich auch einmal davon profitieren würde, hätte ich nicht zu träumen gewagt. Zwei Stunden lang hing ich an Felix' Lippen und malte mir im Geiste in den schönsten Farben aus, wie es jetzt mit uns weitergehen würde. Es war wunderbar. Nicht so wunderbar war der Moment, in dem ich meine

Klamotten vom Schlafzimmerboden aufsammelte und mir bewusst wurde, dass ich über die ganze Wiedersehensfreude eines vergessen hatte: Maria.

Ich verabschiedete Felix mit einem Kuss an der Tür und rannte los. Mein Körper stand noch unter dem Einfluss all der Hormone, die er so ausschüttete, wenn man nach drei Wochen Abstinenz Sex mit dem Ex hatte. Das machte mich schnell. Aber nicht schnell genug. Ich hatte Maria vor fast drei Stunden gesagt, dass ich zu ihr kommen würde. Das wäre nur mit Hilfe einer Zeitmaschine aufzuholen gewesen. Und Zigaretten hatte ich auch keine gekauft.

Als ich in ihre Straße einbog, hatte ich alle Entschuldigungen und Ausreden für mein Zuspätkommen einmal im Geiste durchexerziert. Nichts davon war akzeptabel. Ich konnte von ihr kein großes Verständnis dafür erwarten, dass ich zu spät kam, um sie nach der Trennung von ihrem Freund zu trösten, weil sich der Nachmittag mit Felix dann doch noch leidenschaftlicher entwickelt hatte als gedacht. Das war einfach scheiße. Deswegen war es auch okay, als sie mir das so sagte.

»Das ist echt so was von scheiße von dir.« Sie stand im Bademantel und mit rotgeweinten Augen in ihrer Tür und presste ihre Lippen zu einem dünnen Strich zusammen.

Ich lehnte am Treppengeländer und schnappte nach Luft.

»Es tut mir wirklich so, so leid, Maria.«

Sie verschränkte die Arme und ihre Augen füllten sich wieder mit Tränen. »Du hast gesagt, du wärst immer für mich da, ob ich will oder nicht.«

»Aber jetzt bin ich doch da.«

»Tolle Leistung, Daphne, drei Stunden zu spät.«

»Aber Hauptsache, ich bin gekommen … oder?«

Ihrem Gesicht war anzusehen, dass das nicht die Hauptsache war. Nicht einmal annähernd. »Hast du die Zigaretten?«

Ich sah auf den Boden. »Nein.«

Sie schlug wortlos die Tür zu. Es hallte im Treppenhaus. Ich klopfte noch ein paarmal, aber sie machte nicht auf.

MONTAG – FREITAG – CHRONOLOGIE EINES SELBSTBETRUGS

Am Montagvormittag erreichte mich eine Textnachricht:

»Danke für das seltsame Geschenk. Hoffe, es geht dir gut? Xx«

Das Zigarettenetui war also bei Konnie angekommen. Aber das war jetzt eigentlich auch egal. Denn nach dem, was am Tag vorher passiert war, war ich überzeugt, die Liste nicht mehr zu brauchen.

Als ich Marias Haus verlassen und mich auf den Heimweg gemacht hatte, fühlte ich mich schrecklich. Mies. Abscheulich. Ich hatte als Freundin versagt, auf ganzer Linie. Aber dann betrat ich meine Wohnung und sah die Gläser in der Küche und das zerwühlte Bett im Schlafzimmer und mein Hochgefühl kehrte schlagartig zurück. Und hielt an. Nach drei Wochen Abwesenheit war Felix wieder zurück in meinem Leben. Hurra! Und weil mich das so glücklich machte, kamen mir auch alle anderen Probleme leicht lösbar vor.

Ich wählte Marias Nummer, aber sie drückte mich weg. Na gut, dachte ich, die beruhigt sich schon wieder, und ging mit Lucy in die Kantine.

»Du bist verliebt.«

»Wie kommst du denn plötzlich darauf?«

Sie schob ihre Schale mit Karottenstreifen zur Seite und stützte sich auf der frei gewordenen Fläche mit den Ellenbogen ab. Ihr Busen lag entspannt auf der Tischplatte.

»Du guckst so verklärt. Ich hab das schon im Fernsehen gesehen.«

»So ein Quatsch.«

Am anderen Ende der Kantine saß die eigenwillige Riege der

Computerexperten. Die Freaks unserer Gesellschaft im Kleinen. Ich sah zu ihnen hinüber, weil ich Lucy nicht direkt angucken konnte, ohne zu grinsen.

»Ist es der Typ von Donnerstag? Für den du diesen nuttigen Rock angezogen hast?«

»Nuttig?!«

»Ist er es?«

»Quatsch! Felix war gestern bei mir.«

»Nein!« Lucy schlug mit beiden Händen flach auf die Tischplatte und rang nach Luft. »Was ist passiert?«

»Er hat gesagt, ich hätte ihm gefehlt.«

»Und dann?«

»Haben wir uns geküsst. Und … na ja …«

»Das ist eine Katastrophe!«

Ich war irritiert. »Wieso das denn bitte?«

»Ich habe mit so was ja keine Erfahrung, aber ich glaube, der hat dich nur ausgenutzt.«

»So ein Unsinn.«

»Doch, doch, das kam so schon in jeder Vorabendserie vor. Echt!« Sie begann, an ihren Fingern aufzuzählen: »›GZSZ‹, ›Marienhof‹, ›Verbotene Liebe‹, ›Verliebt in Berlin‹, ›Unter Uns‹ …«

»Ja, Lucy, ist gut …«

»… ›Alles was zählt‹, ›Anna und die Liebe‹ … oh, und in den Telenovelas auch: ›Sturm der Liebe‹ und …«

»Es reicht!« Meine Reaktion war etwas heftiger als beabsichtigt. Alle schauten zu uns herüber. Der rothaarige Stamm der Buchhalterinnen, natürlich, und sogar die IT-Jungs, die sonst nie Interesse zeigten am echten Leben. Ich räusperte mich peinlich berührt.

Lucy senkte ihren Blick zur Tischplatte und verschränkte ihre Finger, die nicht mehr aufzählen durften, ineinander. »Ich mein ja nur …«

Sie konnte von mir aus meinen, was und so viel sie wollte. Mal ehrlich – was wusste Lucy schon von diesen Dingen? Ich war mir sicher: Felix würde anrufen. Und dann würde sich Lucy sehr schämen, für ihre Unterstellungen.

Am Dienstagabend saß ich in der Bahn nach Hause. Über meine Kopfhörer hörte ich Human League, in der Hand hielt ich mein Handy. Ich hatte es zwei Tage lang nicht aus den Augen gelassen, abgesehen von den Stunden, in denen ich schlief. Dann lag es neben meinem Kopfkissen. Felix hatte sich noch nicht gemeldet.

Als das Telefon plötzlich vibrierte, machte mein Herz vor Aufregung einen Sprung. Was sich schnell als unnötig herausstellte, denn der Anrufer war nicht Felix, sondern Richard. Er sagte, dass er am Donnerstag mit mir viel Spaß gehabt hätte, ein wirklich toller Abend sei das gewesen, und er fragte, ob wir das nicht wiederholen wollten. Er klang bei aller Unbefangenheit unsicher. Ich ging nicht davon aus, dass ich noch einmal Bedarf haben würde für ein Date mit Richard – jetzt, wo Felix ja quasi wieder zurück war –, also sagte ich ihm, dass ich mich melden würde. Als er sich verabschiedete, hatte die Unsicherheit in seiner Stimme sich in Resignation verwandelt, als ob er nicht davon ausginge, jemals wieder von mir zu hören. Auf den Kopf gefallen war er also nicht. Aber was kümmerte mich das noch?

Am Mittwochmorgen ging ich auf dem Zahnfleisch. Da war nichts auf meinem Handy. Keine Nachricht, kein Anruf. Langsam gingen mir die Entschuldigungen für Felix' mangelnde Präsenz aus. Kann sein, dass ich sogar ein kleines bisschen wütend wurde.

Bevor ich zur Arbeit fuhr, rief ich noch einmal bei Maria an. Sie drückte meinen Anruf wieder weg. Aus lauter Hilflosigkeit wählte ich die Nummer meiner Mutter, aber es tutete nur in der Leitung, und niemand nahm ab.

Ich war kurz davor, Felix anzurufen. Aber ich ließ es bleiben. Was hätte ich auch sagen sollen? »Hast du bekommen, was du wolltest, und das war's jetzt?«

Da war diese Ahnung, die langsam in mir hochstieg. Ahnung

oder Einsicht, dass Lucy vielleicht doch richtig gelegen hatte, sie oder das deutsche Fernsehen. Beides wäre fatal.

Donnerstagabends kam ich aus dem Büro nach Hause und hatte die Schnauze voll. Die Woche war fast vorbei, und Felix hatte sich nicht gemeldet. Er hatte nicht angerufen, und er hatte mir auch keine Nachricht geschickt. Er hatte mich, wie Betty es ausdrücken würde »gefickt und fallengelassen«. Lucy hatte trotz ihrer schmerzhaft offensichtlichen Naivität den Nagel auf den Kopf getroffen.

Bei akuter männerbegründeter Enttäuschung war es immer eine gute Erste-Hilfe-Maßnahme, den Übeltäter in die Mistkerlecke stellen. Wie gesagt, Erste Hilfe. Sie funktionierte wie ein Pflaster, das man über eine frische Wunde klebt, damit nicht noch mehr Dreck reinkommt.

Es lag nämlich nicht an mir, nein, es lag an ihm. An seinem schlechten Charakter und seinem mangelnden Anstand, von mir aus auch an seiner geistigen Klobigkeit. So etwas tat man einfach nicht. Mit einer Frau schlafen und sich dann nicht mehr melden, das war immer schlechter Stil. Und das hier war noch viel schlimmer! Mit seiner Exfreundin schlafen, wenn alles noch so roh und ungeklärt war, und sich dann nicht mehr melden … Zugegeben, ich war dämlich gewesen, total bescheuert, mich so einlullen zu lassen, aber er … er war ein Mistkerl! Jawohl.

Auf dem Boden im Flur lag eine Strickjacke. Ich hob sie auf und hängte sie an den überfüllten Kleiderhaken in meinem Flur. Sie rutschte an dem Berg aus Stoff und Reißverschlüssen ab, und das frustrierte mich so sehr, dass ich mit dem Fuß gegen die Haustür trat. Ansonsten hätte ich laut geschrien.

Ich war zu dämlich gewesen, um zu verstehen, dass Schluss auch wirklich Schluss bedeutete. Ich hatte gedacht, er hätte doch noch gemerkt, dass er mich eigentlich ja liebte. Ja, ich weiß. Lächerlich. Aber ich hatte es einfach so dringend gewollt. Liebe, nicht den Scheiß, den ich stattdessen bekommen hatte. Liebe ging anders.

Egal, einen Fehler hatte jeder gut, und das war meiner gewesen. Er würde sich nicht wiederholen. Felix war passé. Endgültig.

Ich nahm mein Handy vom Küchentisch und suchte Richards Nummer.

»Richard?«

»Daphne! Na, das ist aber eine Überraschung.« Er klang ehrlich erfreut, meine Stimme zu hören.

»Was machst du?«

»Jetzt gerade?«

»Ja.«

»Ich bin im Krankenhaus.«

»Um Gottes willen, bist du verletzt?«

»Ich? Nein, ich hab Tante Doris besucht. Katzenbiss.«

»Tante Doris hat eine Katze?«

»Nein, Onkel Otto. Selma ist eigentlich ganz friedlich, aber mit Tante Doris versteht sie sich nicht.«

»Und was sind so deine weiteren Pläne?«

Im Hintergrund hörte ich eine Stationsdurchsage, das Hallen von Schritten und das Quietschen von Schuhen auf Linoleum.

»Meine weiteren Pläne?« Richard ließ sich Zeit mit seiner Antwort. Ich hatte es verdient, dass er mich zappeln ließ. »Wie wär's, wenn wir uns treffen?«

»An so was hatte ich auch schon gedacht.«

Nachdem ich aufgelegt hatte, ging ich ins Schlafzimmer, um mich umzuziehen. Auf dem Fensterbrett saß Felix' bescheuerter Plüschpanda und grinste mich entrückt an. Ich nahm ihn von seinem Platz und öffnete die unterste Schublade meiner Kommode – die, in der ich Bettwäsche lagerte und Dinge versteckte, die nicht hinter die tiefen Teller passten. Ich quetschte ihn in die hinterste Ecke, bis seine Gliedmaßen zerdrückt und sein Gesichtsausdruck gequält war. Dann machte ich die Schublade zu. Ein kleines Stück mehr Kontrolle.

Ich zog meine High Heels an und ging aus. Morgen würde ich mit der Liste weitermachen, die ich viel zu lange hatte schleifen lassen. Heute Abend war es Zeit für meine eigene Form der Therapie.

Trotz.

Freitagmorgen wachte ich in einem fremden Bett in einer fremden Wohnung auf und wusste nicht genau, wie ich dorthin gekommen war. Immerhin war ich noch in Hamburg, wie mir ein Blick aus dem Fenster bestätigte. Das da war unverkennbar der Hafen, Schiffe, Docks, alles da. Ich legte meine Stirn gegen die staubige Scheibe, und mein Atem blieb in einer feuchtnebligen Wolke für eine Weile daran kleben. Eine Wolke, die erschreckend intensiv nach Alkohol roch.

Mir schwante Böses. Obwohl es so böse dann auch wieder nicht sein konnte. Mit Erleichterung stellte ich fest, dass ich Unterwäsche trug. Beziehungsweise eine Unterhose, das Maximum für Frauen wie mich, bei denen sich kein BH lohnt. Aber immerhin. Trotzdem legte ich vorsichtshalber einen Arm über meine Brust.

Ich war mir ziemlich sicher, dass dieses Zimmer Richard gehörte. Es gab ein hohes Fenster, das nie geputzt, einen grauen Teppichboden, der oft bekleckert, und unter Bergen von Bettwäsche eine Matratze, die letzte Nacht für Dinge benutzt worden war, von denen ich jetzt nichts mehr wusste. Die Matratze war der einzig kompakte Gegenstand in dem Raum und wirkte wie das Epizentrum eines kleineren Urknalls. Papiere, Geschirr, Kleidungsstücke, undefinierbare Gegenstände breiteten sich von hier aus auf dem Zimmerboden aus, als wären sie erst dabei, ihren festen Platz im neuen Gefüge zu finden, während sich die universelle Ordnung von ganz allein herstellte. Das bedeutete dann wohl, dass Richard sich wunderbar in mein Beuteschema einfügte. Loser, wohnt auf Müllhalde.

Ich vermied es, irgendetwas zu berühren, während ich auf Zehenspitzen durch die kleine Galaxie hüpfte, auf der Suche nach meinem Kleid und den Schuhen und meiner Tasche und einer

Uhr vielleicht, die mir hoffentlich sagen konnte, wie viel zu spät ich im Büro erscheinen würde. Mit verstrubbelten Haaren und einer Fahne, von der man sich noch Generationen später im Kopierraum erzählen würde.

Die Tür ging auf, als ich gerade auf einem Bein, den Arm noch immer um meine Brust geschlungen, in der Zimmermitte balancierte und überlegte, ob es sich lohnen würde, den Berg schmutziger Wäsche vor mir zu durchwühlen, nur weil daraus ein Zipfel von etwas hervorlugte, das von der Farbe her meinem Kleid glich. Ich starrte Richard mit weit aufgerissenen Augen an. Er stand mit zwei dampfenden Bechern im Türrahmen und wirkte fast ein bisschen enttäuscht, mich so munter zu sehen.

»Schon ausgeschlafen?«

Ich war aus dem Gleichgewicht gekommen und hüpfte ein bisschen hilflos vor dem Wäscheberg auf und ab, bis mir auffiel, was für ein bescheuertes Bild das abgeben musste, und ich für einen festeren Stand auch das andere Bein mit einbezog.

»Das ist auch besser so. Ich muss ins Büro. Ich will gar nicht wissen, wie spät ich dran bin, die bringen mich um …« Mit meiner freien Hand durchpflügte ich das Chaos am Boden. »Hast du mein Kleid irgendwo gesehen?«

»Jetzt setz dich doch erstmal hin und trink was.«

»Ich glaube, ich hatte gestern Abend schon genug.«

»Aber ich hab frischen Kakao gemacht.« Richard ließ sich auf der Matratze nieder und nahm schlürfend einen Schluck. Auf dem Becher war ein Bild von Knight Rider. An der Wand hinter ihm hing ein Poster von The Clash.

»Richard, wo ist mein Kram?«

Hinter dem dicken Becherrand konnte ich sehen, wie er mit den Augen rollte. Er zeigte ans Fußende der Matratze, wo, halb verdeckt von einer Bettdecke, die sich nicht an die Territorialvorschriften der Bettregion gehalten hatte, meine Tasche stand. Darunter lag mein Kleid. Ich machte zwei Sätze durch den Raum und zog mich erleichtert an, schlüpfte in meine Schuhe und kontrollierte die Uhrzeit auf meinem Handy. Es war zehn Uhr. Ich hätte vor einer halben Stunde im Büro sein müssen.

»Scheiße.«

»Wirklich kein Kakao?«

»Mann, Richard! Nein! Ich wach hier halbnackt auf, ich erinnere mich an nix, kann meine Sachen nicht finden, komm zu spät zur Arbeit, ohne mir die Zähne geputzt zu haben, und du denkst die ganze Zeit nur an Kakao! Ich will keinen Kakao!«

»Alles klar, hab ich verstanden.« Er stellte seinen Becher auf den Boden neben meinen und lehnte sich gegen das Poster, die Hände hinter dem Kopf verschränkt, das Gesicht unlesbar. Da war ein Lächeln, aber ich war mir nicht sicher, ob es freundlich war. »Du kannst meine Zahnbürste benutzen, wenn du möchtest.«

»Ich steh nicht so auf fremde Zahnbürsten.«

»Ich versteh dein Problem nicht. Du hattest doch auch schon andere Dinge von mir im Mund.«

Ich konnte nichts gegen die expliziten Bilder tun, die mir plötzlich durch den Kopf rasten. Wie auch, nach so einem Satz. Aber ich wusste beim besten Willen nicht, ob sie Realität waren oder nur mögliche Szenarien, die sich so nie abgespielt hatten. Wieso? Wieso schlitterte ich immer wieder freiwillig von einer Scheiße in die nächste? Wieso blieb ich nicht einfach mal zu Hause und las ein gutes Buch? Ich konnte nichts dagegen tun, dass meine Stimme nicht mehr fest und souverän klang, sondern mir entglitt und mehr als ein Flüstern nicht mehr drin war, im Kommunikationspaket.

»Was ist passiert?«

»Süße, nichts, wofür du dich schämen müsstest.«

»Und wer beurteilt das?«

»Ich. Sonst war ja niemand dabei. Das ist doch schon mal was, hm?«

Ich atmete tief ein und aus. Dann sah ich ihn so ernst und gefasst an, wie es mir möglich war, während Angst und Scham in meinem Innern um die Vorherrschaft kämpften.

»Sag mir die Wahrheit: Hatten wir Sex? Als ich betrunken war?«

In seinem Gesicht arbeitete es, seine Augen zogen sich zu Schlitzen zusammen. Er spitzte die Lippen, entspannte sie wieder und schüttelte den Kopf. »Nein. Leider, würde ich sagen. Aber du warst so voll, selbst wenn du es vorgeschlagen hättest, hätte ich dankend abgelehnt. Vielleicht ein anderes Mal, was?«

»Und was war das für ein Spruch eben, über meinen Mund?«

»Was glaubst du denn?« Er sah mich mit festem Blick an.

Ich griff nach meiner Tasche und ging ohne ein Wort zur Tür.

»Ach, Daphne …?«

Ich blieb im Türrahmen stehen und drehte mich langsam um. Er war an die vordere Kante der Matratze gerutscht und hatte sich den Kakaobecher gegriffen, der eigentlich für mich gedacht gewesen war. Er nahm einen langen Schluck.

»Einen Tipp hätte ich noch. Ich seh das ja nicht so eng. Aber andere Typen finden es vielleicht nicht so geil, wenn du pausenlos von deinem Ex redest. Das machst du nämlich, wenn du gesoffen hast. Und das, obwohl du doch selbst gesagt hast, dass das die Männer verschreckt. Weißt du noch?«

Ich sagte nichts. Ich sah auf meine Füße, und mein Blick folgte ihren schnellen Schritten den Flur entlang, zur Wohnungstür, die Treppe herunter, bis auf die Straße.

Ich kam zwei Stunden zu spät ins Büro. Die Tippse hatte einen Ausdruck unsagbaren Hasses auf ihrem Gesicht, aber auch triumphaler Hoffnung – vielleicht würde das ja jetzt der letzte Tropfen sein, der das Fass zum Überlaufen brachte und mich auf die Straße beförderte zu den Millionen anderen Arbeitslosen. Und das völlig zu Recht. Sie war sich ihrer Sache offensichtlich sicher genug, um mich mit einem fiesen Grinsen und einer stichelnden Bemerkung zu begrüßen.

»Ach, na das ist ja eine Überraschung, dass du dich auch noch hierher bequemst.«

»Mir geht's heute nicht so gut.«

»Na, das ist ja nichts Neues …« Sie schnaufte. Dann tippte sie weiter, ihre nagellosen Finger drückten vergnügt die Buchstaben, ihr Daumen schlug rhythmisch auf die Leertaste.

Ich kauerte mich auf meinem Schreibtischstuhl zusammen und schloss kurz, wirklich nur kurz, die Augen vor der gemeinen Welt.

»Daphne! Da bist du ja. Ich dachte schon, du wärst vielleicht krank …«

Widerwillig öffnete ich meine Augen wieder, hob den Kopf ein Stück und schenkte Lucy einen müden Blick.

Sie schlug die Hände vor den Mund. »Wie siehst du denn aus?«

»Ich weiß. Frag nicht …«

»Was ist denn bloß passiert?!«

»Genau das solltest du nicht fragen …«

Lucy schob einige Aktenordner zur Seite, damit sie auf ihrem Stammplatz an der Tischkante bequem sitzen konnte. »Warst du deswegen heute zu spät bei der Arbeit? Ich war hier, weil ich dir erzählen wollte, dass ich morgen mit Hannes ins Kino … Na jedenfalls, du warst nicht da, und da hab ich mir schon Sorgen gemacht. Ich dachte, du hättest dich vielleicht umgebracht oder so was, weil …« Sie fuchtelte wild mit den Armen in der Luft herum und hatte offenbar den Faden verloren.

Ich hob die Augenbrauen. »Du hast gedacht, ich hätte mich umgebracht, weil …?«

»Na, wegen deinem Ex, der nicht anruft.«

»Ich hab ganz andere Probleme.«

»Aber welche denn?«

»Später.« Ich hatte schließlich zwei Stunden Arbeit aufzuholen. Kaffee kochen, Ablage machen, schlechte Entwürfe an Kunden verschicken … Ich wandte mich dem Bildschirm zu. Es war sinnlos. Ich sah alles doppelt. Zwei Cursors blinkten fröhlich in zwei E-Mail-Formularen. Zwei Uhrzeitanzeigen überlappten sich in der rechten oberen Ecke und ich konnte nur raten, wie spät es war und wie lange ich diesen Tag noch ertragen musste, bevor ich endlich nach Hause gehen und mir die Decke über den Kopf ziehen konnte. Lucy balancierte immer noch auf der Schreibtischkante.

»Ich bleib hier sitzen, bis du mir gesagt hast, was los ist.«

»Das war ja klar.«

Lucy lehnte sich etwas weiter zu mir und schnüffelte. Dann verzog sie das Gesicht. »Du riechst nach Schnaps!«

Ich bemühte mich sehr, meine Stimme nicht zu laut werden zu lassen. Das war schwer. Heute war mein Geduldsfaden so kurz, ich hätte ihn nicht einmal um meinen kleinen Finger wickeln können.

»Ja, Lucy, ich rieche nach Schnaps. Das liegt daran, dass ich gestern welchen getrunken habe.«

»Unter der Woche?!«

»Unter der Woche, genau, ich war ein böses Mädchen. Ich hab mich total volllaufen lassen, und was dann passiert ist – wer weiß das schon so genau? Und heute Morgen bin ich in Richards Bett aufgewacht und außer meiner Unterwäsche hatte ich nichts an …«

»Nur Unterhose und BH?!«

»Ich … Lucy, ich trage keine BHs.«

Sie betrachtete kurz meine Brüste und dann ihre eigenen und verstand.

Trotzdem war sie natürlich umso schockierter. »Dann warst du ja fast nackt!«

»Das könnte man so sagen, aber bitte etwas leiser.« Mir war aufgefallen, dass von dem Platz meiner ewig tippenden Tischkollegin kein Geräusch mehr zu hören war. Das konnte nur zwei Dinge bedeuten: Entweder war sie tot, oder sie fand unsere Unterhaltung interessanter als die Buchstaben auf ihrer Tastatur.

Lucy nickte konspirativ und flüsterte ab jetzt, was für die Lautstärke des Gesprächs keinen echten Unterschied machte, nur die Verständlichkeit litt unter den zischelnden Lauten. »Habt ihr … na, du weißt schon?«

Ich flüsterte zurück. »Er sagt nein.«

»Das ist doch der, für den du den nuttigen Rock angezogen hast, oder?«

»Den hab ich nicht extra für ihn angezogen.«

»Der lügt bestimmt.«

»Warum sollte er?« Ich wollte daran glauben, dass Richard, wenn schon kein anständiger, dann doch zumindest ein wahrheitsliebender, ehrlicher Kerl war, der eine solche Situation (betrunkenes, wehrloses Mädchen nackt in seinem Bett) niemals ausnutzen würde, der seine kranke Großtante im Krankenhaus besuchte und am Ende von »Brokeback Mountain« weinte. Ich wünschte, die Zweifel daran würden aufhören, in meinen Eingeweiden herumzuwühlen.

»Damit du ihn nicht anzeigst, zum Beispiel.« Manchmal erschreckte es mich, wie klar Lucy bei all ihrer Naivität die Abgründe der Menschen erkennen und in Worte fassen konnte. Sie hatte die Situation mit Felix erschreckend richtig eingeschätzt. Ich sagte nichts. Ich machte mir still für mich allein Sorgen. Was, wenn Lucy auch dieses Mal Recht hatte?

»Und weißt du was?«, drang ihre Stimme in meine düsteren Gedanken. »Mit den Schuhen und dem Rock hast du dir das selbst zuzuschreiben.«

»Was soll das denn heißen?«

»Das soll heißen, dass du ja geradezu darum bettelst, schlecht behandelt und vergewaltigt zu werden.«

»Sag mal, hast du sie noch alle?«

Die Tippse räusperte sich. Dieser Showdown ließ kein Auge trocken. Lucy presste die Lippen aufeinander, rutschte von ihrer Tischecke herunter und sah zum ersten Mal, seit ich sie kannte, sauer aus.

»Nicht nur weil du einen kurzen Rock trägst. Oder hohe Schuhe. Aber bei deinen Männergeschichten blickt doch keiner mehr durch, hier einer, da einer, erst Hannes, dann dein Ex, jetzt dieser Typ … Weißt du, was du bist?«

»Was bin ich, Lucy? Sag es mir!« Jetzt war ich mindestens genauso sauer wie sie. Und es war mir egal, ob die anderen es hörten.

»Promiskuitiv!«

»Ach, tatsächlich? Und weißt du, was du bist?«

»Was?«

»Verklemmt. Und neidisch. Und fett.«

Ihre Augen füllten sich mit Tränen. Meine auch. Nur dass ich kein Recht hatte zu weinen. Ich war hier die Böse.

FREITAGABEND – EXIL

Es war eine wirklich reife Leistung, die ich da in den letzten Wochen vollbracht hatte. Eins a ins Abseits manövriert. Ich hatte Hannes vor den Kopf gestoßen, Maria enttäuscht und war gemein zu Lucy gewesen. Noch dazu war meine Mutter unauffindbar, mein Exfreund ein Arschloch und Richard allem Anschein nach auch. Es schien, als hätte sich mein Pech mit Männern spontan auf alle Bereiche meines Lebens ausgebreitet.

Meine Hände waren kalt, weil ich sie zu lange flach auf die Schiebetür der Spinattruhe gelegt hatte. Ich war in Gedanken versunken gewesen, das passierte leicht nach Feierabend im Supermarkt. Neben mit stand ein anderer trauriger Mensch, der seinen Freitagabend allein in der Tiefkühlabteilung verbringen musste. Er hatte sich lautlos an mich herangeschlichen, und ich erschrak, als ich ihn plötzlich wahrnahm. Er sah mich vorwurfsvoll an. Ich versperrte ihm den Zugang zum Spinatfach. Das ärgerte ihn. Aber natürlich sagte er keinen Ton. Stattdessen wartete er still an seinem Platz. Darauf, dass ich mich weiterbewegte, jede Sekunde auskostend, die ich es nicht tat, um die Anspannung zu fühlen, das Zerren an seinen Nerven – wenigstens ein Gefühl noch, bevor sein einsamer Abend mit dem tiefgekühlten Spinat im kalten Licht der Spätnachrichten begann und es nichts mehr zu fühlen geben würde.

Ich murmelte eine Entschuldigung und machte mich auf den Weg zur anderen Seite der sirrenden, umschwärmten Truhe. Ich schob eine schwere Tür auf, unter der ich die Rucola-Pizza vermutete. Aber ich fand nur ein klaffendes Loch in der Auslage. Ausverkauft.

Ich fluchte leise. Immer ich. Das war der perfekte Abschluss einer Woche, an deren Ende ich ernsthaft darüber nachdachte, mich von einer Brücke zu stürzen. Hatte dieses Geschäft keinen Filialleiter? Merkte der Mann nicht, dass er mehr Rucola-Pizza bestellen musste? Sein grinsendes Konterfei am Eingang hatte versprochen, mir jeden Wunsch zu erfüllen. Jeden. Konnte man denn wirklich niemandem mehr vertrauen?

Ich griff unschlüssig nach einer anderen Pizza, einer mit Mozzarella, aber der faule Kompromiss kroch durch meine Finger den Arm entlang bis hoch zu meiner Zunge und schmeckte bitter. Mit einem letzten langen Blick untersuchte ich noch einmal das Angebot. Ich reckte meinen Hals und machte ein paar schnelle Schritte nach links. Da lag sie, beim Speiseeis. Eine Pizza noch, der letzte Karton, so ein Glück! Ich griff nach der Schiebetür und wollte sie öffnen, doch in diesem Moment schnellte von der anderen Seite die aufliegende Tür in meine Richtung und klemmte mir fast die Finger ein.

»Ey!«

Die beiden Augen, die mich voller Triumph ansahen, hatten freie Sicht, denn sämtliches Haar ihres Besitzers war mit einer großzügigen Handvoll Gel auf dem Kopf befestigt. Dieser saß auf einem Hals, der umrahmt war von dem Kragen eines rosa-weiß gestreiften Hemdes.

Mir blieb der Mund offen stehen. Vor Überraschung. Und Verwunderung darüber, welch schlechte Drehbücher das Leben manchmal schrieb. In aller Seelenruhe suchte seine Hand nach der richtigen Packung, der letzten, zog sie aus dem Eisdampf und schob die Tür wieder zu.

»Moment mal!«

»Ja, bitte?« Er lächelte sanft, als er seine Beute behutsam in den Einkaufswagen legte. Offenbar hatte er dazugelernt. Meine Augen verengten sich zu Schlitzen.

»Die gehört mir. Ich hab sie zuerst gesehen.«

»Warum haben Sie sie dann nicht zuerst genommen?«

»Weil sie mir mit Absicht fast die Fingerspitzen abgequetscht hätten. Das ist im Übrigen Körperverletzung. Vorsätzliche.«

»Sie sind Juristin?«

»Nein, hungrig! Jetzt geben Sie mir die Pizza!« Ich machte einen Schritt auf seinen Wagen zu, aber er reagierte blitzschnell und führte ihn um seinen Körper herum, so dass er nun zwischen mir und dem Pizzakarton stand. Verdammte wendige kleine Räder, die sich in jede Richtung drehen!

»Immer mit der Ruhe. Sie haben Hunger? Dann kaufen Sie sich eine andere Pizza. Da drüben gibt es eine riesige Auswahl. Wie wäre es mit Nudelpizza?«

Ich wollte am liebsten meine Faust in seinem diabolischen Grinsen versenken. »Ihre Witze können Sie sich sparen.«

»Nehmen Sie's nicht so schwer. Manchmal gewinnt man, manchmal verliert man.« Er schenkte mir noch ein selbstzufriedenes Lächeln – ein Geschenk, das er sich hätte sparen können. Meine Unterlippe begann zu zittern.

»Ich hatte einen wirklich schlimmen Tag. Und der war gar nichts im Vergleich zu dieser wirklich schlimmen Woche. Und jetzt klauen Sie mir auch noch mein Abendessen. Alle haben sich gegen mich verschworen. Sogar Sie. Und Sie kennen mich nicht einmal!« Ich tat mir selbst so leid, dass ich tatsächlich ein bisschen weinen musste.

Der Mann sah mich lange an. Ich hatte das Gefühl, dass seine Gesichtszüge weicher wurden. Schlug am Ende unter diesem rosaweißen, knisternd gestärkten Hemd ein weiches Herz? Ich zog die Nase hoch. Er nickte verständnisvoll, und ich schöpfte Hoffnung.

»Ich weiß, was Sie gerade versuchen. Aber ihre kleine Manipulation funktioniert nicht.« Er drehte sich um und schob seinen Einkaufswagen in Richtung Kasse. Über seine Schulter sagte er: »Schönen Abend noch. Und genießen Sie Ihre Nudelpizza.«

Sein fieses Lachen konnte ich selbst dann noch hören, als er längst in dem Gang mit den Süßigkeiten verschwunden war. So ein Arsch.

Ich kaufte eine Mozzarella-Pizza, trug sie nach Hause und leistete meinen Beitrag zur Zubereitung. Der Käse verlief nicht im Backofen, er verwandelte sich nur in geschmacklose, zähe Gummischeiben. Ich sammelte sie vom Boden ab und aß, was übrig blieb, am offenen Küchenfenster sitzend.

Im Hinterhof waren ein paar Fenster erleuchtet, mit und ohne Menschen dahinter, die meisten waren geöffnet, um der feuchtwarmen Luft der letzten Tage einen Ausweg aus der Wohnung zu bieten wie einem bösen Geist. Und in einer Wohnung, auf der rechten Seite, in dem Haus mit dem üppigen Efeubart, fand neben dem Luftaustausch noch ein Austausch ganz anderer Art statt. Sex. Stöhnen und Ächzen und so ein seltsames Jaulen. Die Geräusche erfüllten den Hinterhof und multiplizierten sich an den engstehenden Hauswänden. Sie waren so aufdringlich, dass ich mein eigenes Kauen im Kopf nicht mehr hören konnte.

Das hatte mir gerade noch gefehlt. Prinzipiell freute ich mich für jeden, der in einer glücklichen Partnerschaft lebte und ein ausgefülltes Sexualleben hatte. Wirklich. Ich ließ mir diese Tatsache nur nicht besonders gern ausgerechnet dann unter die Nase reiben, wenn in meinem eigenen Sexualleben gerade Ausnahmezustand herrschte. Und obendrein meine Lieblingspizza ausverkauft war.

Genervt kaute ich auf der labbrigen Teigplatte mit überzuckertem Tomatensaucenersatz herum, spülte die matschigen Bissen mit Apfelsaft herunter und verfolgte die Dramaturgie des Liebesspiels in dem efeubewachsenen Haus.

Sie machte eindeutig mehr Geräusche als er. Stakkatoartige Seufzer. Dann klang es kurz, als würde sie ertrinken, aber sie fing sich wieder. Jetzt kam sein Einsatz. Drei tiefe stöhnende Laute. Dann war er wieder still. Von ihr kamen jetzt kleine abwesende Schreie, wie der Ruf eines depressiven Vogels. Ich biss noch einmal von meiner Pizza ab, kaute lustlos und ließ das Finale über mich ergehen, im Zuge dessen sie verzückt seinen Namen rief. Franz-Walter.

Als die Stille kam, schlürfte ich meinen Saft, um zu sehen, ob das Geräusch auch im Hinterhof wiederhallen würde. Tat es nicht. Ich war eifersüchtig. Der schmierige Typ im Supermarkt bekam die letzte Rucola-Pizza, Franz-Walter bekam den Sex, und ich? Ich bekam höchstens schlechte Laune.

Ich lehnte mich aus dem Fenster in die Nacht, holte tief Luft und rief: »Ich hoffe, es war wirklich gut!«

Zur Antwort wurde irgendwo in der rechten Ecke ein Fenster mit einem Knall geschlossen.

SAMSTAG – FREUNDSCHAFTSDIENST

Meine Mutter hatte mir eine Postkarte von der Côte d'Azur geschickt. Ich hatte nicht einmal gewusst, dass sie an der Côte d'Azur *war.* Aber das erklärte natürlich, warum sie meine Anrufe nie beantwortet hatte.

»Liebe Grüße von der Côte d'Azur! Hier ist es wirklich sehr schön, das Wetter ist herrlich, nur mittags ist es mir manchmal zu heiß. Gestern hat mich Friedbert überredet, Wasserski zu fahren, stell dir das mal vor! Er lässt grüßen. Ich hoffe, dir geht es gut und du trinkst nicht zu viel. Denk an die Falten. Kuss, deine Mutter.«

Das Postkartenbild war so bunt, dass ich erst dachte, ich hätte ein abstraktes Gemälde vor mir. Aber dann erkannte ich das Meer, ein paar große rote und orangefarbene Blüten an einem unnatürlich grünen Busch im Vordergrund, gelbe Sonnenschirme am Strand und rote Plastikstühle auf der Terrasse eines Strandrestaurants.

Ich warf die Karte zurück in meinen Briefkasten und öffnete die Haustür einen Spalt. Mich begrüßte diese Art von Nieselregen, die hauptsächlich am Wochenende auftaucht, um einem eins auszuwischen. Mir war es eigentlich egal, ob die Sonne schien oder der Himmel sich auftat und die nächste Sintflut uns alle mit sich in den Abgrund riss. Das wäre dann auch einfach nur noch so eine Sache gewesen.

Ich hatte etwas für meine Liste zu erledigen. Es war gut möglich, dass Konnies Nachricht vom Montag ein Hinweis vom Schicksal oder wem auch immer gewesen war. Eine Erinnerung daran, dass ich einen Punkt bisher nur halb erledigt hatte: Berlin. Ich hatte das Zigarettenetui zwar verschickt, aber ich hatte es noch nicht durch ein anderes ersetzt. Und erst wenn das geschehen war, konnte ich den Punkt von der Liste streichen.

So lief ich mit gesenktem Kopf durch den unentschlossenen Regen zur U-Bahn, fuhr ein paar Stationen bis zum Schlachthof, stieg aus, trat auf die Straße und wurde noch ein bisschen nasser von noch ein bisschen mehr unentschlossenem Regen.

Es gab bestimmt bessere Tage, um über den Flohmarkt zu schlendern. Aber ich durfte meine Aufgabe, Felix ein für alle Mal aus meinem Leben zu radieren, nicht noch weiter vor mir herschieben. Man hatte ja gesehen, was dann passierte, und Nieselregen war keine adäquate Ausrede. Ich war fest entschlossen. Wie sagte man doch gleich? Es gibt nichts Schlimmeres als die Wut einer verschmähten Frau. Und ich war wütend. Auf Felix, auf alle anderen, auf mich selbst. Wut ist ein großer Motivator.

Der nicht von der Hand zu weisende Vorteil von verregneten Flohmärkten ist der, dass das Gedrängel nicht so groß ist wie an sonnigen Tagen. Das ist gut, weil ich mich in Menschenmengen unwohl fühle. Ich glaube, unsere Spezies ist nicht dafür gedacht, sich auf engstem Raum aneinander zu reiben – wenn man mal vom Paarungsakt absieht. Aber auf den Flohmarkt kommt man nicht, um sich zu paaren, sondern weil man möglichst wenig Geld für Ramsch ausgeben will.

Die Händler hatten sicherheitshalber mehr oder weniger durchsichtige Plastikplanen über ihre Tische gelegt, um ihre Auslagen vor dem schlechten Wetter zu schützen. Ich traute mich nicht, die Planen anzuheben oder zu fragen, was darunter war, aus Angst, ich müsste dann auch kaufen, was ich fand. Flohmarkthändler waren ausgebuffte Geschäftsleute, und ich war eine Dilettantin, die Konflikte scheute. Ich hatte große Angst davor, mit einer defekten Saftpresse und einem selbst geschnitzen Salzstreuer für fünfzig Euro nach Hause zu gehen. Also bewegte ich mich vorsichtig und eher unschlüssig zwischen den Ständen, ohne ihnen wirklich zu nahe zu kommen, passte einen Moment lang nicht auf, wohin ich trat, stolperte und riss fast einen anderen Flohmarktgast um. Einen, den ich kannte.

Berit gehörte zu den Menschen, die ich kannte und traf. Immer nur zufällig, mal hier, mal dort. Wir hatten uns vor Jahren auf einer Party kennengelernt und uns schon oft unterhalten, aber nie wirklich über irgendetwas von Bedeutung. Berit kam mir vor wie eine Statistin in meinem Film, die ab und zu durchs Bild lief und manchmal auch einige Sätze sagen durfte. Ich wusste ein paar Dinge über sie. Sie hatte haselnussbraunes schulterlanges Haar, sah immer glücklich und gesund aus und trug gern Hemdblusenkleider und dazu Stiefel. Sie hatte zwei Meerschweinchen und einen Freund. Martin. Martin studierte Ingenieurwesen. Vor etwa einem halben Jahr hatte Berit sich die Hand gebrochen und einen Gips getragen. Sie war Vegetarierin. Und heute traf sie mich zufällig auf dem Flohmarkt. Obwohl es wohl richtiger wäre zu sagen, dass ich sie über den Haufen rannte.

»Na hoppla!«

Nur Menschen wie Berit, die mit ihrem Leben so überaus zufrieden sind, dass einem beim Zusehen fast schlecht wird, reagieren so darauf, angerempelt zu werden. Oder benutzen überhaupt das Wort »hoppla«. Der Durchschnittsmensch würde wenigstens »Kannste nicht besser aufpassen?« raunzen. Wenn nicht Schlimmeres.

Berit hielt einen roten Werberegenschirm in der Hand. Sie trug ein grünes Hemdblusenkleid und darüber eine Jeansjacke. Da wir uns immer nur zufällig trafen, mussten wir uns nicht die Hand geben oder einen Wangenkuss oder uns zur Begrüßung umarmen.

Ich lächelte entschuldigend und sagte: »Oh, Berit, das tut mir so leid! Das ist ja eine Überraschung, dich hier zu sehen.«

Sie zuckte mit den Schultern und lachte. »Glaub mir, ich wär jetzt lieber zu Hause als hier. Aber es muss sein. Martin hat nur diese Woche Zeit und wir brauchen einen Tisch.«

»Wozu?«

»Um daran zu essen?« Berit lachte viel zu vergnügt über einen schlechten Witz. Sie warf dabei sogar den Kopf in den Nacken. Na hoppla. »Mensch, wir haben uns schon so lange nicht gesehen, dann weißt du es ja noch gar nicht: Martin und ich sind zusammengezogen.«

»Ach, das ist ja toll!« Davon ging ich jetzt einfach mal aus.

»Ja, vor zwei Monaten. Klappt echt gut, obwohl die Wohnung noch ein komplettes Schlachtfeld ist. Überall stehen Kisten und Säcke mit Klamotten ...«

Sie verdrehte die Augen und ich verdrehte sie auch, weil wir das ja schließlich alle kannten, nicht wahr, das Chaos nach dem Umzug. Und natürlich hat man dann gar keine Zeit, alles einzusortieren, weil man zu beschäftigt damit ist, erst einmal in jedem Raum Sex mit seinem Lebenspartner zu haben. Eigentlich wollte ich nichts mehr hören. Ich war jetzt schon neidisch.

»... und uns fehlen noch ganz viele Möbel. Wir haben zwei Betten, aber keinen Tisch.« Sie lachte, weil das so witzig war. Zwei Betten, kein Tisch. Ich lächelte bloß höflich, weil ich es dann so witzig nun auch wieder nicht fand. »Na ja, wir wollten eben einfach nicht so ein 08/15-Teil bei IKEA kaufen ...«

Sie verdrehte wieder die Augen und ich nickte verständnisvoll. Klar, IKEA-Massenware passte nicht zum Image des jungen, kreativen Stadtpärchens.

»... also meinte Martin, wir könnten ja mal auf dem Flohmarkt gucken und hier sind wir.« Sie breitete die Arme auf diese Ta-da-Art aus und hielt ihren Regenschirm wie eine Seiltänzerin. Ich räusperte mich.

»Ja, na ... das klingt doch alles ganz toll.« Ganz toll. Und ich war hier, um mit einem Zigarettenetui meinen Exfreund auszuradieren.

Martin erschien hinter Berit, legte seine Arme um ihre Taille, zog sie an sich und gab ihr einen Kuss auf die Wange. Sie kicherte. Ich hätte gern gekotzt.

Er hob den Kopf und nickte mir zu. »Hi.«

Ich hob meine rechte Hand und winkte.

Er flüsterte ihr halblaut ins Ohr: »Ich glaube, ich hab da hinten den perfekten Tisch für uns gefunden. Kommst du?«

Berit ergriff seine Hand und grinste über beide Ohren. »Den will ich nicht verpassen.« Dann sah sie mich an, die ich dort stand, in einer Pfütze, mit nassen Schuhen, darin nasse Socken, und strähnigen Haaren. Ohne Schirm. Ohne Freund. »Willst du nicht mitkommen? Du kannst ja sagen, wie du ihn findest.«

Ich winkte ab. »Lass mal, ich hab noch was zu erledigen. Aber viel Spaß euch beiden.«

Sie griff in einem Anfall dringender Freundlichkeit nach meiner Hand und drückte sie fest. »Du musst uns unbedingt mal besuchen kommen, wenn alles fertig ist, versprochen?«

»Ja klar, auf jeden Fall.«

Wir quittierten unsere Anstandslügen mit einem artigen Nicken und winkten uns noch einmal zu, bevor Berit im Getümmel des Flohmarktes verschwand, bis zur nächsten Zufallsbegegnung.

Neid ist ein untrüglicher Indikator dafür, dass man etwas will, was andere haben. Ich wollte das, was Berit hatte. Ich wollte genau diese Beziehung, die sie mit Martin hatte, Tische kaufen auf dem Flohmarkt am Samstag, gemeinsame Wohnung, strahlende Gesichter. In meiner Vorstellung sah genau so eine perfekte Beziehung aus. Liebe sah so aus.

»Augen auf, mien Deern!«

Meine Augen waren auf, aber außer ein paar schwarzen Anoraks und im Wind wehenden Plastikplanen konnte ich nichts erkennen. Ich sah mich verwirrt um.

»Na, hier drüben! Schlafen kannst du zu Hause, Mädchen!«

Ich drehte mich um und sah Tante Doris, die hinter einem mit zuckender Klarsichtfolie bedeckten Tapeziertisch stand und fröhlich einen Gipsarm durch die Luft schwenkte. Onkel Otto stand neben ihr und hob zur Begrüßung seine Pfeife. Ich wäre lieber weitergegangen, aber ich wollte nicht unhöflich sein. Und so drängelte ich mich an einer kleinen Gruppe Marktbesucher vorbei zum Stand und deutete auf Tante Doris' Arm.

»Ich dachte, es wäre nur ein Katzenbiss gewesen …«

»Ist es ja auch. Aber man ahnt ja nicht, wie giftig diese Viecher sind, ne? Obwohl, bei dem Teufelsbraten hab ich's eigentlich gleich gewusst.« Sie stieß Onkel Otto vorwurfsvoll mit dem Ellenbogen in die Seite. Er paffte nur an seiner Pfeife und schüttelte langsam den Kopf, den Blick gen Himmel gerichtet, als bäte er um göttlichen Beistand auf seiner lebenslänglichen Mission, die scharfe Zunge seiner Frau zu ertragen.

»Ich dachte ja auch, ich krieg einen Verband und gut ist. Aber nein, du siehst ja, was los ist. Musste alles aufgeschnitten werden, nech? Eine echte OP! Und eingegipst bis nach oben ham sie den Arm dann, diese Ärzte!« Wir schnalzten beide empört mit der Zunge. »Und ich sach noch, so kann ich ja nix mehr machen in der Kneipe! Und so isses auch gekommen, nech? Nur noch zugucken, wie der Otto ein Chaos sondergleichen veranstaltet, ich sach dir das. Mädchen! Wenn der Gips weg ist, muss ich erstmal wieder Ordnung schaffen. Na, das kann was werden.«

Onkel Otto räusperte sich geräuschvoll. »Doris, ich hol mir mal 'ne Wurst.«

»Ja, mach das mal.«

Er nickte mir zu und ich ihm, und er schob sich an der Tischkante vorbei auf den Weg zwischen die Stände und nahm Kurs auf die Würstchenbude.

»Triffst du den Richie immer, ja?« Tante Doris' Augen leuchteten.

»Letzte Woche.«

»So ein guter Junge.«

Ich vermied es, sie anzusehen.

»Und? Was machst du bei dem Schietwetter hier draußen?«

»Ich bin auf der Suche nach etwas.«

»Was suchst du denn, mien Deern? Wir haben hier alles, wirklich alles, ich sach dir das. Mal ordentlich den Dachboden entrümpelt haben wir. War auch bitter nötig, das kannst du dir nicht vorstellen, was da alles zum Vorschein kam!«

Ich versuchte unter der regennassen Folie etwas zu erkennen. »Ich weiß nicht, es ist wirklich sehr speziell. Ein Zigarettenetui.«

Tante Doris grinste zufrieden. »Ja, da hätte ich wohl etwas. Irgendwo hier in der Kiste …« Sie verschwand ächzend hinter dem Tisch, und ich konnte hören, wie sie in einem Haufen Zeug kramte, Metall schlug gegen Metall, Glas klirrte, Papier raschelte. Ich bot ihr an zu helfen, aber mit einer energischen Bewegung des Gipsarms und unverständlichen Lauten wies sie das Angebot zurück. Als sie wieder aufrecht stand, war ihr Haar zerzaust und ihr Gesicht gerötet. In der Hand hielt sie einen kleinen Metallgegenstand. »Na, wer sagt's denn.«

Es war ein silbernes Zigarettenetui, ohne eingebautes Feuerzeug, dafür mit einem Bild von Hans Albers darauf. Die Scharniere waren schon etwas angerostet, aber es ließ sich gut öffnen und schließen und innen hatte es ein Band, das die Zigaretten an ihrem Platz hielt. Ich drehte es in meinen Händen.

»Was soll das denn kosten?«

Tante Doris machte spitze Lippen und kniff ein Auge zusammen, während sie über einen angemessenen Preis nachdachte. Dann winkte sie mit ihrer gesunden Hand ab. »Ach, ich schenk es dir. Der ganze Krempel gehört Otto, bin froh, wenn der wechkommt.«

Ich wollte protestieren, aber sie fiel mir ins Wort, bevor mir auch nur eins über die Lippen gekommen war. »Außerdem bist du ja schließlich die Freundin von unserem Richie. Da werd ich doch kein Geld nehmen!«

Ich zwang mich zu einem Lächeln. Wie viel Mühe mich das kostete, merkte Tante Doris nicht.

»Danke.«

»Keine Ursache. Komm doch mal wieder auf ein Likörchen vorbei, nech? Da würd ich mich freuen.«

»Okay, mach ich.«

Ich verabschiedete mich befangen, mein neues Zigarettenetui in der Hand. Hans Albers warf mir einen verwegenen Blick zu, eine Hand am Schifferklavier, die andere zum Gruß an seiner Kapitänsmütze. In altmodischer weißer Schrift stand in der unteren Ecke des Bildes »Junge, komm bald wieder«.

Es war zum Verrücktwerden. Hier war ich, im Nieselregen, und arbeitete an meiner Liste und meinte es wirklich ernst. Wirklich. Und trotzdem, wenn ich diesen Satz las, dachte ich nicht mehr, was ich denken sollte. Ich dachte an Felix. Ich dumme Kuh.

Vom Flohmarkt zu Bettys Haus waren es zu Fuß nicht einmal zehn Minuten. Ich hatte eigentlich keine große Hoffnung, dass sie schon wach sein würde, um zwölf Uhr mittags. Aber nachdem ich geklingelt hatte, steckte sie ihren Kopf aus dem Fenster und rief: »Ich mach gleich auf!«. Sie ließ mich zehn Minuten warten.

Ich setzte mich auf die feuchte Treppe vor dem Haus und zündete mir eine Zigarette an. Die übrigen Zigaretten zogen um, raus aus ihrem Pappzuhause, rein in ihr neues Silberetui mit dem großen Blonden vorne drauf. Ich schaute mir zufrieden meine neuste Errungenschaft an. Eigentlich ein wirklich hübsches Stück. Jetzt musste ich nur noch vergessen, dass es ein Geschenk von der Großtante des Jungen war, der meinen betrunkenen Zustand aufs Übelste ausgenutzt hatte – vielleicht –, und dass die Aufschrift mich daran erinnerte, wie sehr ich meinen Ex zurückwollte. Und dann könnte ich anfangen, es zu lieben.

Ein Penner spazierte mit seinem Hund die Straße entlang und rotzte zielgenau vor die Treppe, auf der ich saß. Ich warf meinen Zigarettenstummel dazu. Irgendwie war es gut zu sehen, dass es in diesem Viertel wenigstens noch ein kleines bisschen gesellschaftliche Vielfalt gab.

Der Türsummer schepperte hinter mir, und ich schmiss mich mit meinem ganzen Gewicht gegen die schwere Eingangstür. Ein Stockwerk höher erwartete mich Betty in ihrem Flur. Sie trug einen Kapuzenpulli und einen Stringtanga.

»Guten Morgen, Schätzelein!«

Mir wurde ein extrem feuchter Kuss auf den Mundwinkel gedrückt. Unwillkürlich wischte ich ihn weg. Als hätte ich es geahnt, öffnete sich ihre Zimmertür und heraus kam Mo. In Boxershorts, die im vorderen Bereich abstanden wie ein Zelt. Er hob seine Hand zum Gruß, ohne etwas zu sagen. Ich sagte: »Hi, Mo«, ohne die Hand zu heben. Ich fand ihn zu gut aussehend für solcherlei Verfehlungen im Höflichkeitssektor. Schlechte Manieren sind bei jedem eine unattraktive Eigenschaft. Doch bei schönen Menschen vermitteln sie außerdem noch einen starken Eindruck von Überheblichkeit. Er verschwand im Bad. Ich konnte ihn nicht leiden.

Betty knurrte. »Er sieht so gut aus! Sieht er nicht gut aus?«

»Mh-hm …«

»Und er ist so sexy!«

»Betty, willst du dir nicht eine Hose anziehen?«

»Hab ich doch!«

Sie deutete auf ihren Stringtanga. Ich zuckte mit den Schultern, zog die nassen Schuhe aus und suchte mir einen Platz in ihrer Küche. Ein Viertel der Bodenfläche war besetzt von Pfandflaschen, neben der Waschmaschine wartete ein Berg Wäsche auf irgendetwas, an den Wänden kämpften Postkarten mit Postern und den unterschiedlichen Wandfarben um einen guten Platz. Ich räumte einen Haufen Tangas von einem der Korbsessel und ließ mich vorsichtig auf der knirschenden Sitzfläche nieder.

Betty kochte Kaffee. Ihre Dreads hingen dabei bedenklich nah an der Flamme des Gasherds. Sie schäumte die Milch im Topf auf, indem sie den Griff des Schneebesens zwischen ihren Handflächen hin und her rollte. »Also? Wie läuft's?«

»Ich hab eine echt harte Woche hinter mir. Wirklich hart.«

Im Badezimmer ließ Mo unter der Dusche das Wasser auf seinen makellosen Körper prasseln.

»Mh-hm.« Betty goss den Kaffee in eine Tasse, schüttete die Milch drüber und krönte ihre Kreation mit einem Löffel Schaum.

Dann schob sie einen Haufen alter Zeitungen von dem zweiten Korbsessel und ließ sich hineinfallen.

»Und die Liste?«

»Hab ich schleifenlassen.«

Betty warf mir einen strengen Blick zu.

»Aber dafür häng ich mich jetzt umso mehr rein. Deswegen bin ich hier. Ich hatte gehofft, du hilfst mir vielleicht.«

»Es ist gut, dass du endlich einsiehst, dass ich Recht hatte, und um Unterstützung bittest. Das ist wie mit Drogensüchtigen, man kann ihnen nur helfen, wenn sie es auch wollen.« Betty trank schlürfend einen Schluck aus ihrem Becher und seufzte wohlig. »Aber ich wusste, du würdest irgendwann zur Vernunft kommen.«

»Okay, Schluss damit, ich hab's verstanden.«

»Ja, endlich! Und das macht mich ehrlich froh. Und ein bisschen stolz.«

Ich warf ihr aus zusammengekniffenen Augen einen Blick zu, sie räusperte sich und verkniff sich dabei, so gut es ging, ein Grinsen.

»Hast du die Liste dabei?«

Ich hatte die Liste tatsächlich in weiser Voraussicht vom Badezimmerspiegel genommen und mitgebracht. Jetzt schob ich sie Betty über den Tisch zu. Sie nahm sie entgegen und studierte das Papier gründlich.

Mo kam mit tropfenden Haaren aus dem Badezimmer, machte sich selbst einen Kaffee und trank ihn an die Waschmaschine gelehnt, mit einem gelangweilten Ausdruck auf seinem hübschen Gesicht. Irgendwie leuchtete mir ein, warum Betty es am schwersten fand, sich auf der körperlichen Ebene von ihm zu trennen.

Voller Tatendrang schlug sie plötzlich mit der Faust auf den Tisch. »Alles klar! Ich weiß, was wir machen!«

»Und zwar?«

»Erstmal ziehe ich mir eine Hose an.«

»Gute Idee. Und dann?«

Betty stand von ihrem Korbsessel auf und rutschte fast auf dem Zeitungsstapel zu ihren Füßen aus.

»Dann fahren wir in die Stadt.«

»Und dort?«

»Geduld, Schätzelein, Geduld ...«

Wie bereits erwähnt, ist Hamburg Heimat des größten Elektrofachgeschäfts der Welt. Alles, was einen Stecker hat, gibt es hier vorrätig.

Am Samstagnachmittag war es immer so voll wie auf einem türkischen Basar. Die Menschen drängten sich in den Gängen zwischen Geschirrspülmaschinen, Kühlkombinationen und Staubsaugern wie die Sardinen in der Büchse. Mir war die Enge unangenehm. Ich konnte es kaum erwarten, das Gebäude wieder zu verlassen. Und mir fiel ein, dass ich dringend neue Staubsaugerbeutel brauchte. Vielleicht an einem anderen Tag.

»In Ihrem Prospekt waren Eierkocher im Angebot ...«

»Tut mir leid, die sind alle aus.«

»Die für 4,99?«

»Ja, alles weg.«

»Aber das Angebot läuft bis Donnerstag!«

»Solange der Vorrat reicht ...«

»Das ist doch Verarsche am Kunden!«

Die Luft roch nach Elektrosmog. Ich versuchte Betty nicht aus den Augen zu verlieren, die sich im Zickzack durch das Gewühl schlängelte, weg von den großen Haushaltsgeräten, hin zu denen, die man auch ohne Lastwagen nach Hause transportieren konnte. Mir wurde fast schwindelig von dem Stimmengewirr und ihrem Tempo. Und gegessen hatte ich auch noch nichts.

»Entschuldigung, kannst du uns weiterhelfen?« Betty hatte einen verängstigt aussehenden Mitarbeiter, erkennbar am blauen Hemd und dem Namensschild, am Ellenbogen gepackt. Er war schlacksig, trug einen Ziegenbart am Kinn und hatte schlimme Akne. Auf seinem Schildchen stand »René«. Er sah aus, als wäre dies sein erster Tag und als wäre er eigentlich lieber zu Hause geblieben, um *World of Warcraft* zu spielen. Seine Augen bewegten sich hektisch, er sah erschrocken Betty an, ihre Hand an seinem Arm, mich, seine Schuhe, die Kühlkombinationen, wieder Betty. Seine Stimme kam aus ihm mit demselben Geräusch wie der letzte Tropfen Ketchup aus der Tube.

»Vielleicht?« Er sagte das nicht, er fragte.

»Prima! Hier findet man sich ja kaum zurecht, nech?«

Betty drückte seinen Arm noch etwas fester. Es sollte wohl ermutigend wirken, schien ihm aber bloß noch mehr Angst einzujagen.

Er wusste nicht, was er sagen sollte. Denn es war doch so: Sagte er Nein, widersprach er dem Kunden. Sagte er Ja, wäre das eine negative Äußerung über seinen Arbeitgeber. Ein offensichtliches Dilemma. Er schwitzte, und er tat mir leid.

»So ist das eben im weltgrößten Elektronikfachhandel, nicht?« Ich dachte, das würde ihn vielleicht aufmuntern. Tat es nicht. Er schluckte mehrmals und lief ganz rot an.

»Die Sache ist die«, Betty legte einen Arm um seine Schulter, »wir suchen eine elektrische Zahnbürste.«

Sie zwinkerte mir zu. Ich verstand. »Da sind wir hier doch richtig, oder?«

Er nickte. »J-j-ja, da haben wir welche.«

»Toll. – Wie heißt du?«

»Das steht auf dem Schildchen, Betty.«

»René? Super, René. Erster Tag heute?«

»Nein … ich bin Azubi.«

»Macht nix. Zeig uns mal die Zahnbürsten.«

Wir folgten René und seinem blauen Hemd mit den dunkelblauen Achselhöhlen. Er lehnte beim Gehen den Oberkörper leicht nach vorne, als müsste er gegen einen imaginären Wind ankämpfen.

Wir ließen die Ventilatoren links liegen, gingen an Reihen von Bügeleisen vorbei, dann kamen die Föne, die elektrischen Lockenwickler, Lockenstäbe und Glätteisen. »Ah, die Haarabteilung«, bemerkte Betty sehr richtig.

Und da waren sie auch schon – die elektrischen Zahnbürsten, sorgfältig nebeneinander aufgereiht, angeleint an Kabel, sortiert nach Preis, aufsteigend von links nach rechts. Betty klopfte René auf die Schulter.

»Sehr gut gemacht. Welche würdest du uns denn empfehlen?«

Ihm standen der Schreck und das Unwissen ins Gesicht geschrieben. Sein Kehlkopf hüpfte auf und ab in einer panischen Folge von Schluckbewegungen. »Ich … also … soll ich … ich kann den Abteilungsleiter … ähm …«

»War nur ein Scherz.« Betty winkte ab, grinste und wandte sich mir zu. »Also dann, Schätzelein. Welche von denen steht auf deiner Liste?«

René der Azubi atmete erleichtert aus und hielt sich an einem Preisschild fest, das sofort nachgab und mit einem lauten, knackenden Geräusch in der Mitte durchbrach.

Ich ging die Reihe der Zahnbürsten ab. Ich hätte gedacht, dass es schwieriger sein würde, eine bestimmte Zahnbürste zu identifizieren. Immerhin sahen die meisten einander sehr ähnlich: weißer bauchiger Korpus, kleiner runder Kopf, bläuliche Borsten. Aber es dauerte keine zehn Sekunden, und ich hatte sie gefunden. Die Batterieanzeige blinkte eifrig, und ich hatte keine Zweifel.

»Die da.«

»René? Hallo?« Betty blickte sich suchend nach René um, der damit beschäftigt war, die Spuren seines Unfalls mit dem Preisschild zu beseitigen. Sie deutete mit dem Zeigefinger auf die Zahnbürstenreihe. »Wir nehmen diese hier, bitte.«

»Ratenzahlung?«

»Wie? Nein!«

»Gut … damit kenne ich mich nämlich nicht aus.« René öffnete mit zitternden Händen die Glasvitrine unter der Auslage und zog einen glänzenden Pappkarton heraus, auf dem ein Bild von der elektrischen Zahnbürste war. Betty nahm ihn entgegen und strahlte den Jungen mit dem Ziegenbart an, als hätte er ihr soeben ein ganz tolles Geschenk gemacht.

»Kann ich das hier irgendwo einpacken lassen?«

»Kasse.«

»Super!«

Wir standen vor dem großen Eingang des Elektronikmarktes, umgeben von Menschen, die entweder hinein oder hinaus wollten. Von Bettys Handgelenk baumelte eine knisternde Plastiktüte mit dem Geschäftslogo darauf. Sie drehte sich eine Zigarette. Tabakbröckchen fielen ihr vor die Füße. »Na, das war doch ein Spaß.«

»Ein großer Spaß.«

»Ein unvergesslicher Spaß, würde ich fast sagen.«

Ich nickte zustimmend. Betty und ich unternahmen viel zu selten etwas zusammen. Da waren immer andere Dinge. Obwohl von Dingen wohl nicht die Rede sein konnte. Genau genommen waren da immer andere Menschen. Da war Mo. Und da war Felix. Selbst wenn sie nicht da waren, körperlich, waren sie in unseren Köpfen und machten sich da breit, als hätten sie für den warmen Platz bezahlt. Ich hätte mehr Spaß am Leben, wenn ich all die Zeit, die ich damit verbrachte hatte, Felix hinterherzutrauern, in Nachmittage wie diesen investiert hätte. Eine elektrische Zahnbürste kaufen mit meiner besten Freundin. So eine simple Sache. So viel sinnvoller verbrachte Zeit.

Ein Bus fuhr durch eine Pfütze, und das Wasser platschte laut auf den Gehweg. Eine Gruppe Mädchen kreischte.

»Also dann, Schätzelein, wir sind noch nicht am Ende.« Betty räusperte sich gewichtig. »Ich habe ein Geschenk für dich.«

Ich tat ahnungslos. »Ein Geschenk? Was könnte das sein?«

»Nun, mir ist aufgefallen, dass deine Zahnhygiene etwas zu wünschen übrig lässt.« Sie schnalzte tadelnd mit der Zunge. »Deshalb habe ich keine Kosten und Mühen gescheut und dir dieses besondere Geschenk besorgt.« Sie hielt mir die Plastiktüte am ausgestreckten Arm hin, und ich nahm sie freudig entgegen. »Pack es aus!«

Ich befreite das dunkelblau eingepackte Paket von der Plastiktüte. Es hatte keine Schleife, keine Schnörkel, und das Klebeband, das es zusammenhielt, war lieblos hier und da, kreuz und quer angebracht. Ich riss das Papier an einer Seite auf, so dass die Vorderseite des Verpackungskartons zum Vorschein kam.

»Eine elektrische Zahnbürste! Das ist ja der Hammer!«

Betty nickte zufrieden. »Ja, das finde ich auch. Ich wollte sie dir noch gravieren lassen, aber die machen hier so was nicht. Also bitte! Im größten Elektronikfachmarkt der Welt? Keine Gravur?«

»Echt das Letzte.«

»Sag ich doch.«

Ich fiel ihr um den Hals, sie zog mich an sich und drückte mir einen Kuss auf die Wange. »Haste dir verdient. Weil du jetzt endlich zur Besinnung gekommen bist.«

Ich wünschte nach wie vor, sie würde auch endlich zur Besinnung kommen. Aber dies war nicht der Moment, das Thema anzusprechen.

»Und jetzt das Wichtigste. Gib mir die Liste.«

Ich steckte mein Geschenk wieder in die Tüte und stellte sie auf den Boden, suchte in meiner Tasche nach der Liste und reichte Betty den labbrigen Kassenzettel.

»Hast du einen Stift?«

»Ich glaub nicht.« Ich schaute kurz in meinem Beutel nach, aber ich wusste eigentlich schon vorher, dass ich nur die Liste mitgenommen hatte. Der Kugelschreiber lag an seinem Platz in der Kosmetiktasche.

»Na, dann ist es ja gut, dass der Punkt ganz unten steht, was?« Sie zog ihr Feuerzeug aus der Hosentasche und hielt die kleine zappelnde Flamme in die Nähe des Randes meiner Liste. »Darf ich?«

Ich lächelte. »Aber gern.«

Das Papier brannte langsam in dem feuchten Wetter. Der Rand

wurde schwarz, ganz außen schmückte ihn eine rotorangene Glut, die sich behäbig hineinfraß in die Worte »elektrische Zahnbürste«, bis sie nicht mehr da waren. Betty löschte die letzten glimmenden Stellen mit dem Finger.

»So, das wäre geschafft!«

»Danke.«

»Es war mir ein Vergnügen.«

Eine große schwarze Gestalt tauchte hinter Betty auf und strich sich mit der flachen Hand über das millimeterkurze, blonde Haar. Auf der gefütterten Jacke des Mannes stand das Wort »Security«.

»Feuer machen könnt ihr woanders. Verschwindet hier.«

Betty seufzte und sah ihn an wie einen kleinen dummen Jungen. »Was Sie nicht verstehen, ist, dass das hier wichtiger Teil einer Therapiesitzung ist.«

»Für Pyromanen, oder was? Ich hab gesagt ›Verschwindet!‹.«

»Aber wir sind Kunden.« Ich hielt demonstrativ die Plastiktüte hoch.

»Mir egal. Brandschutzbestimmungen.«

»Ach, aber Rauchen ist okay, ja? Diese Doppelmoral ist doch lächerlich, also wirklich!« Während Betty begann, sich in aller Ruhe eine weitere Zigarette zu drehen und dem Securitymann das Blut im Gesicht bis zu seinen blonden Haarwurzeln hochstieg, kam mir eine Idee.

Feuer war das Zauberwort. Brennen. Es war die ganze Zeit nur die Rede davon gewesen, Erinnerungen zu ersetzen. Aber eine echte Alternative dazu wäre es doch zum Beispiel, wenn sich die Dinge einfach in Rauch auflösen würden.

SAMSTAG & SONNTAG – BURN, BABY, BURN

Ich ärgerte mich ein bisschen darüber, dass mir der Einfall nicht schon viel früher gekommen war. Dass ich nicht schon viel früher etwas unternommen hatte gegen die ständige Anwesenheit von Felix in meinem Leben, in meiner Wohnung, in jedem Tag – immer dann, wenn mich der dämliche Panda von der Fensterbank aus angegrinst hatte. Und auch wenn er jetzt schon seit einigen Tagen sein Dasein in der untersten Schublade meiner Wäschekommode fristete, jeder Art von artgerechter Haltung spottend, wusste ich, dass er da war, und das allein erinnerte mich an die Person, die ich vergessen sollte. Und daran, dass ich vorgehabt hatte, diesen Haufen Fell, der nicht einmal aussah wie ein Tier im Allgemeinen, geschweige denn wie ein Panda im Speziellen, aufzubewahren und Felix' und meinem ersten gemeinsamen Kind in einer großen kitschigen Geste in die Wiege zu legen. Frauen waren manchmal einfach weich im Kopf.

Aber heute waren die Tage des Pandas gezählt.

Bevor ich meinen Plan in Angriff nahm, stellte ich die Tüte mit der Zahnbürste behutsam im Badezimmer ab und befestigte die Liste wieder an ihrem Platz am Spiegel. Die angebrannte Unterkante ließ sie viel kürzer erscheinen. Aber das täuschte. Es gab noch viel zu tun. Mir fiel auf, dass ich noch immer nicht den Punkt »Berlin« weggestrichen hatte. Ich holte das sofort nach. Und zum ersten Mal, seit ich mit dieser Listen-Sache angefangen hatte, spürte ich eine Veränderung in mir. Ich war stolz. Und ich konnte es kaum erwarten weiterzumachen.

Im Schlafzimmer zog ich den Plüschpanda aus der Kommodenschublade. Er sah traurig aus. Das lag vielleicht daran, dass die Zeit in der Enge seine Gesichtszüge entstellt hatte. Vielleicht ahnte er aber auch, was als Nächstes mit ihm passieren würde. Ich trug ihn in die Küche und nahm den großen Edelstahltopf aus dem Küchenschrank, in dem ich immer mal Chili con Carne für all meine Freunde hatte kochen wollen. Ich öffnete das Küchenfenster und platzierte den Topf auf dem Vorsprung davor, auf den ich eigentlich hübsch bepflanzte Blumenkästen hatte stellen wollen. Aber mit denen verhielt es sich ähnlich wie mit dem Chili – ich war nie dazugekommen. Männer waren ein zeitaufwendiges Hobby. Und Frauen, wie gesagt, manchmal weich im Kopf.

Ich stopfte den Panda in den Topf. Er passte perfekt hinein. Es nieselte ein bisschen. Regentropfen fielen auf sein Fell und blieben dort unbeschadet liegen wie kleine durchsichtige Perlen. Ich musste mich beeilen, bevor der ganze Aufbau zu nass wurde, um zu funktionieren.

Ich griff nach dem Feuerzeug auf meinem Küchentisch, drehte an dem Zündrädchen und drückte den Knopf fürs Gas. Eine Flamme sprang aus der Öffnung, groß und ruhig in meiner windstillen Küche. Sie fing an zu zittern, als ich sie näher an den Topf draußen hielt. Und auch ich war mir plötzlich nicht mehr ganz sicher.

Mir tat der Plüschpanda leid. Erst Dunkelhaft, dann Todesstrafe, ich war kein bisschen besser als das amerikanische Justizsystem. Ich spürte, wie mir die Tränen in die Augen stiegen. Und ich merkte schnell, dass das nicht nur aus Mitleid mit dem Panda passierte. Mir war einfach nicht klar gewesen, welche Bedeutung dieses billige Tier aus Plüsch für mich gehabt hatte. Jetzt wurde es mir bewusst. Ich konnte ihn in die Wäscheschublade sperren, ihn so drehen, dass er gegen die Wand gucken musste. Ich konnte ihm ein Bein abreißen, oder zwei, und ihn einstauben lassen, bis er aussah wie ein Eisbär, es nützte nichts – er war das letzte Stück Felix in meinem Leben, das letzte greifbare Stück. Ihn zu vernichten war ein bisschen, als würde ich mit Felix Schluss machen. Ihn freiwillig gehen lassen. Und das hätte ich nie übers Herz gebracht. Niemals. Weil ich ihn leider liebte.

Die Flamme ging aus. Ich sah in die dunklen Plastikaugen des Pandas und strich ihm noch einmal über sein leicht feuchtes Fell, das trotzdem noch immer unverschämt weich war. Ich schnippste das Feuerzeug wieder an, schirmte die Flamme gegen den Wind und den Regen ab, und hielt es an das linke Pandaohr.

Er brannte gut. Aber er qualmte und stank unerträglich dabei. Ich hätte gern das Fenster zugemacht, aber irgendwie kam es mir falsch vor, ihn allein, im Regen, vor einem geschlossenen Fenster verbrennen zu lassen. Herzlos und unmenschlich. Es war ziemlich schnell nichts mehr von ihm zu erkennen, Teile seines glimmenden Fells wurden vom Wind mitgenommen und verglühten im Flug. Sein Körper und die Watte in seinem Bauch reduzierten sich auf einen schwarzen Haufen, seine Plastikaugen schlugen Blasen auf der Oberfläche und sahen irgendwann aus, als hätte eine aggressive Krankheit sie befallen. Mir wurde ein bisschen schlecht. Das lag wahrscheinlich an den giftigen Dämpfen, die entstehen, wenn man Spielzeug »Made in Taiwan« verbrennt.

Ich löschte die Überreste des Pandas mit Wasser. Es zischte. Noch mehr Qualm waberte über den Topfrand, verschwand mit dem Wind oder kroch in meine Küche, in der es, ohne dass ich es gemerkt hätte, erschreckend neblig geworden war. Ich ließ die Pandaleiche vor dem geöffneten Fenster in seinem Edelstahlgrab liegen und kämpfte mich durch den Rauch in den Flur, nur um festzustellen, dass es keinen Winkel mehr in meiner Wohnung gab, der nicht hinter einem feinen toxischen Schleier lag. Mein Plan, am besten nichts von dem Zeug in der Luft einzuatmen, war hinfällig.

»Na, das lief ja ganz toll, Daphne.«

Es klingelte an der Tür, und ich erschrak. In mir kroch das Gefühl hoch, einen Fehler gemacht zu haben. Damit lag ich richtig.

Ich öffnete die Tür und sah zunächst nichts, denn die Rauchschwaden drängelten sich an mir vorbei ins Treppenhaus. Ich wedelte mit der Hand in der dicken Luft. Der Nebel verzog sich, und ich erkannte etwa einen halben Meter weiter unten eine kleine alte Frau. Die, die immer auf der Treppe herumlungerte. Ihr Blick war giftiger, als es der Qualm von fünfzehn brennenden taiwanesischen Plüschtieren jemals hätte sein können.

»Oh, hallo …«

»Um Himmels willen! Bei Ihnen brennt es! Merken Sie das nicht?!« Die Stimme der alten Frau überschlug sich. »Ich ruf die Feuerwehr!«

»Nein, nicht nötig, ich hab das unter Kontrolle. Ist schon alles gelöscht.« Ich unterstrich meinen Beschwichtigungsversuch mit einem rasselnden Husten. Alles gelöscht. Schön, wenn ich dasselbe auch über meine Erinnerungen hätte sagen können.

»Das ist unverantwortlich! Was, wenn das Haus abgebrannt wäre? Hm?! Wir hätten alle sterben können! Unmöglich! Keine Moral, kein Respekt!«

»Es tut mir wirklich leid, Frau …«

»… Karl. Aus dem vierten Stock!« Sie sagte das, als erwartete sie Schmerzensgeld dafür, dass sie den weiten Weg aus dem vierten Stock hatte auf sich nehmen müssen, um die Hausgemeinschaft vor dem Feuertod zu retten und, noch schlimmer, all die Treppenstufen jetzt wieder hinauflaufen musste.

»Ich musste ein Geschenk meines Exfreunds entsorgen. Ich versuche mit allen Mitteln, ihn zu vergessen. Und eben habe ich das Plüschtier verbrannt, das er mir mal geschenkt hat. Das war vielleicht nicht besonders schlau, ich meine, hätte ich gewusst, dass es so qualmt …«

Keine Reaktion. Frau Karl aus dem vierten Stock presste ihre Lippen zu einem dünnen Strich zusammen und legte ihre faltige Stirn in noch tiefere Falten. War diese Frau ein Roboter?

»Verstehen Sie doch! Er hat mir das Herz gebrochen!« Ich lächelte sie hilflos an, aber die Frau war hart wie Stahl.

»Nehmen Sie Drogen?«

»Wie bitte?!«

»Sie reden wirres Zeug.«

Ich rang nach Worten. Aber von dem ganzen Rauch schwirrte mir der Kopf.

»Ich werde einen Beschwerdebrief an die Hausverwaltung schreiben.« Frau Karl aus dem vierten Stock warf mir noch einen letzten eisigen Blick zu, bevor sie sich so schnell auf dem Absatz umdrehte, dass die Rauchschwaden um sie herum sich zu kleinen Spiralen kringelten. Erstaunlich flink und resolut nahm sie die ersten Stufen.

»Schönen Tag noch, Frau Karl.«

»Verdammte Kiffer!«

Als ich am nächsten Morgen aufwachte, fühlte sich mein Kopf an, als würde er jeden Moment explodieren. Mein Mund war komplett frei von jeder Feuchtigkeit. Schuld daran waren mit großer Wahrscheinlichkeit die halluzinogenen Plüschpandadämpfe, die ich die ganze Nacht über fleißig eingeatmet hatte. Ich stand aus dem Bett auf, und mir wurde so schwarz vor Augen, dass ich mich an der Wand abstützen musste. Ich hatte meine Lektion gelernt. Ich würde nie wieder ein Plüschtier verbrennen.

Ich wankte ins Badezimmer und griff nach meiner funkelnagelneuen Zahnbürste. Sie hatte die ganze Nacht blinkend auf mich gewartet und war jetzt bereit, meine Zähne so sauberzumachen, wie sie es noch nie zuvor gewesen waren. Ich bedeckte die Borsten großzügig mit Zahnpasta, brachte sie in Position, drückte einen Knopf und los ging's. Während ich das Gerät seine Arbeit machen ließ, fiel mein Blick auf die Liste. Ich nahm den Kugelschreiber zur Hand und zog einen dicken Strich durch das dritte Wort von oben. Der Plüschpanda war eliminiert.

Ich hustete. Kleine Tröpfchen Zahnpasta flogen gegen den Badezimmerspiegel, aber die Bürste tat weiter ihre Arbeit. Es war faszinierend. Und das Surren und Summen in meinem Kopf war noch viel lauter, als ich es vom Danebenstehen in Erinnerung hatte. Es war so laut, dass ich fast das Telefon nicht gehört hätte, das im Wohnzimmer klingelte.

Ich schaltete die Zahnbürste aus und sprintete zum Hörer, den Mund voll Zahnpastaschaum, viel mehr Schaum, als meine

Handzahnbürste jemals zu schlagen vermocht hatte. Ich wollte »Hallo« sagen, aber aus meinem Mund kam nichts, das wie ein Wort klang. Ich brabbelte etwas, das »Moment« heißen sollte, und legte den Hörer auf den Boden, um den Schaum ins Waschbecken zu spucken. Während ich zum Telefon zurückkehrte, fuhr ich mit meiner Zunge fasziniert die glatten sauberen Zahnreihen entlang.

»Entschuldigung ...«

»Huhu, Daphne!«

»Maria? Endlich!« Ich war unglaublich froh, ihre Stimme zu hören. Irgendwann hatte ich aufgehört, all die vergeblichen Versuche, sie anzurufen zu zählen. Ich hatte schon befürchtet, sie würde nie wieder mit mir reden wollen.

»Ja, genau, ich bin's!« Maria klang, als hätte sie die ganze Nacht lang mit Tante Doris Likörchen getrunken.

»Lallst du?«

»Ja, das kann schon sein.«

Ich warf einen Blick auf die Uhr. »Es ist halb eins mittags.«

»Das kann auch sein.«

Es war schön, dass Maria ihren Groll gegen mich überwunden zu haben schien. Aber ob dem auch wirklich so war, konnte ich nicht einschätzen. Sie machte auf mich jedenfalls einen mehr als unzurechnungsfähigen Eindruck.

Ich war besorgt. Fürs Erste konnte ich jedoch nichts weiter tun, als mit meiner Zunge meine Zähne zu befühlen (es war wie ein Zwang). Und natürlich zu versuchen herauszufinden, wie schlimm es wirklich um Maria stand.

»Ist Arne da?«

»Nö!«

»Aber bei euch ist alles wieder in Ordnung?«

»Nein, isses nich. Deswegen streich ich jetz sein Zimmer. Und ich will, dassu mitmachst. Du streichst doch so gern, und du schuldes mia was, Daphne, du wars nämlich ein Arsch.«

»Ist er gar nicht mehr zurückgekommen?«

»Kommst du jetz ... oder wie?«

Das Telefon tutete mir ins Ohr. Ich glaubte nicht, dass Maria böswillig einfach aufgelegt hatte. Vielleicht war ihr das Telefon in einen Farbeimer gefallen. Wenn dem so war, musste ich mich beeilen. Um zu verhindern, dass sie hinterherfiel.

Marias Pläne, Arnes Zimmer zu streichen, waren ein klarer Fall von Prioritätenverschiebung. Arnes Zimmer zu streichen hätte auf der Liste der Dinge, die sie unbedingt zeitnah erledigen musste, seinen Platz hinter zahlreichen anderen Punkten gehabt. Das Geschirr abwaschen, zum Beispiel, den Müll rausbringen, die Wäsche vom Boden aufsammeln, alles andere vom Boden aufsammeln, was da nicht hingehörte, die Fenster öffnen, damit der dichte Zigarettenrauch von Tagen verschwand. Und einer Dusche.

»Hey … hübscher Pyjama!«

Maria lehnte zusammengesunken im Türrahmen, als hätte ihr jemand die Wirbelsäule gestohlen. »Danke, find ich auch.«

»Aber er hat einen Fleck. Mehrere Flecken, um genau zu sein. Wie lang trägst du den jetzt schon?«

Sie machte »Pfff« und verschwand in Arnes Zimmer. »Der is eh gleich voll mit Farbe.«

Ihre Stimme hallte in dem fast leeren Raum. In der Zimmermitte war eine größere Ansammlung von mehreren kleinen Möbelstücken und einer Matratze. Darauf lagerten mehrere Kartons in unterschiedlichen Größen und ein Hockeyschläger. Das einzige Möbelstück, das noch an der Wand stand, war Arnes massiver Kleiderschrank. Maria zeigte darauf.

»Woll'n wir den noch wegziehn?« Sie machte drei schwankende Schritte auf das Ungetüm zu.

Ich hatte eine schlimme Vision davon, was passieren würde, wenn sie versuchte, ihn zu bewegen. »Das lassen wir besser, glaube ich.«

»Na gut.« Maria zuckte mit den Schultern. Dann knickten ihr unvermittelt die Beine unter dem Körper weg.

»Ups«, murmelte sie, während sie sich wieder aufrappelte und sich den Staub von ihrem fleckigen Pyjama klopfte. Der Anblick machte mich traurig und wütend. Wütend auf Arne, der meine knallharte Akademiker-Freundin in dieses betrunkene Häufchen Elend verwandelt hatte.

»Maria, jetzt erzähl mir endlich, was hier los ist.«

»Alles gut.«

»Nein, ist es nicht.«

Sie ließ sich auf den Boden fallen und lehnte ihren Kopf an der Wand an.

»Also gut. Ich ersähl dir … Alles! Aber du muss dich zu mir setsen. Wenn ich immer so hochgucken muss, wird mia gans schwinnelig.«

Ich saß schon.

Arne war seit vergangenem Sonntag fast jeden Abend in der gemeinsamen Wohnung erschienen. Zu Beginn hatte sich Maria noch Hoffnungen gemacht und Mühe gegeben, Tee gekocht, Essen vorbereitet, ihm sogar geholfen, Kleidung und anderen Kram, den er anscheinend dringend brauchte, in seiner Reisetasche zu verstauen. Aber als die Tasche voll war, ging er. Und sie musste das Essen, das sie für sie beide gekocht hatte, allein essen.

Arnes Zimmer leerte sich von Tag zu Tag mehr. Mitte der Woche rief seine Mutter bei Maria an, um zu fragen, was es damit auf sich hätte, dass ihr Sohn wieder bei ihr einzöge. Mit ihr würde er ja nicht reden. Maria konnte leider auch nicht reden, sie hatte einen Kloß im Hals. Nachdem sie aufgelegt hatte, öffnete sie die Flasche Rotwein, die sie eigentlich mit Arne hatte trinken wollen. Auf ein Glas verzichtete sie.

Als sie Arnes Schlüssel in der Tür hörte, der sein abendliches Ausräumkommando ankündigte, saß sie am Küchentisch und stand auch nicht auf. Die Flasche war bereits leer und Maria voll. Nachdem er sie bei seinen letzten Besuchen ignoriert hatte, so gut es ging, steckte er jetzt irritiert den Kopf durch die Küchentür, um nachzusehen, ob alles in Ordnung war. Sie erklärte ihm, dass sie nicht mehr bereit wäre, ihm dabei zu helfen, sich feige aus dem Staub zu machen. Er schlug die Küchentür zu und sie erinnerte sich daran, dass von der letzten Party noch irgendwo eine Flasche Wodka übrig geblieben war. Später ging sie im Pyjama zum Zigarettenautomaten.

Am nächsten Abend kam Arne mit einem Freund vorbei, den Maria auch kannte. Dem Freund war die ganze Angelegenheit merklich unangenehm. Er half Arne dabei, die Stereoanlage und den Computer und den ganzen anderen technischen Krempel aus dem Zimmer zu schaffen. Arne hatte Pappkartons mitgebracht. Unten stand ein Auto.

Gestern war er nicht gekommen. Maria war auf den Dachboden gegangen und hatte den großen Eimer hellblauer Farbe heruntergetragen, der von der Renovierung ihres eigenen Zimmers übrig geblieben war.

Ich zog den Deckel ab. »Die Farbe ist ganz bröckelig. Ich glaub, die können wir nicht mehr benutzen.«

»Papperlapapp, die muss nur umgerührt werden.« Sie lehnte immer noch an der Fensterbank und rauchte eine Zigarette. Eigentlich wirkte sie ganz fröhlich, was mit großer Wahrscheinlichkeit am Alkohol lag.

Das machte mir Sorgen. Ich fand ein altes Lineal zwischen Arnes Besitztümern und wälzte damit die Farbe um. Ich musste an den Mann im Baumarkt denken. Wenn die Farbe nicht nach faulen Eiern roch, war sie noch gut. Ich brachte meinen Kopf näher an den Eimer und sog den Geruch ein. Er war ganz normal. Farbig eben.

»Und wie geht es jetzt weiter mit euch?«

»Gar nich.«

»Aber du liebst ihn doch noch.«

»Ja.«

»Und er liebt dich auch.«

Sie zuckte mit den Schultern. »Weiß ich nich. Ich hol mal den Wein.«

Sie glitt auf dicken Socken über den Holzfußboden aus dem Zimmer und verlor unterwegs ihr manisches Lächeln. Das Thema Liebe hatte sie anscheinend etwas aus dem Konzept gebracht.

Ich hörte auf zu rühren. Die Klümpchen waren weg, das Gebinde samtig und homogen wie eine unnatürlich gefärbte Quarkspeise.

»Ich hab nur noch Rot!« Sie hatte die Flasche und zwei Gläser vorsorglich trotzdem schon einmal aus der Küche mitgebracht.

»Nicht für mich.«

»Du Verräterin!«

»Es ist viel zu früh zum Trinken. Und ich hatte diese Woche wirklich schon genug. Davon mal abgesehen hab ich meiner Mutter versprochen …«

»Komm schon, nur ein Glas!«

Ich wollte keinen Wein trinken. Und ich wollte auch nicht, dass sie noch mehr trank. Aber sie sah mich so an, so verzweifelt. Sie wollte einfach nicht mehr alleine trinken, das hatte sie jetzt schließlich schon vier Tage lang getan. Und sie war so einsam, dass sie mir sogar verzeihen konnte, dass ich so ein Arsch gewesen war. Ich wollte nicht schon wieder ein Arsch sein.

»Okay, aber nur ein Glas.«

Mit einem zufriedenen Gesichtsausdruck füllte sie das Weinglas bis zum Rand, so dass sie sich nach vorne beugen und schlürfend etwas abtrinken musste, bevor sie es mir reichen konnte.

»Maria … es tut mir leid, dass ich dich hab hängenlassen.«

»Ach, schon vergessn.« Sie schwenkte ihr eigenes Glas durch die Luft, um mir zuzuprosten. Etwa ein Drittel des Inhalts verschüttete sie dabei. »Jetz bis du ja da. Du und ich, susammen …« Maria setzte sich mir gegenüber auf den Boden. Ihre Beine zitterten ein bisschen, wie bei einem Rehkitz, und sie verfehlte nur knapp die Rotweinpfütze auf dem Boden.

»… wir brauchn keine Männer!«

»Vielleicht wird ja alles doch wieder gut.«

»Was, alles?«

»Mit dir und Arne.« Sie sagte nichts, stattdessen malte sie mit dem Finger Muster aus Rotwein auf den Fußboden. »Ihr gehört zusammen, Maria, was ihr habt, das ist eine … eine wirklich große Liebe!«

»So geht Liebe aber nich, Daphne.«

»Ja, aber wenn sie so nicht geht, wie zum Teufel geht sie dann? Ich will es wissen. Ich will es wirklich wissen!«

»Ha!« Sie tippte mit so viel Nachdruck in die Pfütze vor ihr, dass kleine Weintropfen zu allen Seiten wegspritzten. »Ich auch!«

War auch Unsinn gewesen, ausgerechnet von meiner frisch verlassenen, betrunkenen Freundin zu erwarten, dass sie mir erklärte, wie Liebe funktionierte.

Ich schaute mich im Zimmer um. »Womit soll ich streichen?«

»Wie?«

»Hast du eine Farbrolle oder so was?«

»Nö.«

»Dann verschieben wir das mit der Renovierung besser.« Ich legte den Plastikdeckel auf den Farbeimer und drückte ihn fest.

»Okay.« Maria leerte ihr Glas und schenkte sich nach. Und mir auch.

Es war schon dunkel, als ich zu Hause ankam, und meine übrigen Pläne für den Abend beschränkten sich auf eine weitere Runde mit meiner neuen elektrischen Zahnbürste und ein Date mit meinem Bett. All das Weintrinken hatte mich müde gemacht. Maria glücklicherweise auch, so dass ich sie irgendwann in ihr Bett verfrachten konnte, wo sie jetzt hoffentlich ihren fünftägigen Rausch ausschlief.

Ich war gerade dabei, die Zahnpastatube aufzuschrauben, als es an der Tür klingelte. Ich dachte, dass das wahrscheinlich Frau Karl war, ein Sonderkommando der Polizei im Schlepptau, das mich verhaften und in U-Haft nehmen würde. Wegen fehlgeschlagener Brandstiftung. Also ignorierte ich das Klingeln, präparierte die Zahnbürste und drückte den Knopf zur Inbetriebnahme. Es klingelte wieder. Zweimal, mit Nachdruck. Während die Borsten über meine Zähne putzten, öffnete ich die Tür. Als ich sah, wer da im Treppenhaus stand, machte ich ein überraschtes Geräusch. Lautlos. Es wurde von dem Schaum vor meinem Mund verschluckt.

»Unten war offen.« Felix machte einen Schritt über meine Türschwelle und gab mir im Vorbeigehen einen Kuss auf meine vibrierende Wange. Ich wusste nicht, was ich sagen sollte, aber Sprechen mit schaumvollem Mund war sowieso ein Ding der Unmöglichkeit. Also beschränkte ich mich darauf, die Zahnbürste auszustellen, nicht zu schlucken und Felix dabei zuzusehen, wie er sich auf den Boden kniete und seine Schuhe auszog. Als er wieder stand, zog er die Nase kraus.

»Es riecht komisch hier …«

Ich hatte mich an den Geruch von verbranntem Plastik gewöhnt und nahm ihn inzwischen gar nicht mehr wahr. Aber das hieß wohl nicht, dass er meine Wohnung wirklich verlassen hatte.

»Mir ist was angebrannt.« Mist, jetzt hatte ich doch geschluckt.

Er schnüffelte weiter und ging an mir vorbei in mein Wohnzimmer. Ich spuckte die restliche Zahnpasta im Badezimmer ins Waschbecken und ging ihm nach.

»Was machst du hier?«

»Ich dachte, du freust dich.« Er ließ sich aufs Sofa fallen. Ich blieb mit verschränkten Armen im Türrahmen stehen. In mir stieg die Wut hoch. Er bewegte sich mit einer Selbstverständlichkeit in meiner Wohnung, die mich wütend machte. Währenddessen fühlte ich mich ein bisschen wie ein Gast in einem fremden Haus, in einem fremden Land, dessen Regeln ich nicht kannte. Weil ich das alles einfach nicht mehr kapierte.

»Du kannst doch nicht einfach so herkommen!«

»Also freust du dich nicht?«

Das Schlimme war: Auf eine völlig unangebrachte, kranke Weise freute ich mich natürlich. Das durfte aber eigentlich nicht sein. Ich hatte doch sogar den Panda verbrannt, zählte das gar nicht?

»Du hast dich die ganze Woche lang nicht gemeldet!«

»Ich hatte zu tun. Und du hast ja auch nicht angerufen.«

»Weil ich gedacht habe …« Dummes paranoides Zeug hatte ich gedacht, von dem ich ihm ganz bestimmt nicht freiwillig erzählen würde. » … ist egal, was ich gedacht habe. Ich bin jedenfalls wütend auf dich.«

»Auf mich? Weil ich nicht angerufen habe?«

Für einen Moment fehlten mir die Worte. Wie schaffte er es bloß, dass ich mir jetzt so dumm vorkam?

»Ja, genau! Das ist doch ein guter Grund, Felix. Oder etwa nicht?« Ich wedelte aufgebracht mit den Händen in der Luft rum, bis mir bewusst wurde, wie bescheuert das aussehen musste. »Ich kann dir sogar sagen, wie wütend mich das gemacht hat. Ich hab den Panda verbrannt. In meinem Chilitopf. Und weißt du was? Ich bin froh darüber!«

Er lachte. »Deswegen stinkt das hier so? Mensch, Daphne …«

Lachte er mich aus? Lachte er mich wirklich aus?

Er streckte einen Arm in meine Richtung aus und sagte: »Komm her.«

MONTAG – WILDE TIERE

»Komm her?!« Jetzt war ich an der Reihe, ihn auszulachen. Was dachte der Typ sich eigentlich? »Bist du dumm?«

Er sah mich an, als würde er nichts verstehen, und so war es ziemlich sicher auch. Also erklärte ich ihm, wie unmöglich ich sein Verhalten fand, wie enttäuscht ich von ihm war und dass ich ihn, notfalls mit Kratzen und Beißen, an die Luft setzen würde, wenn er nicht sofort selbst von meinem Sofa aufstände und ginge. Und bevor ich die Tür hinter ihm zuknallte, fügte ich noch mit Nachdruck hinzu: »Verschwinde einfach wieder in dem Loch, in dem du dich vor mir versteckt hast und bleib da. Für immer. Ich will dich nie wieder sehen.«

Das alles hätte ich sagen sollen. Hatte ich aber leider nicht. Weil ich Schaum im Mund hatte. Und weich im Kopf war. Weich genug, um wieder mit ihm zu schlafen.

»Ich bin so bescheuert!«

Die Tippse machte ein zustimmendes Geräusch.

»Hast du nicht was zu Tippen oder so?« Ich warf ihr einen wütenden Blick zu, weil es unhöflich war, Selbstgespräche zu kommentieren. Auch wortlos. Vielleicht sollte ich einfach einen Schwächeanfall vortäuschen und nach Hause gehen. Und mich in meinem Bett vergraben. Das noch nach ihm roch. Und er roch so gut, verdammt.

Meine Kollegin spitzte die Lippen, richtete ihren Blick wieder auf den Monitor und tippte.

»Du sollst deine Mutter zurückrufen«, sagte sie, ohne den Blick vom Bildschirm abzuwenden.

Noch vor ein paar Wochen hätte ich diese Information registriert und mir nichts dabei gedacht. Weil es eines der Grundbedürfnisse meiner Mutter gewesen war, mich anzurufen. Täglich. Aber das hatte sich geändert, seit sie Friedbert kannte. Und Ferien an der Côte d'Azur machte.

»Ich hoffe, du weißt, dass Privatgespräche nicht ins Büro gehören. Und ich nicht dazu verpflichtet bin, dir das auszurichten.«

Ich griff nach dem Hörer.

»Vielen Dank für deinen selbstlosen Einsatz.«

»Als ob!« Sie schnaufte gekränkt und tippte etwas lauter.

Ich ließ eine Minute lang klingeln, bevor es in der Leitung knackte und meine Mutter sich meldete.

»Hallo Mama.«

»Oh, Daphne, wie schön …« Ihre Stimme klang matt.

»Wie war's in Frankreich?«

Sie seufzte das Seufzen, das man fast ausschließlich von Frauen kennt. Es war der Laut der Enttäuschung über einen Mann.

»Ist was mit Friedbert?«

»Hör bloß auf mit Friedbert. Der kann von mir aus mit seiner Frau Urlaub machen.«

»Oh.«

»Der mit seinem blöden Motorboot!«

»Kann ich etwas für dich tun?«

Ich hörte, wie sie mit den Tränen kämpfte und gewann. Ihre Stimme war belegt, aber fest.

»Du könntest dich zum Beispiel auch mal wieder bei mir melden, hm? Es kommt mir so vor, als hätte ich seit Wochen nichts von dir gehört.«

Ich verkniff mir eine direkte Antwort darauf. »Mama, hast du heute Abend schon etwas vor?«, sagte ich stattdessen. »Wir könnten spazieren gehen.«

Sie antwortete, noch bevor ich das letzte Wort zu Ende gesprochen hatte.

»Daphne, das wäre herrlich!«

Mit einem Rumms ließ sich Lucy auf ihrem angestammten Platz auf der Kante meines Schreibtisches nieder. Der Computerbildschirm wackelte. Mit einem schnellen Griff bewahrte ich die Wasserflasche auf meinem Tisch vor dem Umkippen.

Lucy trug ein fliederfarbenes knielanges Kleid mit Rüschen an den Ärmeln und dem Kragen und dazu pinkfarbene Accessoires, drei Armreifen und eine Klippspange im Haar. Sie hatte die Hände in die Hüften gestemmt und sah wild entschlossen aus.

»Lucy! Na? Alles klar?«

»Spar dir deine Nettigkeiten, Daphne!«

»Ich hab dich doch nur begrüßt …«

»Du hast mich fett genannt.«

»Ja … und das tut mir wirklich leid, Lucy, es ist mir so rausgerutscht. Ich hatte einen ganz schlechten Tag. Abgesehen davon hast du mich indirekt eine Nutte genannt und … ich habe überreagiert. Entschuldige bitte.«

Sie bemühte sich, weiter streng zu gucken. Aber es gelang ihr schlecht. »Na gut«, sagte sie schließlich würdevoll. »Wenn es dir leidtut, dann tut es mir auch leid.« Sie trommelte mit ihren Fingerspitzen auf die Tischplatte, und mir fiel auf, wie aufwendig manikürt ihre Nägel waren. Die oberen Enden waren weiß und halbmondförmig abgesetzt, darunter formten silberne Glitzersteine einen kleinen Teppich aus Sternen. Ich konnte meinen Blick nicht davon abwenden. Zumindest nicht, bis ich mich entschieden hatte, ob ich die Kreation niedlich oder furchtbar fand.

»Was hast du denn mit deinen Fingernägeln angestellt?«

Auf diese Frage hatte sie offenbar nur gewartet. Sie hielt mir die zehn kleinen Kunstwerke direkt vors Gesicht, damit ich sie besser sehen konnte.

»Toll, nicht? Hab ich am Samstag machen lassen. Zur Feier des Tages.«

»Was gab es denn zu feiern? Sag nicht, du hattest Geburtstag …«

»Nein!« Sie beugte sich verschwörerisch vor und flüsterte: »Ich war doch im Kino. Mit Hannes.« Ihr Blick wanderte schüchtern zur Seite.

»Ach, das war dieses Wochenende?«

»Ich hab ja am Freitag versucht, dir das zu erzählen. Aber dann hast du wieder nur von dir und deinen Männergeschichten geredet. Und dann haben wir uns gestritten.«

Ich schenkte ihr einen zerknirschten Blick. »Lucy, es tut mir leid. Ehrlich. War der Film gut?«

»Ja.« Das Rot kroch vom Hals aufwärts in ihr Gesicht. »Und Hannes war voll nett. Er hat mich eingeladen und das Popcorn bezahlt.«

»Das war wirklich sehr nett von ihm.«

»Ja. Sehr.« Sie nickte verträumt.

Und ich hätte mir fast mit der flachen Hand gegen die Stirn geschlagen in Anbetracht dieser offensichtlichen Demonstration akuter Verliebtheit. Da hätte ich schon längst draufkommen müssen, die Zeichen hätten nicht deutlicher sein können. Aber ich war so beschäftigt mit meinem eigenen Kram gewesen, dass es mir bis zu diesem Zeitpunkt gar nicht bewusst gewesen war.

»Lucy! Du bist in Hannes verknallt!«

Sie kicherte verschämt und zuppelte am Saum ihres Kleides. Damit war die Sache klar.

So war es, das Leben. Auf der einen Seite steckten zarte kleine Liebespflänzchen schüchtern ihre Köpfe aus dem Boden, auf der anderen verendeten riesige Beziehungsmammuts auf ihrem Weg zum »Bis dass der Tod uns scheidet«. Letzteres war schwerer zu übersehen und konnte verheerende Auswirkungen auf die beteiligten Personen haben. Um diese zu verhindern, musste man schleunigst Gegenmaßnahmen ergreifen.

Deswegen stand ich nach der Arbeit in Marias Hausflur und versuchte sie zu einem Spaziergang zu überreden. Sie wehrte sich mit Händen und Füßen.

»Ich geh hier nicht weg.«

»Maria, du bekommst noch diese Vitamin-D-Mangel-Knochenkrankheit. Du brauchst frische Luft und Sonne.«

»Ich brauch nichts. Ich hab alles hier.«

»Nur eine Viertelstunde, okay?«

»Es ist kalt draußen.«

»Wir haben August!«

»Trotzdem.«

»Dann ziehst du dir eben eine Jacke an.«

»Ich will nicht!«

»Maria, lass den Türrahmen los!«

Vor dem Haus wartete meine Mutter auf uns, und sie schloss Maria, die sich endlich eine Jeansjacke über ihren Pyjama geworfen hatte und mitgekommen war, fest in die Arme und wiegte sie, als wäre sie ein weinendes Kind. Dabei weinte Maria gar nicht. Sie warf mir lediglich über die Schulter meiner Mutter hinweg einen verdutzten Blick zu und ließ es geschehen.

»Du armes, armes Ding. Das tut mir ja alles so leid!« Meine Mutter tat, was die meisten Mütter taten, wenn sie selbst unglücklich waren. Sie verteilte die Zuwendung, die sie selbst gern bekommen hätte. »Da stehen wir jetzt also, wir drei, hm?« Sie seufzte. »Aber wir lassen uns nicht unterkriegen, oder?«

»Auf keinen Fall.« Marias Stimme kam dumpf und ohne jeden Enthusiasmus aus den Tiefen der Umklammerung meiner Mutter, die zufrieden nickte und sie noch näher an sich drückte. Plötzlich legte sie die Stirn in Falten und roch an dem Kopf in ihren Armen.

»Sag mal, Kind, du hast doch nicht etwa getrunken?«

Wir schlenderten nebeneinander zu dem kleinen Park in der Nähe, in dem es einen See gab mit Enten darauf, ein paar Bänke, mehrere große Bäume, die im Wind rauschten, und zu viele Menschen, die denselben Plan gehabt hatten wie wir: den schönen Sommerabend zu nutzen und sich die letzten Sonnenstrahlen des Tages aufs Gesicht scheinen zu lassen. Alle Bänke waren besetzt, also setzten wir uns auf die Wiese. Maria zog ihre Jacke aus. Es war wärmer, als sie vermutet hatte. Meine Mutter trug eine große schwarze Sonnenbrille. Sie streckte ihre Beine gerade von sich und seufzte.

»Ach, ihr beiden, ich versteh gar nicht, wieso ihr solche Probleme mit den Männern habt. Ihr seid doch jung und hübsch.«

Als ob es darauf ankäme.

Ich rupfte ein paar Grashalme aus dem Boden und begann sie zu verknoten, ohne eine wirkliche Vorstellung davon zu haben, zu welchem Endprodukt das führen sollte. »Wir können ja auch ohne Männer glücklich sein.«

Maria warf mir einen Blick zu. In einer Welt ohne ihren Freund erschien ihr die Idee von Glück wie ein schlechter Scherz.

»Eigentlich«, schob ich hinterher.

Meine Mutter tätschelte mir die Schulter. »Ja, ja, natürlich kann man auch ohne Männer glücklich sein.«

Wir schauten wieder dem See beim Nichtstun zu. Was gab es noch zu sagen? Wir konnten alle ohne Männer glücklich sein, aber wir waren es nicht. Wir waren ohne Männer und voller Kummer. Das Miese an der Sache war, dass die nicht so litten wie wir, wenn es mit der Liebe vorbei war. Das hatte ich schon oft erlebt. Da musste es auf dem Y-Chromosom eine besondere Programmierung geben, die bei Verlust der Frau umschaltete und das Loch im Glückssektor einfach mit etwas anderem auffüllte. Mit erhöhtem Spaßempfinden beim Fußballgucken und Biertrinken mit den Jungs, zum Beispiel. Es war einfach nicht fair.

Meine Mutter begann von ihrem Ausflug mit Friedbert zu erzählen. Sie versuchte dabei so ungerührt wie möglich zu wirken, aber manchmal machte sie zu lange Pausen, die verdeutlichten, dass sie dann doch nicht so ungerührt war.

Am Anfang war alles natürlich sehr schön gewesen. Friedbert hatte ein kleines abgelegenes Hotel ausgesucht, in einem kleinen abgelegenen Ort mit Blick über eine kleine abgelegene Bucht. Er hatte sie zum Abendessen ausgeführt, an den Strand bei Mondschein und zum Frühstück auf die Sonnenterrasse. Ganz traumhaft war es gewesen. Dann hatte Friedbert meiner Mutter von seiner Familie erzählt. Meine Mutter hatte nichts dagegen gehabt, von Friedberts Familie zu hören. Aber ihre Laune schlug um, als er seine Frau erwähnte. Seine Ehefrau. Ganz beiläufig. Meine Mutter trat Friedbert gegens Schienbein und befahl ihm, sie sofort zum Flughafen zu fahren.

»Ich bin zu alt, um die Geliebte zu spielen. Ach, was rede ich? Ich bin zu anständig, die Geliebte zu spielen, egal wie alt ich bin. Das geht zu weit! Ich hab ja bei Gott nicht damit gerechnet, in meinem Alter noch einmal die große Liebe zu finden, aber das … ja also das!« Meine Mutter rückte empört die Sonnenbrille auf ihrer Nase zurecht. Maria nickte verbittert.

Ein Eichhörnchen hüpfte über die Wiese auf uns zu, sein flauschiger Schwanz machte hinter ihm formvollendete rote Bögen in der Luft. Es hatte keine Angst vor Menschen, denn es hatte gelernt: Die taten nichts, die wollten nur füttern. Es blieb im Gras sitzen, etwa einen halben Meter neben Maria. Es legte den Kopf schief. Meine Mutter war entzückt. Maria lehnte sich zur Seite und streckte die Hand aus. Ich musste an die Eichhörnchen in meinem Hinterhof denken. Das wiederum erinnerte mich an Felix, weshalb ich für einen Augenblick abgelenkt war. Und dann schrie Maria. Und dann meine Mutter. Ich riss den Kopf rum, um zu sehen, was passiert war.

Das Eichhörnchen sauste pfeilschnell über die Wiese davon. Schaulustige reihten sich am Wiesenrand auf. Meine Mutter war aufgesprungen und rannte aus Ermangelung eines weiteren Plans hektisch um Maria herum, die ihren Finger hielt und leise fluchte. Auf ihren Pyjama tropfte Blut, aber das fiel neben den anderen Flecken kaum noch auf.

»Ist es schlimm?« Ich krabbelte zu Maria hinüber und wollte mir die Wunde ansehen, aber sie ließ mich nicht.

»Wir müssen ins Krankenhaus. Sofort!« Meine Mutter zog an Marias Arm.

»Ist doch nur ein kleiner Biss.«

»Dafür blutet es aber ziemlich stark.«

Meine Mutter riss Maria förmlich von der Wiese hoch. »Wir fahren jetzt ins Krankenhaus, keine Widerrede. Ich bin hier die Aufsichtsperson.«

»Mama, wir sind fast dreißig …«

»Mir egal. Wir nehmen jetzt ein Taxi, und dann fahren wir ins Krankenhaus, und jetzt will ich nichts mehr hören.« Ihre Finger in den Flanellstoff des Pyjamas verkrallt, zerrte meine Mutter Maria hinter sich her. Die wurde langsam, aber sicher schneeweiß im Gesicht.

Ich blieb einen Moment lang auf der Wiese stehen. Die Grüppchen sensationsgieriger Zuschauer zerstreuten sich. Der See blieb still und unberührt, als hätte letzte Nacht irgendein Scherzkeks eine Tonne Gelatine hineingeschüttet. Irgendwo in einem der großen Bäume saß vermutlich ein Eichhörnchen und revidierte seine Meinung über die Menschen.

In Gedanken nahm ich den Kugelschreiber aus der Kosmetiktasche in meinem Badezimmer und strich einen weiteren Punkt von der Liste. Eichhörnchen. Ich würde diese Tiere nie wieder mit denselben Augen sehen.

In der Notaufnahme ließ man uns warten. Niemand kam, um sich das Mädchen im Pyjama anzugucken, das kraftlos auf seinem Stuhl saß. Oder lag. Meine Mutter hielt Maria untergehakt, damit sie nicht vom Sitz rutschte. Das Neonlicht machte den Raum hell und dunkel zugleich. Es roch nach Desinfektionsmittel und, eine Ebene darunter, nach Urin. Ich versuchte, weniger ein- und mehr auszuatmen.

Am Empfangstresen gab ich Marias Daten an, erklärte, was passiert war und bekam von der Krankenschwester ein Traubenzuckerbonbon geschenkt. Sie hatte mausgraues stumpfes Haar, trug eine kreisrunde Brille und versprach, dass sich bald jemand um uns kümmern würde.

»Bald« ist ein langer Zeitraum in der Notaufnahme. Ich stellte mich an die Tresenecke mit den medizinischen Broschüren und schlug eine auf. Prostatakrebsfrüherkennung. Warum auch nicht? Es konnte sich ja nur noch um Stunden handeln, bis etwas passierte.

»Guten Tag. Ich bin mit meiner Großtante hier.«

»Großtante! Das muss doch nicht sein!«

Ich starrte auf das Bild einer erkrankten Prostata in dem aufgeschlagenen Merkblatt in meiner Hand. Das war immer noch besser, als mich umzudrehen und festzustellen, dass dort am Empfang wirklich die Person stand, von der ich befürchtete, dass sie dort stand.

»Worum handelt es sich?« Die Schwester sprach höflich und ruhig, das hatte sie bestimmt im Deeskalationstraining gelernt.

»Katzenbiss.«

»Zum zweiten Mal in diesem Monat, stellen Sie sich das mal vor!« Tante Doris kratzende Stimme überschlug sich. Die Schwester machte verständnisvolle Laute. »Sobald ich hier wieder raus bin, steck ich das Vieh in einen Sack und ertränk es. Jetzt reicht's!«

»Beruhig dich, Tante Doris …«

»Beruhigen?! Dieses verdammte Katzentier gehört umgebracht!«

Die Schwester räusperte sich.

»Nun, es ist gut, dass sie gekommen sind. Tierbisse können sehr gefährlich sein.«

»Das weiß ich doch!«, schimpfte Tante Doris.

»Sie sind schon der Zweite heute Abend«, fuhr die Schwester unbeirrt fort.

Nein, bitte nicht, dachte ich. Ich ahnte, was jetzt kommen würde.

»Die Dame hier hat auch eine Freundin herbegleitet. Eichhörnchenbiss. Ziemlich kurios.«

Sie entschuldigte sich kurz und verließ ihren Platz, um einen Doktor zu suchen, einen Experten für Tierbisse vielleicht, jetzt lohnte es sich ja. Ich zog die Schultern ein und versuchte mich unsichtbar zu machen. Ohne Erfolg.

»Ach sieh mal, Richie, da ist ja deine kleine Freundin Daphne!«

Ich drehte mich langsam um. Es führte kein Weg mehr daran vorbei. Ich war entdeckt, und es gab keine Fluchtmöglichkeiten. Tante Doris' Gesicht strahlte mich mit lückenhaften Zahnreihen an. Richards Gesicht war unlesbar.

»Hallo.«

»Hi.«

Tante Doris schubste ihn zur Seite und legte mir den Arm mit der frisch verwundeten Hand um die Schulter. »Mensch, Mädchen, das ist ja schön, dich hier zu sehen! Natürlich wäre es mir lieber, wir hätten uns woanders getroffen, aber so ist es jetzt nun mal, nech?«

»Ja … also, das tut mir wirklich leid. Das mit dem Katzenbiss. Schon wieder …«

Sie tätschelte meine Wange. Auf der Besucherbank wurde meine Mutter neugierig. Sie reckte ihren Kopf, um besser erkennen zu können, mit wem ich sprach. Ich deutete in ihre Richtung.

»Da drüben sitzen meine Mutter und eine Freundin von mir, ich müsste da dann auch mal wieder hin …«

»Der Eichhörnchenbiss?«

Ich nickte. Sie warf die Hände in die Luft, die eingegipste Hand nicht ganz so hoch wie die andere. »Herrjemine, na, da werd ich mich mal dazusetzen. Das klingt ja hochinteressant.«

Ich setzte zu einem Einwand an, doch da stand ich auch schon allein am Empfangstresen. Fast. Richard war noch da. Und ein Neuankömmling. Ein großer Mann mit Schnauzbart, der sich ein Küchentuch an sein blutendes Ohr hielt. Richard räusperte sich.

»Probleme mit der Prostata?«

»Was?«

Er deutete auf die Broschüre in meiner Hand, und ich stopfte sie wütend zurück in den Infoständer.

»Echt witzig, Richard.«

»Fast so witzig, wie dass wir uns ausgerechnet hier zufällig treffen müssen, nicht?«

»Das Dumme an Zufällen ist, dass man sie schwer vermeiden kann, nicht?«

»Vielleicht ist es ganz gut so. Du hättest dich ja niemals von selbst bei mir gemeldet, oder?«

Ich lachte einmal laut. Der Mann mit dem blutenden Ohr schaute sich irritiert um.

»Nein, ganz sicher nicht. Du bist doch auch nur ein Arschloch wie die andern.«

»Aha.«

»Ja genau. Und mir wäre es lieber gewesen, ich hätte dich nie wiedergesehen. Jetzt muss ich an diesen Morgen denken, und es ist ekelhalft, einfach ekelhaft …«

Richard verdrehte genervt die Augen.

»Da ist nichts gelaufen, okay? Nichts passiert. Das hab ich dir damals schon gesagt, es war ein Witz.«

»Ha. Ha.«

Bei den Besucherbänken unterhielten sich Tante Doris und meine Mutter angeregt über Marias blassen Kopf hinweg.

»Es war ein Scheißwitz. Ich wollte dir eins auswischen.«

Ich stemmte die Hände in die Hüften und sah ihn so wütend an, wie es mir die Anatomie meines Gesichts erlaubte. »Und wofür bitte? Sag mal, hast du sie noch alle?!«

»Komm mal runter. Ich hab mir die ganze Nacht dein Geheule angehört, weil dein Typ dich hat sitzenlassen. Dafür geh ich mit dir aus und bezahl die Drinks und das Taxi? Um mir am Ende anzuhören, dass du eh kein Interesse hast?«

»Und da dachtest du dir, du lässt mich einfach mal glauben, wir hätten miteinander geschlafen?«

»Und du hast mich glauben lassen, du würdest mich mögen.«

Wir standen unter der Neonlampe in der Notaufnahme, auf dem glänzenden grau-weißen Linoleumboden, kein halber Meter zwischen uns. Ich konnte hören, wie seine Nase leicht pfiff, wenn er die Luft einzog. Ich sah, dass er eine trockene Stelle unter den Bartstoppeln knapp links überm Kinn hatte. Ich roch, dass er schwitzte, aber nur ein bisschen. Es ist immer ein seltsamer Moment, wenn man feststellt, dass man es nur mit einem Menschen zu tun hat. Mit Schuppen, Schnupfen, Schweißdrüsen und verletzten Gefühlen.

Ein Arzt trat aus einer der zahlreichen Türen entlang des Gangs, kam auf meine Mutter, Maria und Tante Doris zu und führte Maria am Arm in das Behandlungszimmer. Die beiden anderen Frauen blieben besorgt zurück und führten nach einer kurzen Betroffenheitsperiode ihr Gespräch fort.

Ich atmete lang und hörbar aus. Die Wut war weg. Stattdessen fühlte ich mich schuldig.

»Es ist ja nicht so, dass ich dich nicht mag. Aber ich mag dich nicht genug.«

Die Krankenschwester war leicht außer Atem zu ihrem Tresen zurückgekehrt und bereit, sich um den Mann mit dem verletzten Ohr zu kümmern, der fast ein bisschen enttäuscht wirkte, weil er das Ende unserer Diskussion verpassen würde. Möglicherweise hatte er aber auch einfach Schmerzen.

»Alles klar, dann gib mir noch eine Chance. Ein Date.«

»Warum?«

»Weil ich weiß, dass du mich genug mögen könntest.«

»Und wenn nicht?«

Er zuckte mit den Schultern. »Dann eben nicht.«

Eigentlich wollte ich Nein sagen. Diese Sache zwischen uns war von Anfang an seltsam gelaufen und würde auch weiterhin seltsam bleiben. Ich sah keine Zukunft, nur eine mehr als komplizierte Vergangenheit. Ich sah einen weiteren flutschigen Mann. Trotzdem nickte ich. Und lächelte sogar. »Okay.«

Richard grinste zufrieden.

»Aber nicht gleich morgen. Oder nächste Woche.« Ich bemerkte, wie das Grinsen verschwand und einem eher verwirrten Ausdruck Platz machte. »Na ja, ich meine, du willst dir doch nicht noch einen Abend lang meine Ex-Geschichten anhören müssen, oder?«

Richard sah mich ernst an, dann nickte er langsam. »Meld dich einfach, wenn du drüber hinweg bist. Oder mal über etwas anderes reden möchtest.«

Maria kam aus dem Behandlungszimmer. Um ihre Hand trug sie einen strahlend weißen Verband, und sie sah schon wieder etwas besser aus. Der Arzt sprach mit meiner Mutter, die eifrig nickte, ihm die Hand gab, Tante Doris die Hand geben wollte, es dann aber nicht tat, weil ja beide verletzt waren, Maria unterhakte und schnellen Schrittes auf mich und Richard zukam.

»Daphne, wir müssen zum Tropeninstitut.«

»Tropeninstitut?«

Meine Mutter liebte es, wenn die Dinge dramatisch wurden. Und sie wichtig.

»Maria braucht eine Impfung gegen Tollwut.«

Ich sah Richard entschuldigend an und winkte ihm im Laufen zum Abschied zu, während ich versuchte, mit meiner Mutter Schritt zu halten, die Maria zum Ausgang zog.

Bilanz des Tages: Versöhnung mit Lucy, ein gebrochenes Mutterherz, eine verletzte Akademiker-Freundin, ein Eichhörnchen auf der Flucht, eine weitere Versöhnung und in deren Folge eventuell bald ein drittes Date mit Richard. Und, nach wie vor, ein kaum zu unterdrückendes Schamgefühl. Wegen der Nacht mit Felix. Nicht daran zu denken, war ein Ding der Unmöglichkeit.

SONNTAG – GIPFELTREFFEN

Die Bilanz der gesamten darauf folgenden Woche sah dann so aus:

Maria war wieder dazu übergegangen, sich echte Kleidung anzuziehen. Das war ein Fortschritt. Sie kämmte sich außerdem die Haare und trank weniger, was mir besonders am Herzen lag. Ich überzeugte mich davon, indem ich jeden Tag nach dem Büro zu ihr fuhr und mich von ihr anatmen ließ. Es war zeitaufwendig, aber dafür waren Freunde nun einmal da. Und am Freitag war der Küchentisch wieder bedeckt gewesen von den Materialien, die sie für ihre Magisterarbeit brauchte. Der überquellende Aschenbecher und ihr mürrischer Gesichtsausdruck ließen zwar darauf schließen, dass sie nicht weit gekommen war, aber immerhin, der Anfang war gemacht.

Lucy schwebte auf Wolke sieben und fand in jedem Gespräch einen Weg, Hannes zu erwähnen:

»Ich müsste auch mal wieder zum Friseur.«

»Hannes hat wirklich schöne Haare.«

Oder:

»Die Bratkartoffeln schmecken widerlich.«

»Weißt du, ob Hannes Bratkartoffeln mag?«

Oder:

»Heute soll das Wetter gut werden.«

»Das Wort ›heute‹ fängt mit h an. Und der Name Hannes auch. Ist das nicht toll?«

Spätestens am Dienstag konnte ich es nicht mehr ertragen.

»Lucy, wann trefft ihr euch denn wieder?«

»Wer?«

»Du und Hannes?«

»Ich weiß nicht.«

»Warum rufst du ihn denn nicht einfach mal an?«

»ICH?« Daraufhin lief sie rot an und musste schnell weg.

Betty fühlte sich nicht gut. Irgendetwas mit dem Magen.

»Schätzelein, das muss die Currywurst gewesen sein, die ich Mittwoch gegessen hab. Am nächsten Morgen bin ich gleich vom Bett zum Klo und das war's dann …«

»Lebensmittelvergiftung?«

»Wahrscheinlich.«

»Das geht schnell vorbei.«

»Hoffentlich. Ich hab so eine Lust auf eine ordentliche Currywurst, so richtigen Heißhunger, das kannst du dir gar nicht vorstellen.«

Konnte ich schon. Betty liebte Fleisch.

Meine Mutter rief jetzt wieder jeden Tag an.

»Es ist so tolles Wetter heute. Hast du mal aus dem Fenster geguckt?«

»Ja.«

»Schönster Sonnenschein. Und ich muss mich dringend etwas bewegen. Also, wann soll ich dich zum Spaziergang abholen? Zwanzig Minuten?«

»Ich hab eigentlich keine Lust auf einen Spaziergang.«

»Komm. Die Sonne scheint so schön.«

»Ich weiß.«

»Ach, na ja, weißt du, dann ruf ich die nette Dame aus dem Krankenhaus an. Die Doris. Wir haben Nummern getauscht, wirklich ganz reizend. Das muss ich dir übrigens auch nochmal sagen, mein Kind, ich finde es ja schon etwas schade, dass du mir nichts von deinem neuen Freund erzählt hast. Du hättest ihn mir ja ruhig mal vorstellen können.«

»Richard ist nicht mein Freund, Mama. Ich hab keinen Freund.«

»Nicht?«

»Nein.«

»Dann hat sich Doris geirrt. Seltsam ... Wirklich kein Spaziergang?«

Und Felix? Der glänzte mal wieder durch Abwesenheit.

Meine persönliche Wochenbilanz zog ich am Sonntag. Ich hatte inzwischen das Wort »Eichhörnchen« von der Liste gestrichen und mir so meine Gedanken gemacht. Ich hatte mich gefragt, warum ich so problemlos Richard meine Meinung hatte sagen können, Felix jedoch nicht. Ich hatte mich gefragt, wieso ich, nach all meinen Bemühungen, die Liste abzuarbeiten, und nachdem ich mir fast eine Rauchvergiftung eingefangen hatte, ihn trotzdem wieder in meine Wohnung und mein Bett gelassen hatte. Ich hatte mich gefragt, ob das jetzt immer so weitergehen würde. Auf all diese Fragen hatte ich keine Antworten gefunden und letztendlich doch alles wieder auf diese verfluchten Wahrheiten geschoben, denn, Hand aufs Herz, auch wenn es eine beschissene Liebe war, musste es wohl Liebe sein.

Oder ich war schwachsinnig. Auch eine Möglichkeit.

Auf dem Fernsehbildschirm stritt sich eine deutsche Familie, die nach Nicaragua ausgewandert war. Ich verfolgte das Geschehen mit eher geringem Interesse und lackierte mir nebenbei die Fingernägel rot. Als ich noch mit Felix zusammen gewesen war, hatte ich nie die Zeit für solche Schönheitsmaßnahmen gefunden. Jetzt war die Zeit da, aber er nicht, um ihn mit meinen sauber lackierten Fingernägeln zu beeindrucken. Die Ironie war zu schmerzlich, um komisch zu sein.

Ich war mit der linken Hand fertig und näherte mich mit zitterndem Pinsel dem kleinen Finger der rechten. Immer wieder eine Herausforderung. Und gerade, als ich voll konzentriert den Lack auf den ersten Nagel aufmalte, klingelte es an der Tür. Vor

Schreck lackierte ich weit über den Rand hinaus. Leise fluchend ging ich zur Tür und rubbelte unterwegs mit den Fingern an der nassen Farbe, was alles nur noch schlimmer machte. Ich drückte auf den Türsummer, öffnete gleichzeitig die Tür und erschrak erst einmal fürchterlich, weil ich nicht damit gerechnet hatte, dass schon jemand direkt davor stehen würde. Es war Hannes.

»Unten war offen.«

Er hatte mein Angebot, einen Tee zu kochen, abgelehnt und auf dem Sofa Platz genommen. Da saß er jetzt, die Hände ineinander gefaltet, mit dem Fuß wippend. Sein Blick wanderte im Raum umher, als wäre er noch nie zuvor hier gewesen. Ich setzte mich ihm gegenüber auf den wackeligen antiken Stuhl, den meine Mutter mir vermacht hatte, und zündete mir eine Zigarette an.

Seit fast drei Wochen hatte ich Hannes weder gesehen noch mit ihm gesprochen. Seit meinem überstürzten Abgang vor dem Haushaltswarengeschäft. Ich hatte das Problem, das so offensichtlich war wie ein Elefant in einer Warnweste, vor mir hergeschoben, bis ich schon fast dachte, es hätte sich von allein aus der Welt geschafft. Ich schämte mich zwar für meine Feigheit, aber mir war auch keine schlaue Idee gekommen, was ich sonst hätte tun sollen. Ohne, dass gleich wieder ein Super-GAU passierte. Also blieb ich passiv.

Auch Hannes hatte sich ruhig verhalten. Keine Anrufe, keine zufälligen Begegnungen, keine Briefe an Haustüren. Aber jetzt war er hier. Die Situation war immer noch ungeklärt. Und immer noch peinlich.

»Also … was treibt dich her?«

Ich wusste nicht genau, ob das freundlich genug oder zu freundlich oder zu wenig freundlich geklungen hatte. Hannes jedenfalls stoppte das Fußwippen und sah mich fest an.

»Ich denke, es gibt da ein paar Dinge, die wir klären sollten.«

Ich versuchte, eine bequeme Sitzposition zu finden, meinen Körper so zu arrangieren, dass er entspannt wirkte. Aber auf dem

Stuhl war es unmöglich, anders auszusehen als eine brave Internatsschülerin aus dem vorletzten Jahrhundert.

»Welche Dinge?«

»Ich hoffe, du tust nur so blöd.«

Er hatte Recht, ich tat in der Tat blöd. Nicht, dass große Hoffnung bestand, dadurch dem nahenden Gespräch aus dem Weg zu gehen, aber ich hatte gehofft, es aufschieben zu können. Am liebsten bis für immer.

»Tschuldigung.«

»Nicht angenommen.«

Ich sah auf den Boden.

»Daphne, was hast du dir eigentlich dabei gedacht?«

Was genau meinte er jetzt? Dass ich mich nicht mehr bei ihm gemeldet hatte?

»Hannes, ich wusste einfach nicht, was ich sonst hätte tun sollen.«

»Mit mir reden?«

»Und was sagen? Ich liebe dich auch?« Er runzelte die Stirn, und ich wertete das als Zustimmung. »Aber das tu ich leider nicht, Hannes. Ich meine, ich liebe dich schon. Als Freund. Aber nicht so wie du mich. Und wenn ich das gesagt hätte, dann hätte ich gelogen.«

»Und deswegen denkst du, du suchst mir einfach mal so einen schnellen Ersatz?«

»Hä?« Ich hatte keinen blassen Schimmer, worum es hier ging. Und er guckte schon wieder so streng.

»Daphne …«

»Ich stell mich wirklich nicht blöd. Ehrlich. Ich weiß nicht, wovon du sprichst.«

»Nein?«

»Nein!«

»Ich rede von Lucy.« Mein Mund öffnete sich und blieb so. Hannes seufzte. »Ich gebe zu, die Aktion da im Regen neulich war wirklich dumm von mir. Ich meine, ich wusste ja, dass du nicht an mir interessiert bist. Aber ich war ein bisschen angetrunken und verwirrt …« Er machte eine wegwerfende Handbewegung. »Mensch, du weißt, wie lange ich schon Single bin. Ich habe auch Bedürfnisse … Aber das muss ich dir offenbar nicht sagen, denn das hast du ja alles ganz geschickt eingefädelt, das mit Lucy.«

»Wie bitte?«

»Ich brauche niemanden, der mich verkuppelt, Daphne. Ich bin nicht so ein hoffnungsloser Fall. Und das wird jetzt auch alles langsam etwas unglaubwürdig. Die Geschenke, die Briefe, die Anrufe – jetzt gib schon zu, dass du dahintersteckst.«

»Welche Geschenke denn?«

»Der Malen-nach-Zahlen-Teddy …«

»Sie hat dir einen Teddy gemalt?«

»Und ein Pony.«

»Süß.«

Hannes saß da und wartete auf ein Geständnis. Aber ich hatte nichts zu gestehen. Abwehrend hob ich die Arme. »Ich habe damit nichts zu tun. Indianerehrenwort.«

»Und warum macht sie dann das alles? Hm?«

Ich nahm einen letzten Zug von der Zigarette. »Weil sie total in dich verknallt ist, Hannes.«

»In mich?«

»Das passiert.«

»Aber in mich war noch nie jemand verknallt. Ich bin eigentlich mehr der Typ für unerwiderte Liebe.«

»Du magst sie doch auch.«

»Sie ist wirklich toll. Aber …« Er fuhr sich mit der Hand durchs Haar und sah dabei ziemlich hilflos aus. »… ich war mir so sicher, dass du deine Finger im Spiel hast. Ich meine, sie ist eine Kollegin von dir, du hast sie mir vorgestellt, wir haben dieselben Interessen …«

»Das ist doch super!«

Er hielt sich beide Hände vors Gesicht und atmete dahinter tief aus. Als er mich wieder ansah, war die Panik verschwunden und hatte einem erleichterten Lächeln Platz gemacht. »Und dann die Geschichten, die sie mir im Kino von dir erzählt hat, damit ich mir dich aus dem Kopf schlage.«

Ich war gerade dabei gewesen, meine Zigarette im Aschenbecher auszudrücken, und hielt misstrauisch in der Bewegung inne. »Welche Geschichten?«

»Na ja, sie hat da so Andeutungen fallenlassen, dass sie sich Sorgen macht, weil du wohl wieder was mit diesem Arschloch Felix hättest … und mit diesem seltsamen Typ aus der Bar. Ach, ist ja eh alles Quatsch, oder, Daphne?«

Ich starrte ihn mit offenem Mund an. Es klingelte.

Als ich an meiner Wohnungstür ankam, klopfte jemand leicht von außen dagegen. Ich zog sie auf, während ich noch überlegte, was ich Hannes jetzt sagen sollte. Das erübrigte sich aber im nächsten Moment, denn vor mir stand Felix, ein unverschämtes Grinsen im Gesicht.

»Unten war offen.«

Bevor ich reagieren konnte, hatte er mir einen Kuss auf die Lippen gedrückt.

»Felix, was machst du hier?!«, zischte ich ihn an.

»Warum flüsterst du denn?« Er flüsterte auch, als würden wir ein Spiel spielen.

»Weil … hättest du nicht anrufen können?«

»Aber ich besuche dich doch jeden Sonntag.«

So war das also. Ich kniff zornig die Augen zusammen. »Tja, tut mir leid, aber es sieht ganz so aus, als müsste unser traditioneller Sonntagsfick ein bisschen warten.«

Ich drückte mich sauer an ihm vorbei ins Wohnzimmer. Er folgte mir.

Hannes hob den Kopf, als er uns reinkommen hörte, ein freundliches Lächeln im Gesicht, das für jeden anderen Gast gedacht war, nur nicht für Felix. Als er registrierte, wer da im Zimmer stand, verschwand es sofort und wich dem herausfordernden Gesichtsausdruck eines Cowboys kurz vor dem Duell. Er erhob sich vom Sofa, richtete sich zu seiner vollen Größe auf, so dass er Felix um einen halben Kopf überragte, und verschränkte die Arme vor der Brust. »Was willst du hier?«

»Darauf könntest du eigentlich mit ein bisschen Nachdenken von selbst kommen, aber ich will mal nicht so sein: Ich besuche Daphne.«

Felix schien Hannes' bedrohlichen Auftritt nicht ernst zu nehmen. Oder er tat nur so. Jedenfalls lächelte er entspannt und lehnte sich an den Türrahmen. Ich setzte mich wieder auf meinen antiken Stuhl. Besser als dumm rumzustehen.

Hannes sah mich tadelnd an. »Dann stimmt es doch?«

»Hm?« Ich hob den Kopf und tat so, als hätte ich nichts gehört. »Wie bitte?«

»Was Lucy gesagt hat? Du hast wieder was mit dem?«

»Mit dem?«, äffte Felix ihn nach und schnaubte amüsiert.

Die beiden hatten sich erst einmal getroffen, ein paar Wochen, bevor Schluss gewesen war mit Felix. Hannes hatte mir nie gesagt, was er von ihm hielt. Er war ein Freund und solidarisch genug, um meinen aktuellen Partner zu mögen, solange er bei mir war, und ihn nicht mehr ganz so gut zu finden, wenn er mich verlassen hatte. Jetzt wurde offensichtlich: Hannes hatte Felix nie gemocht.

»Lachst du mich aus?«

»Wärst du an meiner Stelle, würdest du das auch tun.« Felix blieb vollkommen ungerührt. Sein Selbstbewusstsein, das ich sonst immer so attraktiv gefunden hatte, wirkte auf mich jetzt einfach nur arrogant.

Hannes machte einen Schritt auf Felix zu. Inzwischen standen die beiden für meinen Geschmack zu nah beieinander. Ich hatte Angst um meine Inneneinrichtung.

»Wäre ich an deiner Stelle, würde ich mich ganz schnell verpissen, du Scherzkeks.«

Ich vergrub mein Gesicht in den Händen. »Hannes, das ist nicht deine Sache. Bitte …«

»Du hast sie gehört.« Felix machte eine lässige Handbewegung, und das ärgerte mich.

»Er hat gar nichts gehört, weil du mich unterbrochen hast«, fuhr ich ihn an. »Außerdem benimmst du dich gerade wie das letzte Arschloch. Was denkst du eigentlich, wer du bist?«

Hannes drehte mir den Kopf zu. »Ganz ehrlich, Daphne, ich kapier nicht, wieso du dir solche Typen ins Haus holst.«

»Was heißt denn bitte ›solche Typen‹?« Jetzt war es Felix, der einen Schritt auf Hannes zu machte.

»Scheißkerle wie dich, ganz einfach.«

Ich hielt weder Hannes noch Felix für gewalttätig, aber ich hatte auch noch keinen der beiden jemals so erlebt. Ich musste sie dazu bringen, damit aufzuhören. Ich wusste nur nicht, wie.

Versuchsweise klatschte ich einmal laut in die Hände. Meine Mutter hatte das mit mir so gemacht, als ich noch ein Kind war. Einmal in die Hände klatschen für Aufmerksamkeit. Und es funktionierte. Beim dritten Mal. Und nachdem ich zusätzlich mit dem Fuß aufgestampft hatte.

»Ihr setzt euch jetzt beide hin. Sofort. Es reicht.«

Hannes setzte sich, Felix nicht. Auch nicht, nachdem ich ihm einen wütenden Blick zugeworfen hatte. Ich fand nicht, dass dies der richtige Moment für Machtspielchen war, und schüttelte nur missbilligend den Kopf.

Er deutete auf Hannes. »Tut mir leid, aber ich stehe lieber, als neben dem hier zu sitzen.«

Hannes verdrehte die Augen. »Oh, jetzt bin ich aber beleidigt.«

Was für ein Kindergarten.

Es klopfte an der Tür. Offensichtlich war heute Tag des unangekündigten Besuchs. Ich erhob mich von meinem Stuhl und warf meinen ungebetenen Gästen einen strengen Blick zu. Die Situation schien mir so weit entschärft. Trotzdem ging ich rückwärts aus dem Zimmer, um sie im Auge zu behalten, und drehte mich erst draußen um. Als ich die Klinke nach unten drückte, flog die Wohnungstür mir förmlich entgegen. Betty drängelte sich in den Flur, die Jacke schon halb ausgezogen.

»Unten war auf.«

»Ich weiß.«

Sie ließ die Jacke auf den Boden fallen und zog sich mit Hilfe des jeweils freien Fußes ihre Turnschuhe aus. Im Wohnzimmer war es mucksmäuschenstill. Betty richtete sich wieder auf. Sie holte tief Luft. Und sah mich ernst an.

»Daphne, es war nicht die Currywurst.«

»Currywurst?«

»Ich bin schwanger.«

Neuigkeiten wie dieser stehen immer ein oder zwei Sekunden Stille zu, damit sie ihre Wirkung voll entfalten und die Beteiligten entscheiden können, ob es sich um eine gute oder eine schlechte Botschaft handelt. Und dann erst ist es Zeit für eine Reaktion.

Das »Was?!« kam synchron aus meinem und aus Hannes' Mund. Betty runzelte die Stirn und warf mir einen Blick zu. »Ist Hannes hier?«

Sie machte ein paar Schritte nach vorn zur Wohnzimmertür. Hannes war inzwischen wieder aufgestanden und stand mitten im Raum, mit offenem Mund. »Du bist schwanger?!«

»Ja. Wenn man dem Test glaubt.«

Während Hannes nach den richtigen Worten suchte, oder einfach nur nach irgendwelchen Worten, fiel Bettys Blick auf den zweiten Gast, der links von ihr an der Wohnzimmerwand lehnte, die Arme vor dem Körper verschränkt, fehl am Platz und nicht mehr ganz sicher, ob es sich jetzt noch lohnte zu warten.

»Ach nee, der Herr Geistig-Klobig!«

Felix nickte ihr zu, aber er sah nicht freundlich aus.

»Du bist schwanger?!« Hannes hatte die Information offensichtlich immer noch nicht verdaut.

Betty stemmte ungeduldig die Hände in die Seite. »Die Frage hatte ich eben schon einmal beantwortet, nicht?«

»Aber wie?«

»Hannes, muss ich dir das wirklich erklären?«

»Würde mich bei dem nicht wundern …«, meldete Felix sich zu Wort. Er lachte. Aber kein anderer lachte mit, also hörte er wieder damit auf.

Ich fand, es war an der Zeit, die wirklich wichtigen Fragen zu stellen. »Weiß er davon?«

»Wer?«

»Mo. Es ist doch von Mo, oder?«

»Ach so. Ja klar ist es von ihm.«

»Hast du's ihm gesagt?«

»Noch nicht. Ist ja nicht so, als wäre er mein Freund oder so …« Sie verdrehte albern die Augen.

»Und was willst du jetzt machen?«

Sie überlegte keinen Moment.

»Ich werd Mutter, ist doch klar.«

»Ich fass es nicht!« Hannes ließ sich auf das Sofa fallen.

Betty betrachtete die anwesenden Personen. »Wie kommt es eigentlich, dass ihr alle hier seid?«

»Ich wohne hier.«

»Und der da?« Sie nickte in Felix' Richtung. Bevor ich antworten konnte, kam Hannes mir zuvor, der Verräter.

»Zwischen den beiden läuft wieder was.«

Betty fuhr erschrocken herum. »Daphne! Ist das wahr?«

Ich konnte nur mit den Schultern zucken. Felix inspizierte seine Fingernägel.

»Mit dem?!« Betty ließ sich mit einem Seufzer der Erschöpfung neben Hannes in die Sofakissen fallen, als wäre sie bereits kurz vor der Niederkunft. »Ach Schätzelein, und dabei hatten wir uns solche Mühe gegeben – die Gespräche, der White Russian, die Liste … Ich hab dir eine Zahnbürste gekauft! Und jetzt schmeißt du das alles weg? Und wofür?«

»Sonntagssex.« Ich versuchte, die schockierten Gesichter meiner Freunde zu ignorieren, aber es half nichts, ich fühlte mich trotzdem mies. »Ich weiß … es ist erbärmlich.«

Felix zog die Augenbrauen hoch. Ich verspürte wieder den Drang, mich zu setzen, und kehrte zu meinem Platz auf dem antiken Stuhl zurück. Ich hätte gern eine Zigarette geraucht. Aber in Gegenwart einer Schwangeren war das indiskutabel.

»Und ich dachte, damit wäre Schluss gewesen seit der Sache mit dem Asiaten.«

»Er ist kein Asiat, Betty.«

»Ach, davon hast du gewusst?« Hannes lehnte sich vor, um Betty besser ins Gesicht sehen zu können. »Dass sie mit dem auch geschlafen hat.«

Betty sah mich mit großen Augen an.

»Hast du?«

»Nein, hab ich nicht, verdammt!« Ich sah Felix von der Seite an. Er sah nicht glücklich aus. Ganz und gar nicht. »Hannes … warum erzählst du so einen Mist?«

»Wieso Mist, Daphne? Es stimmt ja anscheinend doch, was Lucy über dich gesagt hat. Über dich und den hier«, er nickte abschätzig in Felix' Richtung, »und über den ›Asiaten‹.« Schon wieder diese Gänsefüßchen. Konnte er das nicht mal lassen? »Weiß sie auch über uns Bescheid, Daphne? Über unsere gemeinsame Nacht?«

»Du hattest Sex mit Hannes?« Betty schlug sich die Hände vor den Mund.

»Mit dem?!« Felix glotzte erst Hannes, dann mich ungläubig an.

»Ja. Mit dem.«

Alle Blicke ruhten auf mir. Ich hatte Betty eindeutig die Show gestohlen. Noch wollte niemand der Erste sein, der etwas dazu sagte. Das war auch besser so. Ich wollte nämlich nichts hören. Das hier war meine Wohnung, mein Wohnzimmer, mein Sofa. Mein antiker Stuhl, auf dem ich saß, mit dem Rücken zur Wand, und um den sie sich scharten wie ein Schöffengericht. Das hier war meine unbequeme Situation, in der ich steckte.

Und ich wollte raus. Es war genug. Ich hob die Hände und kam allen zuvor. »Okay, ich bin eine Schlampe. Macht das untereinander aus.«

Ich stand auf. Und ging.

Eine Runde um den Block. Zwei. Ich hatte meinen Schlüsselbund in der einen Jackentasche, das Handy in der anderen und die Nase voll. An der Straßenecke vor dem sonntäglich dunklen, verriegelten Supermarkt blieb ich stehen und lehnte mich gegen einen Stromkasten. Ich sah auf mein Handy. Viertel nach acht. Hauptsendezeit. Wo sollte ich hin?

Es war noch hell, aber aus den meisten Fenstern drang das Flimmern von Fernsehbildschirmen, Tatort lief, weichgespülte Kitschromanverfilmungen, Actionblockbuster, eine beliebte Komödie aus den 80ern, schon unzählige Male gesehen, all das, aber man durfte es nicht verpassen. Ich hätte auch lieber auf meinem Sofa gesessen, mit einer Tasse Tee, ein paar belegten Broten … Aber mein Sofa war besetzt von Vorwürfen.

Ich bog nach rechts ab auf die Hauptstraße und ließ die Tankstelle links liegen. Nur wenig Autos waren unterwegs und rauschten in unregelmäßigen Abständen an mir vorbei. Ich überquerte etwa dreihundert Meter vor der Ampel die vierspurige Straße, weil sie in dem Moment frei war.

Spazierengehen reinigt den Geist. Wieder einmal hätte ich auf meine Mutter hören sollen. Hätte ich zugesagt, als sie mich früher am Tag dazu eingeladen hatte, wäre ich vielleicht nicht zu Hause gewesen, als ein verwirrter Hannes an der Tür klingelte. Wenn man es ganz genau nahm, dann wäre das ganze Debakel gar nicht erst passiert, hätte ich gleich zu Beginn auf meine Mutter gehört und Tee getrunken, anstatt Hannes zu mir einzuladen und mich mit Cuba Libre vollzuschütten. »Hätte, hätte, hätte«, würde Betty sagen.

Und was war das überhaupt für eine Geschichte, mit der Betty da heute herausgerückt war, was für ein Skandal und so unendlich viel größer als mein kleiner Ausrutscher mit Hannes. Ein Kind, ein neues Lebewesen, gebastelt aus ein bisschen DNA, die sie und Mo zusammengeworfen hatten während eines ihrer unverbindlichen Schäferstündchen. Und das hatten sie jetzt davon. Die ultimative Verbindlichkeit, bis an ihr Lebensende. Aber verfiel deswegen irgendjemand in schockiertes Schweigen? Nein, diese Reaktion war offenbar ganz allein für mich reserviert. Die Welt war nicht fair.

Und jetzt hatte ich bescheuerterweise auch noch das Gefühl, Felix gegenüber ein schlechtes Gewissen haben zu müssen. Machte es ihm etwas aus, dass ich mich mit einem anderen getröstet hatte? Mehr als das war es ja nicht gewesen. Hätte ich ihm davon erzählen müssen? Ihn um Verständnis bitten? Ging's noch? Er hatte gar nichts von mir zu erwarten. Er hatte mich nicht gewollt und jemand anders schon und so war das zwischen uns, das war die Geschichte unserer Beziehung.

Und ohne es zu merken, war ich angekommen.

Ich drückte den Klingelknopf. Nichts passierte. Ich scharrte mit den Füßen ein paar kleine Steine in das Schmutzgitter vor der Haustür und wartete. Ich klingelte noch einmal. Es knackte in der Leitung.

Marias Stimme schnarrte verzerrt aus dem Lautsprecher. »Ja?«

»Ich bin's. Kann ich reinkommen?«

Sie zögerte. Warum zögerte sie? Ich war ihre Freundin. Ich hatte sie in jeder Lebenslage im Pyjama gesehen. Und betrunken. Und ich hatte sie vor der Tollwut bewahrt. Und jetzt ließ sie mich vor der Tür am langen Arm verhungern, oder was?

»Komm hoch.«

Die Tür summte, das Schloss klickte. Das Treppenhaus war dunkel, weil die Fenster mit Efeu zugewachsen waren. Mir war vorher nie aufgefallen, wie wenig Licht durch die geriffelten Scheiben fiel. Ich muss besser aufpassen, dachte ich.

Maria stand in ihrer Wohnungstür und trug einen Pyjama. Die roten Locken standen ihr wirr vom Kopf ab.

»Nein, Maria, nicht schon wieder!« Ich nahm die letzten paar Treppenstufen etwas schneller.

»Was?«

»Atme mich an! Jetzt!«

Maria verdrehte die Augen.

»Es ist alles in Ordnung, ich hab nichts getrunken …«

»Atmen!« Maria pustete mir einmal kurz und schnell ins Gesicht. Ich schnüffelte.

»Zufrieden?«

»Aber du trägst einen Pyjama …«

»Du trägst auch manchmal einen Pyjama, Daphne.«

»Ja, aber ich stecke auch in keiner schlimmen, selbstzerstörerischen Pyjamaphase, so wie du.« Ich hörte, wie in Marias Wohnung eine Tür geschlossen wurde und sah sie verwirrt an. »Hast du Besuch?«

Ein Gesicht erschien hinter ihrem Rücken im Türspalt, ziemlich weit über ihrem Kopf. Erst erkannte ich es nicht, weil es so dunkel im Flur war. Dann aber schon. »Ach Quatsch! Ist das dein Ernst?«

Arne zog die Tür weiter auf. Er trug nur einen Bademantel, ihren, der ihm viel zu kurz war, überall. Maria sah ertappt auf ihre Füße und lächelte dabei. Ich hätte gerne mitgemacht. Wenn mir nicht vor Erstaunen der Mund weit offen gestanden hätte.

In der Küche stellte mir Maria ein Glas Rotwein vor die Nase. Auf den Schreck. Draußen fing es jetzt an zu dämmern, und Arne schaltete die kleine Lampe auf der Fensterbank ein. Er saß auf dem Küchenstuhl auf der anderen Seite des Tischs, und Maria ließ sich auf seinen behaarten Oberschenkeln nieder, die unter dem Bademantel hervorschauten. Sie legte einen Arm um seinen Hals, um sich festzuhalten, damit sie nicht herunterrutschte. Vielleicht auch ein bisschen, um *ihn* festzuhalten – man konnte ja nie wissen.

Es musste Jahre her gewesen sein, dass ich sie das letzte Mal so hatte sitzen sehen. Manche Dinge tut man irgendwie nicht mehr nach einer Weile. Auf dem Schoß des anderen sitzen zum Beispiel. Wird ja auch auf die Dauer unbequem. Das sagt die Vernunft. Wenn die Vernunft die Verliebtheit ablöst, dann muss man wohl aufpassen.

»Was ist hier passiert?« Ich nahm einen Schluck Wein und wartete auf eine Erklärung. Und bekam sie auch.

Die Geschichte der wunderbaren Versöhnung von Arne und Maria begann damit, dass Arne und seine Jungs sich zum Hockeyspielen verabredet hatten. Arne passte das ganz gut in den Kram. Seit mit Maria Schluss war, gab es dieses Loch in seinem Leben, das er füllen musste. Mit Bier mit den Jungs, Fußballgucken mit den Jungs, um die Häuser ziehen mit den Jungs und zur Abwechslung auch mal Hockeyspielen mit den Jungs. Dann ging's ihm besser, und das Loch war fast nicht mehr da. Das einzige Problem an der Sache mit dem Hockeyspielen war, dass er seinen Hockeyschläger nicht mitgenommen hatte, als er ausgezogen war. Er musste noch in seinem alten Zimmer sein. In der alten Wohnung. Und in der war auch Maria. Aber es nützte ja nichts, er wollte schließlich Hockey spielen.

Er fand es nicht okay, einfach so auftauchen und den Schläger abholen. Also rief er sie an. Sie ging nicht an ihr Telefon. Den ganzen Tag nicht. Irgendwann wurde aus dem Ziel, den Hockeyschläger in seinen Besitz zu bringen, mit den Jungs ein paar Runden zu spielen und dann ein, zwei Bier zu trinken, ein anderes. Nämlich herauszufinden, was da los war. Und sicherzugehen, dass ihr nichts Schlimmes passiert war. Die Jungs vertröstete er.

Gegen Abend ging er zur Wohnung und klingelte. Nichts. Er spazierte mehrmals um den Block und versuchte es noch einmal. Nichts. Also zog er seinen Schlüssel aus der Tasche, ging die Treppe hinauf, schloss vorsichtig auf und stand in einer leeren, dunklen Wohnung. Und mitten im Chaos. Er fühlte sich verantwortlich. Und fing an aufzuräumen und dabei nachzudenken.

Zwei Stunden später war er fertig mit allem, dem Putzen und dem Nachdenken.

Er saß in der Küche, als er den Schlüssel im Schloss hörte und Maria zur Tür hereinkam. Sie trug einen blutverschmierten Pyjama und einen Verband. Ihre Haare waren ungewaschen und zerzaust, sie hatte Augenringe und aufgesprungene Lippen. Sie sah nicht so aus, wie man als Frau gern aussehen wollte, wenn man seinen Exfreund wiedertraf. Und er hatte sie tatsächlich noch nie vorher in einem solch desolaten Zustand gesehen. Aber er war froh, sie zu sehen, egal wie.

Sie fragte, was er wolle, und sagte ihm, dass er in ihrer Küche, in ihrer Wohnung und generell in ihrem Leben nichts zu suchen hätte. Er stand auf und nahm sie in die Arme. Und sie brachte es nicht über sich, ihn wegzustoßen. Das hatte sie ohnehin nie gewollt. Und ihm ging es genauso. Und das war das Ende des Märchens. Zumindest bis zu diesem Punkt.

Ich nahm noch einen Schluck Wein, obwohl ich schon jetzt ganz betrunken war von so viel Happy End. Ich freute mich sehr für Maria. Obwohl es einen Aspekt an der Geschichte gab, der mich stutzig machte.

»Moment mal – Arne war hier, als du am Montag aus dem Krankenhaus kamst?«

Maria nickte zerknirscht. Sie wusste, was jetzt kommen würde.

»Dann ist seit einer Woche wieder alles in Ordnung und du hast mir nichts gesagt?«

»Daphne, solche Sachen sind nicht sofort wieder in Ordnung. Wir wollten erst einmal über alles reden und schauen, ob wir eine Lösung finden.«

»Wir wollten erstmal schauen, wie's läuft.« Arne legte beide Arme um Maria und drückte ihr einen Kuss auf die Wange. Anscheinend lief's gut.

Ich schüttelte enttäuscht den Kopf. »Dann war es gar nicht meine freundschaftliche Fürsorge, die dich gerettet hat.«

»Du bist eine ganz tolle Freundin, Daphne.« Sie legte mir zärtlich eine Hand auf die Wange.

»Erzähl das mal den anderen«, murmelte ich.

»Wie bitte?«

»Vergiss es.« Ich trank noch ein bisschen mehr und wandte mich an Arne. »Und jetzt fliegst du nicht mehr nach Australien?«

»Doch, klar. Der Flug ist gebucht. Und ich hab das Visum.«

Ich warf Maria einen skeptischen Blick zu, aber sie hob beschwichtigend die Hände.

»Es ist okay. Wir haben einen Kompromiss gefunden.«

»Und der wäre?«

»Ich hab den Rückflug gleich mitgebucht. Kein Open-End-Trip mehr.« Arne sah in gespieltem Bedauern zur Decke. »Ein kleines bisschen weniger Abenteuer …«

»Na also, es geht doch.« Ich griff nach der Rotweinflasche, füllte mein Glas auf und ließ mir von Maria eine Zigarette anbieten. »All das Drama für nichts und wieder nichts. Und ich sag euch was: Ich bin so froh. So, so froh.«

Das war Liebe, es gab sie doch noch – Gott sei Dank!

Gegen Mitternacht kam ich nach Hause. Ich ging durch das dunkle Treppenhaus die Stufen bis zu meiner Etage herauf und steckte den Schlüssel ins Schloss. Hinter der Tür war es still in meiner Wohnung. Ich ging davon aus, dass ich sie jetzt leer vorfinden würde.

Im Wohnzimmer brannte Licht, und ich ärgerte mich ein bisschen in meinem rotweinvernebelten Kopf. Es hieß ja schließlich nicht umsonst »Der Letzte macht das Licht aus.« Auf den zweiten Blick hatte dann allerdings doch alles seine Richtigkeit. Denn der Letzte war noch nicht gegangen.

Felix saß auf dem Sofa, den Kopf auf die Rückenlehne zurückgekippt, den Mund dabei leicht geöffnet, und döste im schwachen Schein der Stehlampe. Ich blieb in der Mitte des Zimmers vor ihm stehen und war unschlüssig, was ich tun sollte. Ihn aufwecken? Ihn schlafen lassen? Ihm mit einem Filzstift lustige Bilder auf das Gesicht malen?

Er blinzelte. Ich bewegte mich nicht. Er kniff die Augen zusammen. Ich bewegte mich noch immer nicht. Er machte ein Geräusch, irgendwo zwischen Seufzen und Stöhnen und setzte sich aufrecht hin. Keine Bewegung, Daphne. Er sah mich, und ich wartete auf seine Reaktion. Es war ein halbgares Lächeln.

»Hey.« Er gähnte und rollte den Kopf von einer Seite zur anderen, bis es knackte.

»Warum bist du noch hier?«

Er massierte mit der rechten Hand seine Schulter. »Ich hab auf dich gewartet.«

»Das sehe ich. Nur damit du's weißt, mir ist die Lust auf Sex bis auf Weiteres vergangen. Vermutlich für immer, also hast du umsonst gewartet.«

Weil er noch saß und ich stand, musste er zu mir aufschauen. Ich fühlte mich ein bisschen erhaben. Um nicht zu sagen mächtig.

Er hob die Augenbrauen. »Deshalb bin ich nicht hier. Ich wollte mit dir reden.«

»Ich hab heute genug geredet, Felix. Ich will einfach nur ins Bett.«

»Ich kann mich kurz fassen.«

Ich verschränkte die Arme vor der Brust. Bitte. Sollte er sagen, was er zu sagen hatte. Wenn es mir nicht gefiel, würde ich mir die Finger in die Ohren stecken und ein Lied von Abba summen. »The winner takes it all« vielleicht. Oder »Waterloo«. Die hatten wirklich nur Hits geschrieben. Beeindruckend.

»Ich habe nachgedacht.«

»Immer ein guter Anfang«, bemerkte ich sarkastisch.

Felix seufzte. »Also, nochmal: Ich habe nachgedacht. Und mir ist etwas klargeworden. Ich hab mich verhalten wie ein Arschloch.«

Auf alles war ich vorbereitet gewesen, nur darauf nicht. Jetzt tat er das, worauf ich einen Monat, eine Woche und sechs Stunden lang gewartet hatte? Ausgerechnet jetzt?

»Aha«, sagte ich, weil mir nichts Besseres einfiel.

»Ja, dein Freund Hannes hatte schon Recht. Auch wenn er ein Idiot ist. Aber es stimmt. Ich hab Mist gebaut. Es tut mir leid.«

»Einfach so?«

Er zuckte mit den Schultern. »Ich wusste nicht, was ich sonst tun soll. Ich meine … ich hab mit dir Schluss gemacht … aber du hast mir trotzdem gefehlt.«

»Der Sex hat dir gefehlt.«

»Du hast mir gefehlt. Mit dir zusammen zu sein hat mir gefehlt. Ich wollte konsequent sein. Aber das hat nicht geklappt.«

»Immerhin warst du konsequent scheiße.«

»Und warum hast du mich dann immer wieder zu dir gelassen?«

Ich wollte in diesem Moment nicht von Liebe reden. Nicht, weil das für diesen Moment ein zu großes Wort war und zu viel passiert war – das auch. Aber der Hauptgrund war, dass ich sie gerade nicht fühlte. Es machte mich etwas nervös, weil sie sonst immer da gewesen war. Bittere, enttäuschte Liebe, die darauf wartete, erfüllt und glücklich zu werden. Jetzt konnte ich sie nirgendwo in mir finden, in keinem Winkel. Wo war sie wohl hin? Vielleicht versteckte sie sich im Küchenschrank hinter den tiefen Tellern. Ich schob ihre Abwesenheit auf meine durch Felix' plötzlichen Strategiewechsel entstandene Verwirrung und die Suche nach ihr auf später. Felix' Frage beantwortete ich schließlich mit einer Gegenfrage.

»Wenn ich dir so gefehlt habe, warum hast du mich nie angerufen?«

»Du hast mich auch nie angerufen.«

Es war so simpel, dass ich nichts dagegen sagen konnte. Die Wände summten, oder war es mein Kopf? Die Welt war so leise um diese Uhrzeit. Ich konnte Felix atmen hören und mein Herz schlagen. Nicht kitschig wie in einem alten Liebesfilm, und nicht spannungserzeugend wie das Geräusch eines künstlichen Pulses im Actionfilm, wenn der Held die Bombe entschärft. Es war einfach ein Fakt. Mein Herz schlug.

Felix' Lippen bewegten sich auf der Suche nach Worten, aber sie fanden keine und blieben still.

Und da wir jetzt schon einmal dabei waren, die wichtigen Fragen zu stellen, stellte ich die vermutlich wichtigste. »Was ist mit dem großen Gefühl? Hm? Ist das jetzt plötzlich da? Oder ist es egal?«

Er holte tief Luft. »Daphne … ich … probieren wir es einfach noch einmal. Okay?«

Etwas Warmes rutschte in mir von der Brust durch den Bauch bis in die Beine. Ich musste mal. Aber nicht wirklich. Er stand von seinem Platz auf und ging auf mich zu, die Arme bereit zum Einsatz. Einen legte er um meine Schulter, den anderen um meine Taille, seinen Mund vergrub er in der Mulde zwischen Hals und Schulter. Ich umarmte ihn zurück. Ich war perplex. Und angetrunken. Und ich fragte mich, wo das Feuerwerk blieb. Wahrscheinlich, dachte ich, war ich dafür einfach zu perplex. Und angetrunken.

»Du willst mit mir zusammen sein?«

Er lehnte den Kopf etwas zurück, damit er mich ansehen konnte. »Das ist genau das, was ich will.«

»Das ist schön.«

»Ja, das ist es.«

»Ich bin müde.«

Er küsste mich auf die Stirn. »Dann gehen wir schlafen.«

Ich nickte und wand mich aus seiner Umarmung. Er streckte sich noch einmal, ich sah, wie sein T-Shirt nach oben rutschte und seinen Bauch entblößte. Es war eine Demonstration absoluter Zufriedenheit, und dabei zuzusehen schnürte mir aus unerklärlichen Gründen die Kehle zu.

»Wenn du mir noch einmal den Rücken zudrehst nach dem Sex, wenn wir einschlafen … dann schmeiß ich dich raus.«

Er lachte. Dabei hatte ich es ernst gemeint.

MONTAG – KLAR SCHIFF

Ich wachte neben Felix auf, er hatte seinen Arm um meinen Bauch gelegt und seinen Kopf in meinem Nacken vergraben. Mein Haar klebte feucht an der Stelle knapp unter dem Haaransatz fest, auf die er in regelmäßigen Abständen atmete. Ich wischte mit der Hand drüber, davon wachte er auf. Er küsste mich verschlafen auf die Schulter.

Ich fühlte mich verspannt und wand mich aus seiner Umarmung. »Schlaf weiter. Ich muss eh los.«

Er murmelte etwas und drehte sich auf die andere Seite.

Im Büro ließ ich meinen Stoffbeutel auf den Boden fallen, schaltete den Rechner an und verlor mich in Gedanken, während ich dem Bildschirm dabei zusah, wie er die Farbe von schwarz nach grau nach hellblau wechselte. Ich sollte glücklich sein, doch ich war es nicht. Es kam mir so vor, als stünde ich außerhalb meines Körpers. Ich war bei allem dabei, was passierte, und kannte jedes kleine Detail, nur spüren konnte ich nichts. Und manche Dinge waren einfach sinnlos ohne das Gefühl.

Jetzt verstand ich plötzlich, was Felix gemeint hatte.

»Danke, Daphne.«

»Wofür?« Ich sah weiter auf den Computerbildschirm, oder mehr durch ihn hindurch, zu sehr in Gedanken versunken, um Lucy echte Aufmerksamkeit zu schenken.

»Für Hannes.«

»Ich hab doch gar nichts gemacht. Das hab ich ihm auch schon gesagt.« Irgendwie schaffte ich es, meinen Blick vom Monitor zu lösen. Ich blinzelte.

»Ohne dich hätten wir uns nicht kennengelernt.«

»Ach was. So ist das Leben eben. Die meisten Dinge, die passieren, mussten einfach so kommen.« Das glaubte ich wirklich. »Du und Hannes, ihr musstet euch kennenlernen, und ihr hättet euch kennengelernt, mit mir oder ohne mich.«

»Er hat gestern angerufen und gefragt, ob ich mit ihm demnächst mal in den Fantasy-Laden kommen will. Es gibt da so einen neuen Katapult-Bausatz, und dazu will er meine Meinung. Und danach gehen wir einen Kaffee trinken.«

»Klingt lustig.« Ich gähnte. Ich hatte nicht gut geschlafen. Felix hatte mir Gute Nacht gesagt und ich hatte mechanisch das Gleiche erwidert, er war eingeschlafen und ich war wach geblieben, und obwohl er neben mir lag, mich berührte und seine Wärme in meine Haut sickerte, war er plötzlich weiter von mir weg gewesen als in all den Nächten, die ich allein mit meinen vier Kissen verbracht hatte.

Lucy ballte ihre kleinen dicken Hände zu Fäusten und sprang fröhlich von der Schreibtischkante.

»Ich bin so glücklich, Daphne! Jedes Mal wenn ich mit Hannes spreche oder auch nur an ihn denke, möchte ich laut lachen oder schreien. Weil ich so glücklich bin. Als müsste ich explodieren vor Freude. Kennst du das? Weißt du, was ich meine?«

Ihre Wangen glühten, und ich wusste genau, was sie meinte. Ich hätte das Gefühl nicht anders beschrieben. Es war ein tolles Gefühl. Ein großes Gefühl. Ich stand auf, legte meine Arme um ihre umfangreiche Körpermitte und drückte sie einmal fest. »Ich freue mich sehr für dich, Lucy.«

Sie klatschte quietschend in die Hände, gab mir einen Kuss auf die Wange und hüpfte in ihren weißen Turnschuhen und dem pinkfarbenen Faltenrock davon in Richtung Kopierraum.

Wie ein junges Reh, dachte ich. Nur vielleicht nicht ganz so grazil. Ich griff nach dem Telefon, wählte und wartete.

»Hallo?«

»Ich bin's.«

»Mein Schatz, wie schön, dass du anrufst.« Mein Schatz? Ich fragte mich, welche Drogen Felix dazu gebracht hatten, so etwas zu sagen. »Mein Schatz« warf mich etwas aus der Bahn.

»Ja, schön. Hör zu … hast du heute Abend schon etwas vor?«

»Quasi … aber ich könnte es verschieben.«

»Gut, könnten wir uns dann um halb neun an den Landungsbrücken treffen?«

»Klar! Ich freu mich!«

»Bis dann.«

Um Punkt sechs Uhr verließ ich das Büro und stand zwanzig Minuten später vor Bettys Haustür. Ich klingelte mehrmals, aber die Tür blieb verschlossen, und hinter den Fenstern bewegte sich nichts. Ich spielte mit dem Handy in meiner Hand und überlegte, ob ich anrufen sollte. Aber ich wollte nicht am Telefon mit ihr sprechen, sondern persönlich.

Die Stufen der Treppe vor ihrer Haustür waren warm von der Sonne, die Vögel zwitscherten, auf dem betreuten Spielplatz im Park gegenüber spielten noch immer kreischend Kinder und von der nahen Hauptstraße brummte es geschäftig. Montage wären die besseren Sonntage, dachte ich. Ich setzte mich auf den obersten Treppenabsatz, lehnte mich an der Haustür an und wartete.

Es dauerte etwa eine halbe Stunde, bis ich sie am Ende der Straße erkennen konnte, die Dreads zu einem überdimensionalen Knoten auf dem Kopf aufgetürmt. Sie machte entspannte große Schritte, wie mutige Menschen das taten, die keine Angst davor hatten, irgendwo anzukommen. Sie sah mich, als sie etwa fünf Meter von ihrem Haus entfernt war und winkte mir zu. Während sie das letzte bisschen Strecke hinter sich brachte, erhob ich mich von der Treppe und trat nervös von einem eingeschlafenen Bein auf das andere.

»Das ist aber eine Überraschung, Schätzelein.« Sie klang ein bisschen müde, aber nicht wütend.

Ich fühlte, wie sich die Erleichterung in meinem Oberkörper

ausbreitete und meine Schultern sich ein bisschen entspannten. Betty gab mir mit spitzen Lippen einen Kuss auf den Mund und schloss die Haustür auf.

In ihrer Wohnung war es trotz der Sonne vor dem Fenster dunkel. Das lag daran, dass sie zu jeder Zeit zugezogene Vorhänge bevorzugte. Ich fröstelte unwillkürlich, obwohl es nicht kalt war.

Ich folgte ihr in die Küche, in der das Licht ungehindert in den Raum schien, aus Ermangelung eines Rollos oder Ähnlichem. Ich war froh darüber. Sie füllte die Espressokanne mit Pulver und Wasser und setzte einen großen Topf Milch auf, während ich einen Haufen Jeans und Pullover von dem Korbsessel räumte, auf dem ich sitzen wollte.

»Ich misch mich ungern ein, Betty, aber ich glaube, ich habe mal gelesen, dass Schwangere keinen Kaffee trinken sollten.«

Betty drehte das Gas höher und rührte abwesend mit dem Schneebesen in der noch kalten Milch. »Ist das so?«

»Wie gesagt, ich hab's auch nur mal zufällig irgendwo gelesen. Vielleicht.«

Sie seufzte, ließ die Milch Milch sein und drehte sich zu mir um.

»Ich muss schon mit dem Rauchen, dem Kiffen und dem Schnaps aufhören, und jetzt darf ich nicht einmal Kaffee trinken? Ich bin erst zwei Tage schwanger, und es nervt mich jetzt schon.«

»Bist du dir denn wirklich sicher, dass du das Kind bekommen willst?«

Sie griff nach dem Schneebesen und fing wieder an zu rühren. Keine Antwort.

»Hast du inzwischen mit Mo geredet?«

Sie nickte.

»Was hat er gesagt?«

Betty lachte kurz auf. »Ich war gerade bei ihm. Er war ziemlich schockiert. Er hat erstmal gar nichts gesagt.« Sie rollte den Griff des Schneebesens zwischen den Handflächen, schneller und schneller, so dass kleine weiße Milchtröpfchen die Fläche neben und die Wand hinter dem Herd besprenkelten. »Dann meinte er: ›Wenn du es bekommen möchtest, dann werde ich dich unterstützen.‹ Und ich so: ›Echt, Mo? Du willst nicht mit mir zusammen sein, aber ein Kind mit mir haben willst du?‹ Und er so: ›Bleibt mir ja nichts anderes übrig.‹ Toll, was?«

Ich hoffte stark, dass sie von mir keine schlaue Antwort erwartete. Was konnte man dazu schon anderes sagen außer »Tut mir leid«? Die Espressokanne pfiff, Betty nahm den Milchtopf vom Herd und mischte den Kaffee in einem Becher, der zufällig in der Nähe stand.

»Ich habe beschlossen, das Kind zu bekommen, egal was Mo tut oder sagt. Ich wollte immer Kinder. Ich wollte schon längst Kinder haben. Und jetzt krieg ich eins. Ist alles nicht so, wie ich mir das vielleicht gedacht oder gewünscht habe. Aber worauf warte ich denn sonst noch? Ich will nur Mo und keinen anderen. Und ich will Mos Baby.«

Sie holte einen Löffel aus der Besteckschublade ihres Küchenschranks und rührte in ihrem Becher.

»Ich hab auch Angst. Klar. Aber was hab ich denn zu verlieren? Ich hab doch nix. Ich kiff zu viel und arbeite in einer Bar und das war's. Jetzt hör ich damit eben auf und mit den Zigaretten und dem Schnaps und von mir aus auch dem Kaffee – gleich nach diesem hier.« Sie nahm einen Schluck, verbrannte sich die Lippe und stellte den Becher eilig auf der Arbeitsplatte ab. »Und dann werde ich eben Betty, die Mutter. Das wird klasse, wirst schon sehen.«

Ich musste schmunzeln.

»Wenn das jemand hinkriegt, dann du. Und wenn ich dir irgendwie helfen kann, bin ich für dich da. Versprochen.«

»Biete mir bloß keine Zigaretten an.«

»Okay.«

Und dann erinnerte ich mich, dass ich ja auch noch etwas anderes mit ihr zu besprechen hatte. Ich atmete einmal tief ein und wartete, bis Betty einen weiteren Schluck brühend heißen Kaffee genommen hatte.

»Betty, wegen gestern …«

Sie warf mir einen Blick zu. »Ach, das hatte ich schon fast wieder vergessen. Weißt du, seit ich schwanger bin, hab ich irgendwie ganz andere Sorgen.«

»Ich wollte mich nur entschuldigen. Ich hätte dir von all dem längst erzählen sollen. Du bist schließlich meine beste Freundin, und das tut mir alles so leid …«

Betty verdrehte die Augen und machte ein Geräusch, das irgendwo zwischen einem startenden Formel-Eins-Wagen und einer Wildkatze lag. Es klang frustriert.

»Hör auf, dich immer zu entschuldigen. Im Ernst, Daphne. Wir sind alle nur Menschen, wir machen ständig Dinge falsch und tun einander weh. Gerade dann, wenn es um Liebe und Sex geht. Da soll man eigentlich etwas mit jemand anderem teilen, und ausgerechnet wenn es um diese Sachen geht sind wir alle am alleregoistischsten, weißt du, was ich meine? Entweder man selbst kommt zu kurz oder der andere, so ist es nun mal. Mo wollte mich nicht, nur Sex, und dann hatten wir Sex, und jetzt kriegen wir ein Kind, und hat er auch nur einmal Entschuldigung gesagt? Nein. Aber ich erwarte es auch nicht von ihm. Wir wissen doch eigentlich, wie der andere sich fühlt, das muss man doch nicht alles immer zerreden, oder? Und du entschuldigst dich nicht bei mir und ich mich nicht bei dir und der geistig klobige Typ, der entschuldigt sich sowieso nicht. Der weiß ja gar nicht, wie das geht.«

»Er hat sich gestern entschuldigt.«

»Er hat was?«

»Er hat sich entschuldigt. Er will wieder mit mir zusammen sein.«

Sie ließ ihren Mund übertrieben weit offen stehen.

»Das ist alles mehr als seltsam für mich.«

»Aber es ist doch das, was du wolltest?«

»Ja. Wollte ich. Aber will ich es noch immer?«

»Tja. Verrückt, wie das Leben manchmal so geht.« Sie lachte kurz auf.

Ich stützte mein Kinn auf einer Hand auf und schaute aus dem Fenster. »Ich sag dir das. Verrückt, total verrückt das alles.«

»Jetzt einen kiffen, das wär's.«

Ich warf ihr einen tadelnden Blick zu. Sie hob beschwichtigend die Hände. »Aber ich tu's ja nicht!« Einen Schluck Kaffee. »Ich tu's ja nicht, verdammt.«

Eine Stunde später ging ich wieder. Ich fühlte mich besser. Es war gut gewesen, mit Betty zu reden. Und gut zu wissen, dass zumindest zwischen uns alles in Ordnung war.

Das Tageslicht schlug mir grell entgegen, als ich durch die Tür trat. Dabei war es schon fast acht. Es fiel schwer zu atmen, so warm war es, und die Straßen waren voll mit Menschen, unterwegs in den Park oder an den Strand, Bastmatten, Decken und Bierkästen unter dem Arm und den Billiggrill für 6,99 auf den Gepäckträger geklemmt. Feierabend mit Freunden im Grünen, bis die Sonne unterging und darüber hinaus, und alles, was man brauchte, war eine dünne Jacke. Danke, Sommer.

Alles, wonach mir jetzt der Sinn stand, waren Zigaretten. Das Gerede darüber, nicht rauchen zu dürfen und es auch wirklich nicht zu tun, war daran schuld. Obwohl ich es schon jetzt nicht mehr rechtzeitig zu meiner Verabredung mit Felix schaffen konnte, machte ich einen kleinen Umweg über die Tankstelle, betrat den klimatisierten Verkaufsraum und stellte mich hinten an, ans Ende einer Schlange, die von der Tür bis zum Tresen reichte.

Abgesehen von einem Disput zwischen einem kleinen Mädchen und ihrem Vater im Bereich der Tiefkühltruhen – sie wollte ein Eis, er keines kaufen, die alte Leier – war die Stimmung gut. Eine Gruppe Jungs verließ johlend und mit klirrenden Sixpacks das Gebäude. Die Warteschlange bewegte sich ein kleines Stück. Ich war jetzt auf Höhe der Dosensuppen und Konservenwürstchen, hinter mir wurde der Platz zwischen mir und der Zeitschriftenwand sofort wieder besetzt. Ich roch teures Aftershave und hörte, wie sich der Mann am Ende der Schlange ungeduldig räusperte. Ich warf einen schnellen Blick hinter mich, und als ich das Gesicht des Kunden sah, hatte ich für einen Moment das Gefühl, ihn zu kennen. Ich sah mir konzentriert die Schokoriegel in dem Regal unter dem Fenster an und überlegte, woher.

»Wenn nicht inzwischen jede Tankstelle auch ein Supermarkt wäre, dann könnten die, die zum Tanken hier sind, vielleicht mal eben schnell ihr Benzin bezahlen …«

Ich drehte mich zu ihm um. Er hob nach Unterstützung heischend die Augenbrauen.

»Ärgert Sie das nicht auch?«

»Na ja … ich will Zigaretten kaufen.«

»Das Leben wird einem wirklich nicht leichtgemacht als Autofahrer.« Er seufzte. Er war höchstens Ende vierzig, aber seine Haare waren komplett ergraut. »Kfz-Steuer, Versicherung, Benzinpreiserhöhungen, Parkplatzmangel …«

»Fahren Sie doch mit dem Bus.«

Und DA fiel es mir wieder ein! Ich ließ meinen Stoffbeutel von der Schulter rutschen, hielt ihn an einem Henkel und wühlte mit der anderen Hand in dem Chaos darin.

»So weit kommt es noch!« Er lachte spöttisch. »Reicht ja schon, dass ich meiner Exfrau den Sportwagen überlassen musste.« Den letzten Satz murmelte er kaum verständlich vor sich hin.

Die Schlange machte einen weiteren kleinen Fortschritt. Der Vater zog seine kreischende, strampelnde Tochter am Arm an den Wartenden vorbei zum Ausgang. Sie hatte ein rotes Gesicht vor Anstrengung, er vor Scham.

Irgendwo am Boden des Stoffbeutels sah ich ihn, blau mit Gold, griff nach dem Kugelschreiber und hielt ihn dem Mann vor die Nase.

»Den haben Sie mir doch gegeben, oder?«

Er nahm ihn mir ab und kniff die Augen zusammen, als er die Initialen las. Er nickte. »Ja, der gehört mir. Meiner Exfrau, um genau zu sein. Der alten Schlange … Man denkt, es wäre Liebe, und dann geht es doch nur ums Geld.« Seine Augen verengten sich wieder.

»Das war damals im Nachtbus, erinnern Sie sich?«

»Ja, richtig. Ich war an dem Abend ziemlich betrunken.« Er drehte den Stift zwischen seinen Fingern und die Deckenlampen der Tankstelle reflektierten in der goldenen Klammer. »Weil ich an dem Abend zufällig meine Exfrau getroffen hatte. Und ihren Neuen.«

Er presste die Lippen aufeinander. Drei Sekunden später entspannte sein Gesicht sich wieder. Er legte interessiert den Kopf zur Seite und lächelte mich an.

»Aber helfen Sie mir auf die Sprünge. Warum habe ich Ihnen den Kugelschreiber damals gegeben?«

»Damit ich eine Liste schreiben konnte.«

»Richtig!« Sein Gesicht hellte sich auf. »Wegen ihres Exfreundes! Ich erinnere mich.«

Noch einen Schritt nach vorn, ein bärtiger Lastwagenfahrer bezahlte an der Kasse Benzin und eine Bild-Zeitung und flirtete mit der Kassiererin. Hinter ihm wartete ein Pärchen. Mit einer Hand hielten sie einander fest, in der jeweils anderen ein Eis. Cornetto. Er Nuss. Sie Erdbeer.

»Und? Hat es geholfen?«

»Die Liste, meinen Sie?«

»Ja.«

»Ich bin mir nicht ganz sicher. Aber ich habe ja auch noch nicht alle Punkte gestrichen. Einer fehlt.«

»Dann würde ich sagen«, er streckte seinen Arm aus und hielt mir den Stift hin, »brauchen Sie den hier noch.«

Der Lastwagenfahrer ging an uns vorbei. Er roch nach Rauch und Schweiß. Draußen hupte jemand.

»Danke. Aber den können Sie gern behalten.«

»Aber sagten Sie nicht, dass Sie noch nicht fertig sind?«

»Auf dem Papier nicht.« Aber ich wusste jetzt auch ohne Liste, was zu tun war.

Der Mann steckte den Kugelschreiber stirnrunzelnd in die Innentasche seines Jacketts. »Ich kann nicht sagen, dass ich verstehe, was Sie meinen. Dann wiederum kann ich auch nicht sagen, dass ich Frauen allgemein sehr gut verstehe, von daher muss das hier wohl Sinn machen. Irgendwie.«

Das Pärchen zahlte für die zwei Cornetto und ging, Hand in Hand, ein Lächeln auf den Lippen. Die Kassiererin zählte das Geld in die Kasse und sah mich erwartungsvoll an.

»Eine Packung Pepe. Die hellen.«

Während sie das richtige Päckchen im Regal suchte, drehte ich mich wieder zu dem Mann um.

»Vielleicht ist der Sinn an der Sache, dass Sie jetzt den Kugelschreiber benutzen können und dabei nicht an ihre Exfrau denken müssen, sondern an diesen merkwürdigen Zufall.«

»Dass wir uns hier getroffen haben?«

»Ja.«

Er nickte nachdenklich. »Das klingt logisch. Aber ich habe schon eine andere Idee, was den Kugelschreiber betrifft.«

»Und zwar?«

»Ich ramme ihn der alten Hexe ins Herz.«

Ich wartete einen Moment, aber er lachte nicht.

Der Scanner piepste, als er den Stichcode an der Seite meiner Zigarettenschachtel las.

»Vier Euro fünfundzwanzig, bitte.«

Felix wartete an den Landungsbrücken inmitten vieler anderer Menschen, die ebenfalls gekommen waren, um dem Sonnenuntergang zuzusehen und den Schiffen nachzugucken, die die Elbe auf und ab fuhren, begleitet von dem ständigen Klong-Klong aus dem Containerhafen und von den Docks.

Als Felix mich sah, winkte er mir zu und lächelte, und als ich vor ihm stand, zog er mich an sich und küsste mich. Ich wartete, bis er fertig war.

»Tut mir leid, ich bin spät dran.«

»Das macht gar nichts.«

Er legte einen Arm um mich, und wir schlenderten hinunter zu den Anlegestellen. Die Fähre kam ein paar Minuten später und wir drängelten uns an Bord. Eine unterschwellige Hektik breitete sich unter den Passagieren aus, auf der Jagd nach dem besten Platz, nach überhaupt einem Platz. Wir stellten uns an die Reling.

Ich stützte mich an dem Geländer ab, Felix behielt seine Hand auf meiner Schulter. Als die Fähre sich in Bewegung setzte, vibrierte der Boden unter uns, das Wasser rauschte unter dem Bug, und er küsste mich auf die Wange. Seine Hand wanderte meinen Rücken hinab.

»Ich bin froh, dass wir hier sind.« Während er sprach, folgten seine Augen einem riesigen Frachter mit russischem Namen. »Zusammen. Weißt du?«

»Es gibt einen Grund, warum ich dich heute hier treffen wollte.« Meine Stimme war ernst. Wie beabsichtigt.

Felix sah mich besorgt an. »Ist alles okay?«

»Nein. Es ist nicht alles okay.«

Er nahm seine Hand von mir weg und lehnte sich seitlich an die Reling. Der Fahrtwind wehte von hinten über seinen Kopf, und Haare flogen ihm ins Gesicht.

»Was ist los?«

Ich musste es sagen, ganz egal, ob die Worte richtig klangen oder falsch, verletzend waren oder entschuldigend, ob ich sie so in einer Woche noch meinte oder in einem Monat bereute. Jetzt war der Moment.

»Wir können nicht zusammen sein.«

»Was heißt, wir können nicht?«

»Weil das nur funktionieren kann, wenn wir es beide wollen.«

»Aber ich will es doch. Das hab ich dir gestern gesagt, was soll ich denn noch tun, damit du mir glaubst? Und du willst doch auch, du wolltest die ganze Zeit.«

»Woher weißt du das?«

»Das war doch offensichtlich.«

»Und trotzdem hast du mich so hängenlassen.«

Er schob sich mit beiden Händen seine Haare nach hinten. Der Wind korrigierte das sofort wieder. »Das hab ich dir doch erklärt. Ich war mir nicht sicher.«

»Und du denkst, das reicht? Ein Satz, und es ist alles vergessen?«

»Ich hab gesagt, es tut mir leid. Das meine ich so.«

Am Schiffsrumpf spritzte die weiße Gischt nach oben, das Wasser war dunkelbraun, die Sonne war nicht mehr zu sehen, es wurde dunkel. Wir ließen den Fischmarkt hinter uns und die golden leuchtenden Fenster der Restaurants.

»Das ist dir allerdings ein wenig zu spät eingefallen.«

»Willst du mir jetzt eins auswischen?« Er versuchte ein Lächeln. Immer dieses Lächeln. »Von mir aus, gut, ich hab's verdient. Lass mich betteln.«

»Du kannst so viel betteln, wie du willst, aber du kannst es auch einfach lassen. Weil es dabei bleibt: Wir können nicht zusammen sein.«

»Und warum? Was hab ich falsch gemacht?«

Ich sah ihn direkt an. Das Lächeln erstarb. »Es hat nichts mit dir zu tun, Felix. Es liegt an mir. Ich spür nichts mehr. Oder anders gesagt: Das große Gefühl fehlt.«

»Das ist eine mehr als alberne Retourkutsche, Daphne.«

»Das ist keine Retourkutsche. Was hätte ich denn davon? Es ist einfach so, Felix, du hast die Zeit gebraucht, um zu erkennen, was du willst, aber ich habe in der Zeit auch etwas erkannt.

Weißt du, wochenlang hatte ich nur dich im Kopf. Ich wollte dich, dich, dich und sonst nichts. Ich wollte, dass du zu mir kommst und mir genau das sagst, was du mir gestern Abend gesagt hast. Ich wollte alles, was wir gehabt hatten, und alles das, von dem ich dachte, dass wir es noch gehabt hätten, hättest du mich nicht verlassen. Jeden Brocken, den du mir hingeworfen hast, habe ich gefressen wie ein hungriges Tier. Weil ich dich geliebt habe und es mir egal war, wie wenig du mir gibst, solang es nur irgendetwas ist.

Aber jetzt ist die Liebe weg. Ich sehne mich nicht nach dir. Ich genieße es nicht, wenn du bei mir bist. Ich brauch dich nicht. Du verhältst dich mir gegenüber respektlos und bist scheiße zu meinen Freunden und ich finde dafür keine Entschuldigungen mehr. Deswegen können wir nicht zusammen sein.«

»Daphne, ich … Bist du dir sicher? Ich meine, wir könnten es doch einfach versuchen. Oder? Vielleicht ist das nur eine Phase …«

»Liebst du mich?«

Ich schaute ihn fragend an. Er sah mir in die Augen, aber sein Blick war nicht fest. Er hüpfte und schwamm unsicher. Er hatte zwei Antworten auf meine Frage. Eine ehrliche und eine, von der er dachte, dass ich sie hören wollte.

»Ist das große Gefühl jetzt da?«

»Ich vermisse dich, reicht das nicht?«

»Nein.«

Die Fähre wurde langsamer. Die Motoren brummten, als das Boot seitwärts an den Pier setzte. Vermissen war ein Schmerz, der vorbeiging, das wusste ich jetzt. Man verwechselte ihn leicht mit etwas anderem, Größerem, aber es war nur ein Entzug, der unangenehm war. Vermissen war nicht genug. Liebe ohne Liebe machte keinen Sinn. Das Positive an der Situation war, dass hier zwei Menschen standen, die einander nicht liebten. Zeitverschwendung war das. Aber wenigstens wurden keine Herzen dabei gebrochen.

Ich verließ als Einzige die Fähre. Die meisten Passagiere machten die große Rundtour. So wie Felix. Er kam mir nicht nach. Vielleicht aus verletztem Stolz. Vielleicht hatte er es auch einfach kapiert.

Im Museumshafen wiegten sich die alten Segelschiffe auf dem schwarzen Wasser, und auf dem dunklen Strand flackerten vereinzelte Lagerfeuer. Die Fähre legte ab, durchpflügte die Wellen, und folgte weiter ihrer Route auf dem Fluss. Das Spiegelbild des

Mondes auf dem Wasser zerkräuselte sich und setzte sich wie von Zauberhand ganz selbstständig wieder zusammen. Ich blieb nicht stehen, um dem Boot hinterherzusehen. Ich folgte dem Holzsteg zur Straße und dort dem sandigen Weg zum Strand, setzte mich in die Nähe des Wassers und wickelte meine Jacke fester um mich.

Den Stoffbeutel ließ ich neben mich in den Sand fallen und suchte darin nach einem kleinen Stück Papier. Es war zerknüllt und dreckig, und die Worte darauf waren durchgestrichen, alle, bis auf eines. Ich riss das Papier in der Mitte durch, legte die beiden Hälften aufeinander, zerriss sie wieder und wieder, bis die Teile zu klein waren, um sie erneut zu teilen. Ich sammelte sie in meiner Hand und ließ sie dann in den Sand fallen. Manche wehte der Wind fort.

Ich konnte nichts dagegen tun, dass ich weinte. Aber ich tat es leise, damit es niemand hörte. Ich hatte mich gerade zum ersten Mal in meinem Leben getrennt. Felix gehörte nicht mehr zu mir, weil ich es so gewollt hatte. Ich zweifelte. Ich fragte mich, wie lang es so weitergehen würde. Wie oft ich mich noch verlieben würde, nur um enttäuscht zu werden, wenn wieder eine Liebe starb und ich dachte, ich würde es auch.

Ich wischte meine laufende Nase an dem Ärmel meiner Jacke ab und schaute trotzig auf den Fluss. Denn das war ja genau der Punkt: Man dachte, man würde sterben. Aber man tat es nicht. Man litt. Und man verfluchte die Welt. Und währenddessen drehte sie sich weiter und man musste einfach mitgehen, man wurde nicht gefragt, und langsam wurde es besser. Man war allein mit sich, in seinem Bett mit den vier Kissen, musste vielleicht mehrere Wochen ohne Küsse auskommen, mehrere Monate ohne Sex und mehrere Jahre, ohne den Satz »Ich liebe dich« aus dem Mund einer Person zu hören, für die man dasselbe empfand. So war es dann eben. Oft schmerzhaft. Aber man war im Rennen. Alles war offen, und man konnte gewinnen. Irgendwann. Eine Liebe, die sich richtig anfühlte.

Der Containerhafen schimmerte orange und machte unheimliche dumpfe Geräusche. Hinter mir lachten ein paar Leute am Lagerfeuer, und ein Hund bellte. Ich fühlte neben mir im Sand einen Stein, rund und weich geputzt vom Fluss, holte aus und schmiss ihn zurück ins Wasser.

EPILOG – UND JETZT ALLE ZUSAMMEN …

In meiner Straße gibt es einen Gemüseladen, dessen Besitzer ich immer den höflichen Türken nenne … aber ich wiederhole mich. Eigentlich bin ich Stammkunde bei ihm, doch es gibt Phasen, in denen ich nicht so oft bei ihm einkaufe, weil ich keine Lust habe zu kochen.

Meistens passiert das, wenn ich Liebeskummer habe, und das kommt leider viel zu häufig vor. In solchen Phasen bevorzuge ich die unkomplizierte Variante, eine Tiefkühlpizza aus dem Supermarkt.

Wenn ich einige Zeit später wieder zu ihm in den Laden komme, erkundigt er sich immer, wo ich so lange gesteckt hätte. Meistens lasse ich mir eine gute Ausrede einfallen. Mal ist meine Großmutter krank gewesen, dann wieder ich, einmal war ich Bergwandern im Allgäu, und beim letzten Mal hatte ich einen Korbflechtkurs in der Provence belegt.

»Das sein gute Fähigkeit.«

»Das hab ich mir auch gedacht.«

»Vielleicht du können flechten Korb für mich, wir können stellen dort in Ecke für Biokartoffeln.«

»Mal sehen.«

Drei Tage und einundzwanzig Stunden, nachdem ich Felix allein auf der Fähre zurückgelassen hatte, beschloss ich, dass es an der Zeit wäre, wieder ein bisschen Ordnung in mein Leben zu bringen. Fenster putzen, Steuererklärung machen, gesund essen. Ich nahm meine Einkaufstasche von dem Kleiderhaken im Flur und spazierte los.

Das Gesicht des höflichen Türken verzog sich zu einem breiten Grinsen, als ich durch seine Tür kam. »Ah! Schön dich zu sehen! Wo du gewesen?«

Ich hatte mir dieses Mal keine tolle Geschichte ausgedacht. »Ach, ich hatte ein gebrochenes Herz. Das ist alles.«

»Gebrochene Herz? Schlimme Sache.« Sein Schnauzbart zog sich mit den Mundwinkeln nach unten, und er nickte verständnisvoll. Dann legte er die Stirn in Falten. »Aber ich nicht verstehe, ich dachte, du sein Single.«

»Jetzt wieder.« Ich ging zu der Kiste mit den Clementinen und drückte ein bisschen an ihnen herum, um keine überreife zu erwischen.

Der höfliche Türke stellte sich neben mich und griff zielstrebig nach einer, die er mir hinhielt. »Die gut.«

»Danke.«

Der höfliche Türke schnalzte mit der Zunge. »Ich jetzt verheiratet seit vierunddreißig Jahre, du können vorstellen?«

Ich hob beeindruckt die Augenbrauen. »Das ist eine lange Zeit.«

»Ja, wirklich lange Zeit. Und ich lieben meine Frau wie an erste Tag. Ich wirklich hatte Glück. Sie sein gute Frau.«

»Das freut mich für Sie.« Ich drückte mich an seinem dicken Bauch vorbei zu den Tomaten. Er reichte mir eine Papiertüte.

»Danke.«

»Aber der Cousin von meine Frau, er nicht haben Glück gehabt. Geschieden.«

Ich machte ein bedauerndes Geräusch und ein passendes Gesicht dazu.

»Er gewesen sehr unglücklich für lange Zeit. Aber dann er haben getroffen Frau in Abendschule bei Zeichenkurs. Er schon gewesen fünfzig. Er nicht hatte gerechnet damit, dass er sich noch einmal verliebt.«

»Das ist wirklich eine schöne Geschichte.«

»Du erinnern dich an Herr Yaral? Er haben 99-Cent-Laden, sehr erfolgreiche Geschäftsmann.«

»Vage.«

»Er sein Witwer. Er nie wieder kennengelernt Frau. Ein paar Mal getroffen jemand hier und da, aber keine so gewesen wie seine Frau. Und er fragen: ›Wozu eine, die nur halb so gut?‹ Richtig?«

»Ich weiß nicht, was meinen Sie?«

Der höfliche Türke zuckte mit den Schultern. »Seine Sache, nicht?«

Ich zuckte auch mit den Schultern und legte vorsichtig einen Strang Rispentomaten in die Papiertüte.

»Und ich habe Kundin, hier aus Nachbarschaft, Frau Karl, du kennen?«

Auf mein Nicken hin hob er den Zeigefinger und flüsterte verschwörerisch. »Aber du nicht sagen, du wissen von mir. Frau Karl verehren Besitzer von italienische Restaurant in Straße, aber heimlich. Ich wissen, weil er mir erzählt bei Backgammon-Spiel. Aber er hat nichts Interesse, deswegen sie immer sein so …«

»Mürrisch?«

»Ich nicht kenne Wort, aber es klingen, wie sie guckt.« Er lachte amüsiert und hielt sich dabei den Bauch, und seine Augen wurden zu kleinen glänzenden Schlitzen. Ich nahm noch zwei Zwiebeln und zwei Mohrrüben aus ihren Kisten und stellte mich auf die Kundenseite des Tresens. Der Gemüsehändler kam gemächlich hinter mir her.

»Du dich sicher fragen, warum ich erzählen all das?«

»Um ganz ehrlich zu sein, ja.« Ich ließ meine Einkäufe auf den Tresen fallen, und er wog sie ab und tippte die Preise in die Registrierkasse, ohne wirklich hinzusehen.

»Grund ist: Wenn du haben Liebeskummer, du oft vergessen etwas Wichtiges. Du immer dran denken: Liebe ist anders für jeden. Einer lieben so, der andere lieben so. Immer verschieden.«

Ich runzelte die Stirn.

»Und was soll das heißen?«

»Das heißen: Manchmal du werden blind für Liebe, weil sie

anders aussehen als letzte Mal. Augen offen und Herz auch, und Liebe kommen von ganz allein.«

»Danke für den Tipp.«

»Du vielleicht wollen mitnehmen Weintrauben? Gutes Angebot! Wenn du kaufen zwei Kilo, halbes Kilo gratis.«

Einige Wochen später war Schluss mit Sommer. Es goss in Strömen, als ich aus dem Haus kam, das Herbstlaub machte die Straße glitschig, und es war stockfinster, obwohl es gerade mal Nachmittag war. Ich wäre lieber zu Hause im Trockenen geblieben, aber ich hatte einen besonderen Plan für den Abend und musste noch Besorgungen machen.

So schnell ich konnte lief ich durch den Regen und kam trotzdem durchnässt im Gemüseladen an. Hinter mir drängten sich ein kräftiger Windstoß und einige tote Blätter durch die Tür. Ich schob das Laub mit dem Fuß wieder nach draußen und hinterließ dabei matschige Schlieren auf dem gefliesten Fußboden. Der höfliche Türke erschien neben mir, in der Hand schon einen Korb für meinen Einkauf, und sah sich betroffen den Dreck an.

»Das tut mir wirklich leid.«

Er winkte ab. »Nicht sein schlimm, Frau putzen.«

Seine Frau stand am Tresen, die Arme vor der Brust verschränkt, und verzog spöttisch das Gesicht.

»Dein Laden, du putzen. Ich haben zu tun. Ich gucken Telenovela.« Sie schnaufte noch einmal und verschwand im Hinterzimmer.

Der Gemüsehändler strich sich hilflos über die Stirn. »Was ich sollen tun? Sie lieben Nachmittagsfernsehprogramm. Um die Zeit nichts geputzt.«

Die Frau des höflichen Türken erschien noch einmal in dem Durchbruch zum Laden. Sie schimpfte auf Türkisch, und ihr ausgestreckter Zeigefinger malte Blitze in die Luft. Ich hörte ihre wütenden Schritte in den Tiefen des Hinterzimmers leiser werden. Und dann den Singsang schlechter Dialoge, gesprochen von noch schlechteren Schauspielern. Nachmittagsfernsehen eben.

Der Türke hob hilflos die Arme. »Es geben solche Tage. Dann ich auch haben Liebeskummer.«

Ich räusperte mich, um das Thema zu wechseln. »Ich habe hier eine längere Liste mit Sachen, die ich bräuchte. Vielleicht könnten Sie mir helfen?«

Ich reichte ihm das Stück Papier, auf dem ich alles aufgeschrieben hatte. Er nahm sie, überflog sie kurz und pfiff durch die Zähne. »Das sein mehr als du kaufen in eine Jahr normalerweise. Das können nur bedeuten eines!«

»Und zwar?«

Er breitete glücklich und über das ganze Gesicht strahlend seine Arme aus, von seiner rechten Hand baumelte mein noch leerer Einkaufskorb. »Du nicht mehr sein Single!«

Ich musste lachen. »Nein, das ist es nicht.«

»Dann ich nicht verstehen. Aber egal. Wenigstens du essen vernünftig.«

Er zuckte mit den Schultern und fing an, meine Liste abzuarbeiten.

Betty kam wie immer zu spät. Sie hatte eine Flasche Wein dabei, die sie mir mit den Worten »Viel Spaß damit« und einem säuerlichen Gesichtsausdruck überreichte. Sie hatte sich noch immer nicht an ihre Zwangsabstinenz gewöhnt und würde es in den verbleibenden Monaten ihrer Schwangerschaft vermutlich auch nicht mehr tun.

»Unten war gar nicht auf.«

»Frau Karl hat so lange Terror gemacht, bis jemand die Haustür repariert hat.«

Ich umarmte Betty und schob sie in die kleine Küche, in der sich die anderen Gäste auf den wenigen freien Flächen, die zur Verfügung standen, niedergelassen hatten.

Richard saß auf der Fensterbank neben Maria und unterhielt sich angeregt mit ihr über Tollwutimpfungen und Tierbisse und Tante Doris. Sie schienen sich gut zu amüsieren, und das freute mich, speziell für Maria, die jetzt schon seit genau einem Monat, einer Woche und sechs Tagen Strohwitwe war und jede Ablenkung gebrauchen konnte. Obwohl letzten Endes dann doch alles gar nicht so schlimm gekommen war, wie sie es befürchtet hatte. Arne rief sie jeden Tag an aus dieser anderen Zeitzone, in der die Kängurus sich in der Sonne faul ihren Bauch kratzten und alle Mädchen Kylie hießen. Deren Anwesenheit machte Maria inzwischen auch kaum noch Sorgen, was in erster Linie daran lag, dass Arne ihr in ihren Telefonaten immer wieder bestätigte, dass keine ihr das Wasser reichen konnte. Und wie sehr er sie vermisste. Friede, Freude, Eierkuchen auf Distanz also.

Als Hannes Betty sah, stand er sofort von seinem Stuhl auf, um der werdenden Mutter einen komfortablen Platz anzubieten. Sie ließ sich ächzend darauf fallen, und er beugte sich zu ihr herunter, umarmte sie und überprüfte den Wachstumsfortschritt ihres Bauches. »Wow!«

»Da kann man noch gar nichts sehen, also glotz da nicht so hin.« Seit sie offiziell schwanger war, also seit zwei Monaten, war Betty oft schlecht gelaunt. Sie schob es auf die Hormone. Ich war mir sicher, es lag am Nikotinentzug.

»Also *ich* kann das erkennen. Der ist definitiv größer geworden, seit wir uns das letzte Mal gesehen haben.«

»Soll das etwa heißen, ich bin fett?!«

»Du bist nicht fett, du bist schwanger.« Ich tätschelte Bettys Schulter und drückte ihr ein Glas Apfelsaft in die Hand.

Auf der anderen Seite des Tischs saß Lucy und lächelte schüchtern, wie man es von ihr kannte. Sie trug einen rosa-weiß-karierten Rock zu einer weißen Rüschenbluse und hatte deswegen ein bisschen gejammert, als sie erfuhr, was es zu essen geben würde: »Chili? Aber da klecker ich mich doch bestimmt voll.«

Hannes hatte ihr sanft den Arm um die Taille gelegt. »Dann leih ich dir meinen Pulli, Engelchen.«

Sie hatte gekichert und ich auch, weil klar war, dass Hannes Pulli ihr niemals passen würde. Aber es war eine schöne Geste.

Lucy stand von ihrem Stuhl auf, damit Hannes sich darauf setzen konnte und sie sich auf sein Bein. Ihr Gewicht ließ kurzzeitig seine Gesichtszüge entgleisen, aber er fing sich wieder, umfasste ihren Körper mit beiden Armen und lächelte selig.

Richard unterbrach sein Gespräch mit Maria. »Daphne! Wann gibt's denn endlich Essen? Mir hängt der Magen schon sonst wo.«

Ich stemmte empört die Fäuste in die Seiten. »Junger Mann, ein gutes Chili braucht seine Zeit. Das ist fertig, wenn es fertig ist. Und jetzt ist es …« Ich probierte eine Kochlöffelspitze voll. »… wie ich mir dachte. Noch nicht fertig.«

Hannes sah besorgt aus. Oder auch einfach angestrengt. Mit Lucy auf seinen Knien war das durchaus eine Möglichkeit. »Darf Betty überhaupt Chili essen? Schwangere sollen ja so einiges nicht …«

Betty fiel ihm ins Wort. »Hannes, halt die Klappe. Ich darf den Wein nicht trinken, den ich mitgebracht habe, ich vermisse meine Zigaretten, ich werd nicht mehr richtig wach, weil Kaffee auch verboten ist, und ich will gar nicht erst damit anfangen in Worte zu fassen, wie sehr mir das Kiffen fehlt. Ich esse jetzt dieses Chili, und wenn ich explodiere oder das Kind – das ist mir so was von egal.« Ich rührte vorsichtshalber ein bisschen schneller. »Außerdem ist die viel wichtigere Frage, ob in dem Topf auch noch Reste eines gewissen Plüschpandas zu finden sein werden …«

»Keine Sorge. Ich hab einen neuen Topf gekauft.«

»Na, dann kann ich mich ja entspannt zurücklehnen.« Und das tat sie auch demonstrativ.

Nach Jahren der Ausreden und des Vor-mir-Herschiebens und, als Höhepunkt, der Zweckentfremdung meines letzten großen Edelstahltopfs, war es an diesem Abend also endlich so weit: Mein lang geplantes Chiliessen mit Freunden war zustande gekommen. Ein weiterer Punkt gestrichen – auf meiner neuen Liste.

Ich war auf die Idee gekommen, als ich eines Abends den turbulenten Sommer noch einmal hatte Revue passieren lassen und mir dieses kleine labbrige Stück Papier wieder eingefallen war. Die Idee einer Liste war an sich ja nicht schlecht gewesen. Und wer sagte denn, dass man Listen nur machen sollte, wenn man ein Problem zu lösen hatte. Die Unfähigkeit zum Beispiel, seinen geistig klobigen Exfreund zu vergessen. Ich beschloss, dass eine Liste auch dann nützlich war, wenn man sein Leben einfach ein bisschen besser machen wollte, und riss prompt eine Seite aus der Zeitschrift, die ich gerade las. Mit einem dicken Filzstift schrieb ich quer über den knochigen Körper eines teuer angezogenen Models eine Liste der Dinge, die ich unbedingt erledigen wollte, bevor der nächste Mann sich in meinem Leben breitmachte. Das Chiliessen stand ganz oben. Direkt darunter:

Schlafzimmer renovieren
Aus Solidarität mit Betty mit dem Rauchen aufhören
Mit Lucy einen Sportkurs belegen
Meinen Frieden mit der Tippse machen
Teetrinken mit meiner Mutter und Tante Doris
Blumenkästen bepflanzen
Vergeben und Vergessen

»Und jetzt hat er mir einen Heiratsantrag gemacht, damit das Kind nicht unehelich geboren wird. Mir war gar nicht bewusst, was für ein Spießer Mo eigentlich ist.« Betty schüttelte ernüchtert den Kopf. »Ich kann nur hoffen, dass das nicht aufs Kind abfärbt.«

»Und? Hast du ja gesagt?«, fragte Maria von der Kante der Fensterbank.

»Natürlich nicht! Was soll das denn für eine Hochzeit sein, auf der ich mich nicht betrinken kann? Das kann er mal schön vergessen.« Betty klang ehrlich empört, was dazu führte, dass alle anderen in lautes Gelächter ausbrachen.

»Schade, so eine Hochzeit wär doch mal wieder ein Highlight gewesen.«

Richard schlug Hannes kumpelhaft auf die Schulter. »Na, wie wär es denn mit euch beiden?«

Lucys Gesicht nahm die Farbe eines Granatapfels an. Hannes wiegelte mit einem verschwörerischen Augenzwinkern ab. »Das wäre vielleicht etwas zu schnell. Dieses Jahr machen wir erst einmal einen Ausflug zu Lucys Eltern.«

»Die wohnen in Remscheid«, erklärte Lucy.

»Na, das wird sicher super«, sagte Betty und schlürfte freudlos ihren Apfelsaft.

Richard sprang von der Fensterbank. »Da fällt mir ein, Tante Doris hat mir noch etwas mitgegeben für heute Abend …«

Ich schüttelte erschrocken den Kopf. »Bitte sag mir, dass es nicht das ist, was ich denke.«

»Was könnte es anderes sein als Tante Doris' Bester aus der hintersten Ecke ihres Privatvorrats.«

»Oh nein!«

»Lecker Likörchen, Daphne, das ist doch genau das Richtige für dich. Ich hol mal schnell die Flasche.« Richard schob sich an mir vorbei aus der Küche, nicht ohne seine Hand einmal schräg meinen Rücken hinunter bis zum Po gleiten zu lassen, aber daran hatte ich mich inzwischen gewöhnt. Das hier war unser fünftes Date, ich hatte mitgezählt. Ich war mir noch immer nicht sicher, wohin das alles führen würde, aber ich merkte, dass ich ihn gern hatte. Man konnte sagen, lieber von Mal zu Mal. Trotzdem hatte ich beschlossen, die Sache langsam anzugehen und auf das große beidseitige Gefühl zu warten, so viel hatte ich gelernt. Und bis das kam, tranken wir Cocktails und er fasste mir an den Po. Und das war's.

Auf der Küchenablage zwischen Zwiebelschalen und leeren Kidneybohnendosen piepte leise mein Handy. Ich rührte mit der einen Hand weiter im Chili, während ich mich mit der anderen bis zu der Nachricht vortippte. Sie kam von Konnie aus Berlin:

Bin in der Stadt. Hast du Zeit? Xx

Später vielleicht, dachte ich. Schließlich brauchte ein Singlemädchen von Zeit zu Zeit einen Mann. Doch für den Moment konzentrierte ich mich lieber auf das vorgesehene Abendprogramm.

Ich sah mich in der Küche um, und da waren meine Freunde, und ich fühlte mich plötzlich merkwürdig glücklich. Mir kam ein Gedanke. Betty hätte mich ausgelacht, wenn ich ihn laut ausgesprochen hätte, weil er so kitschig war, dass ich mich fast ein bisschen schämte. Ich hatte zwar bekanntermaßen keine Ahnung von diesen Dingen, aber eine Vermutung hatte ich:

Dass Liebe vielleicht ganz genau so ging.

DANK

Vielen Dank, Michi, für deine Unterstützung und dafür, dass du immer für mich da bist, wenn's brenzlig wird. Und außerdem einen ganz großen Dank an deine ganze Familie. Für die niemals endende Gastfreundschaft, die vielen warmen Mahlzeiten und das gemütliche Bett.

Ganz besonderen Dank an Anne. Für ihren unermüdlichen Einsatz in Sachen *Liebe geht anders*.

Svenja, sei fest umarmt, du wundervolle Person. Bleib so sanft und bleib so stark.

Danke, Jan, fürs Zuhören, Aufbauen und deine unendliche Geduld im Umgang mit meinen Dramen. Es ist so schön, dass es dich gibt.

Und dann natürlich, last but not least: Maike – du bist meine Frau! Merkste selber, nicht? Was wäre ich bloß ohne dich?

Danke, Benni. Für die Zeit. Und die Inspiration.

Tausend Küsse für Mama und Jon.

Und ganz besonders danke ich dir, Papa, weil du immer an mich geglaubt hast. Ich hab dich lieb.